KB107628

금반지의 본질은
금이 아니라 구멍이다

금반지의 본질은 금이 아니라 구멍이다

초판 1쇄 인쇄 2015년 8월 20일
초판 2쇄 인쇄 2015년 9월 20일
초판 2쇄 발행 2015년 9월 25일

지은이 김홍탁
발행처 이야기나무
발행인/편집인 김상아
출판팀장 오성훈
기획/편집 박선정, 김정예
홍보/마케팅 한소라, 윤해민
디자인 서채홍, 신진희
인쇄 중앙P&L
등록번호 제25100-2011-304호
등록일자 2011년 10월 20일
주소 서울시 마포구 양화로 10길 50 마이빌딩 5층 (121-840)
전화 02-3142-0588
팩스 02-334-1588
이메일 book@bombaram.net
홈페이지 www.yiyaginamu.net
페이스북 www.facebook.com/yiyaginamu
블로그 blog.naver.com/yiyaginamu

ISBN 979-11-85860-09-1
값 17,000원

이 도서의 국립중앙도서관 출판예정도서목록(CIP)은 서지정보유통지원시스템 홈페이지(http://seoji.nl.go.kr)와 국가자료공동목록시스템(http://www.nl.go.kr/kolisnet)에서 이용하실 수 있습니다.(CIP제어번호: CIP2015022693)

이 책에 삽입된 100개의 아포리즘과 100장의 사진은
김홍탁의 생활공간을 배경으로 본인이 직접 쓰고 촬영했습니다.

금반지의 본질은
금이 아니라 구멍이다

김홍탁 지음

이야기나무

본질을
묻다

서울역사박물관에 다녀온 적이 있습니다. 한국의 현대사를 주로 당대의 사진을 중심으로 펼쳐 놓았더군요. 일제 침략기로부터 지금 이 시점까지 한국 현대사를 일별해 보았더니 우리의 현대사는 '전쟁·당쟁·투쟁·경쟁'의 역사임이 한눈에 들어왔습니다. 전쟁의 폐허, 권력 암투, 학생·노동자·시민의 민주화 투쟁, 수출 드라이브 등등 전시된 사진 하나하나에서 울려 나오는 아프고 저리고 쓰린 아우성이 귓속에서 쟁쟁거렸습니다. '우리가 참 힘겹게 살았구나!'라는 느낌이 온몸에 전해졌습니다. 일상을 둘러보니 지금도 여전히 힘들게 살고 있다는 생각에 슬퍼지기도 했습니다.

어느 직업을 가졌건, 어떤 종교를 믿건, 어떤 가치관을 지녔건 우리는 행복하기 위해서 삽니다. 그러나 우리는 일상에서 그 행복을 저당 잡혀야 하는 사건과 사실들을 거의 매일 목격하곤 합니다. 갑자기 배가 침몰하기도 하고, 중동에서 건너온 이상한 병균이 창궐하기도 합니다. 가진 자와 못 가진 자의 격차는 더욱 심화되고 배려와 존중의 덕목은 점점 찾기 힘들어졌습니다. 좁은 땅덩어리에서 경쟁만을 추구하다 보니 시중에 도는 말처럼 좋은 소식을 나누면 질투로 돌아오고 슬픈 소식을 나누면 소문으로 돌아옵니다.

우리의 본마음이 이렇다고 생각진 않습니다. 그러나 어디서 못된 바이러스가 침투하기라도 한 것인지 원칙을 지키지 못하거나, 낡은 것을 고치지 못하거나, 허세를 당연시하거나, 독식의 악덕을 미화하려는 모습을 자주 발견합니다. 그것의 가장 큰 원인은 '본질의 망각'이라고 생각합니다. 그 본질의 망각은 개인의 내면에 은밀하게 틈입해 사람 사이의 관계망에서, 사회 시스템에서, 그리고 국가의 거버넌스 시스템에서 총체적으로 드러나고 있습니다.

이 글은 그동안 우리의 생각에서, 우리 사회의 시스템에서, 혹은 우리 문화의 생태계에서 부족했다고 느꼈던 것들에 대한 단상입니다. 이 책에 펼쳐진 제 생각이 모두 옳진 않을 것입니다. 이 글을 감당할 만큼 제가 크게 성숙한 사람도 아닙니다. 그러나 일상 대화에서 행복한 이야기보다는 비관적이고 남을 비난하는 이야기가 점점 더 많아지는 이 시점에서 우리가 망각해서는 안 될 진정한 가치가 무엇인지에 대해 한 번쯤 생각을 나누고 싶었습니다.

우리 모두 행복했으면 좋겠습니다. 365일을 꽉꽉 채워 행복할 수는 없겠지만, 적어도 본질에서 벗어난 어리석음과 어이없음으로 마음이 괴롭지 않았으면 좋겠습니다.

본本에서 시작해 봅시다.
삶의 질質을 높여 봅시다.

김홍탁

* 이 책을 내도록 계속 옆구리를 찔러 준 이야기나무 김상아 대표님과 박선정 편집자님, 그리고 꼭 갖고 싶게 북 디자인을 해 주신 서채홍님께 감사드립니다.

차례

001

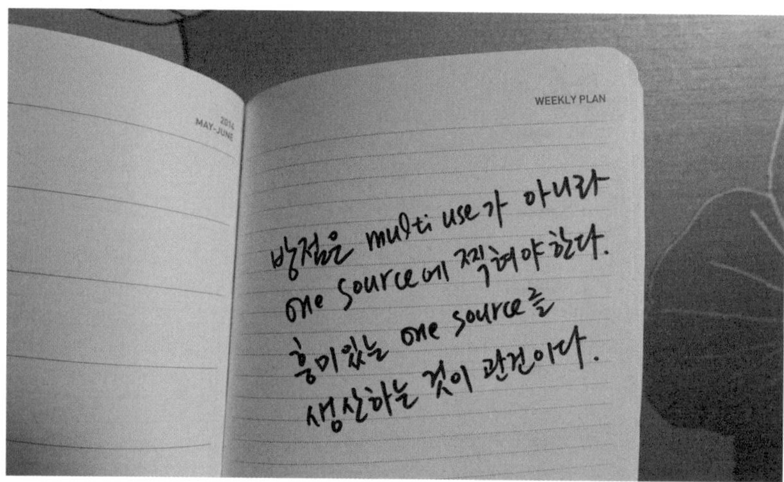

One Source Multi Use의 본질

온라인 마케팅을 담당하는 한 분이 One Source Multi Use의 방법에 대해 물어왔다. 적은 비용으로 여러 미디어에 효과적으로 노출하고 싶다는 얘기였다. 말의 방점이 'Multi Use'에 있었다. 하지만 방점은 'One Source'에 찍혀야 한다. One Source Multi Use는 하나의 콘텐츠를 어떻게 잘 기획하고 만들 것인가에서 시작해야 한다.

가령 영상을 만든다면 바이럴 이펙트를 강조할 것인지, 일반인들의 참여를 통한 공동창작 형식의 영상을 만들 것인지, 스토리텔링이 강한 드라마 형식의 브랜디드 콘텐츠[1]에 초점을 맞출 것인지를 제대로 고려해야 한다. 그리고 그에 따라 어떤 채널을 통해서 확산할 것인지, 즉 효과적인 Multi Use의 방법을 찾는 전략이 따라온다.

마케터들이 쉽게 간과하는 것이 바로 이 점인 것 같다. 늘 투자 대비 큰 효과만 생각하다 보니 적은 비용으로 콘텐츠를 만들고 이곳저곳에 널리 쓸 생각만 하는 것이다. 언제나 문제가 되는 것은 콘텐츠 그 자체다. 콘텐츠가

---

1 Branded Contents, 브랜드에 의해 만들어진 콘텐츠 혹은 콘텐츠 제작물로 브랜드의 정체성을 담은 테마와 브랜드 히스토리 등등 그 브랜드를 충분히 보여줄 수 있는 내용으로 만들어진다.

가치 있다면 사실 큰 힘 들이지 않고도 저절로 널리 퍼져 나가게 할 수 있다. 구전이나 기삿거리에 목마른 각종 미디어를 통해 공짜로 퍼지기 때문이다. 그 결과 Multi Use에 대한 고민을 덜게 된다.

사람들은 흥미 있는 것에만 관심을 둔다. 우리가 만드는 콘텐츠가 인기 드라마나 〈개그콘서트〉나 프리미어리그나 모바일 게임이나 관객 1,000만 돌파 영화나 베스트셀러 소설에 필적할 만큼 흥미 있을지 생각해 본 적이 있는가? 흥미 있는 One Source를 생산하는 것이 관건이다. 너무 뻔한 진리인데, 그 본질을 놓치는 경우가 너무 많다.

002

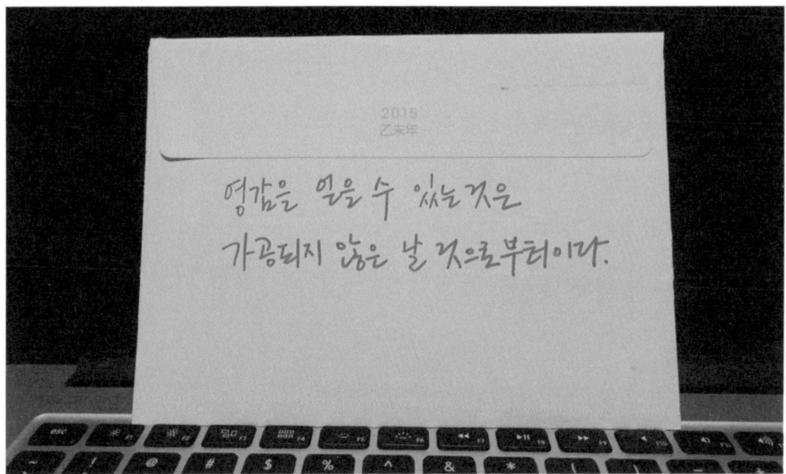

레퍼런스의 함정

표절에 대한 논란이 끊이질 않는다. 이전에는 베끼기냐 패러디냐 정도의 단어를 가지고 갑론을박이 이루어졌는데, 이젠 오마쥬니 샘플링이니 레퍼런스 같은 단어를 들이대며 표절을 합리화한다. 모르면 넘어가는 것인데 표절이 들통나면 "그거 오마쥬였어요!"라며 발뺌하는 식이다. 오마쥬 할 게 그리 없어 그런 걸 오마쥬 하나? 오마쥬란 단어가 얼마나 화가 날까?

게다가 광고, 영화, 음악 정도에서 활발하게 이루어지던 표절이 이제 건축, 패션, 디자인 부문까지 확대되는 추세다. 왜 이렇게 표절이 활성화되고 있을까? '영감'을 받지 않고 '참조'만 하기 때문이다.

태양 아래 새로운 것은 없다. 그러나 독창성이 돋보이는 창작물들은 세상 모든 날 것에서 '영감'을 받은 것들이다. 자연물에서 영감을 얻어 휴대폰을 디자인할 수도 있고 시장통 사람들의 얘기를 수집해서 영화를 만들고 소설을 쓸 수도 있다. 영감을 얻을 수 있는 것은 가공되지 않은 날 것Raw Material으로부터다. 그러나 현 대한민국 크리에이티브 업계는 이미 완성된 작품을 '참조'하는 경우가 많다. 완성된 작품은 이미 온갖 요소들이 요리된 것이기에 거기서 영감을 받기는 매우 힘들다. 그저 몇 가지 요소만 슬쩍 바꿔

베끼기가 이루어질 수밖에 없다. 굳이 표절자들에게 변명의 여지를 준다면 빨리빨리 뚝딱뚝딱 만들어 내야 하는 현실 정도다. 그러나 그것도 면죄부가 될 수는 없다.

뭔가를 만들어 내야 한다면 이미 만들어진 것에서 영감을 받으려 해선 안 된다. 이미 만들어진 것은 베껴서는 안 된다는 것을, 그것을 뛰어넘는 무언가를 만들어야 한다는 것을 명심하기 위해 참조하는 레퍼런스가 되어야 할 뿐이다.

003

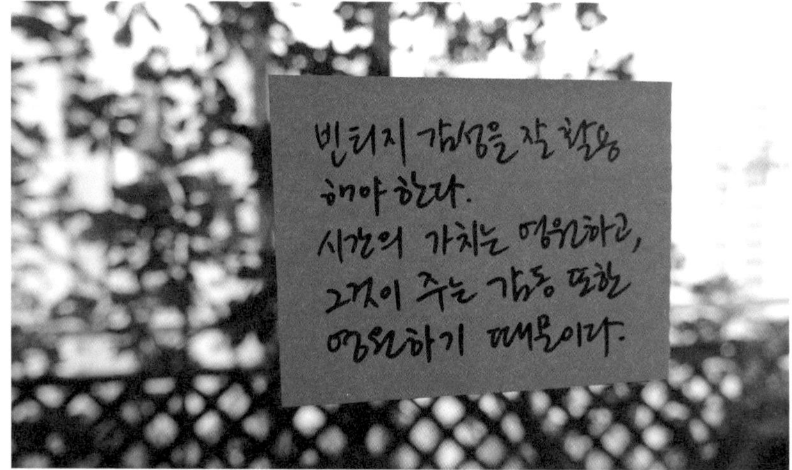

빈티지의 가치

영국의 질 좋은 잔디를 벤치마킹하기 위해 한 외국인이 물었다.
"어떻게 했길래 잔디 상태가 이렇게 좋은 거죠?"
"좋은 종자를 심어 성실히 가꾸는 거죠."
"너무 뻔한 대답 아닌가요? 무슨 비법 같은 게 없습니까?"
"그걸 500년 이상 꾸준히 해왔다는 거죠."

시간은 돈으로 살 수 없다. 빈티지가 중요한 이유가 여기 있다. 인공적으로 얻을 수 있는 가치가 아니기 때문이다. 시간만이 그것을 해결한다.

빈티지는 단지 낡은 것만을 의미하는 것이 아니다. 그것은 어떤 사물 또는 어떤 집단의식이 가지고 있는 시간의 총량이자 축적된 가치다. 광고인이나 마케터들이 새로운 트렌드를 좇을 필요도 있지만, 변하지 않는 저 깊은 빈티지의 감성을 잘 활용할 줄 알아야 한다.

가령 남녀 간의 사랑, 우정, 자식에게 쏟는 부모의 무조건적인 사랑, 부부애, 약한 자를 돕는 마음, 민족애 같은 것들이다. 2014년 동계 올림픽에 맞춰 방영됐던 P&G 브랜딩 캠페인 'Thank You, Mom'은 이를 잘 방증한다.

'엄마가 자식에게 쏟는 무한 사랑'이라는 오랜 주제를 다루었지만 캠페인 영상을 보는 동안 가슴과 코끝이 찡해옴을 느낄 수 있었다. 그런 빈티지 감성을 잘 활용해야 한다. 시간의 가치는 영원하기 때문이다. 그것이 주는 감동 또한 영원하기 때문이다.

004

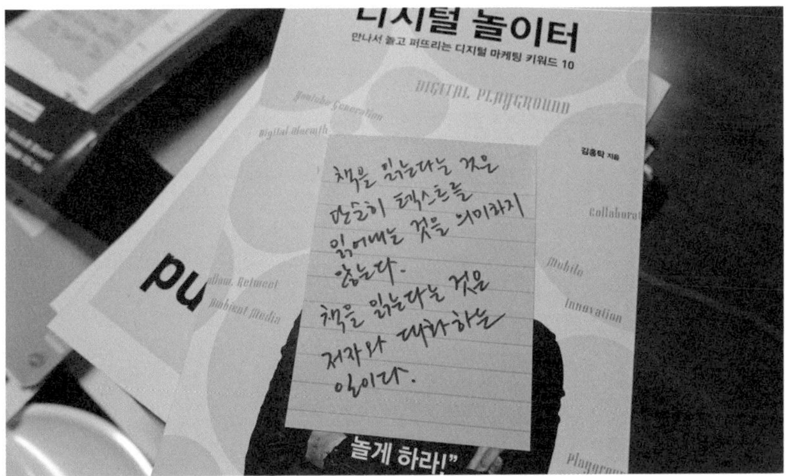
디지털 놀이터
만나서 놀고 퍼뜨리는 디지털 마케팅 키워드 10
DIGITAL PLAYGROUND
책을 읽는다는 것은
단순히 텍스트를
읽어내는 것을 의미하지
않는다.
책을 읽는다는 것은
저자와 대화하는
일이다.
놀게 하라!"

책을
읽는다는 것

많은 사람, 특히 학생들이 어디서 인사이트를 얻느냐고 묻는다. 그러면 서슴지 않고 책을 읽으라고 말한다. 책을 읽는다는 행위는 단순히 몇백 페이지에 달하는 텍스트를 읽어내는 것을 의미하지 않는다. 책을 읽는다는 것은 저자와 대화하는 일이다. 아리스토텔레스Aristoteles의 『시학Poetics』을 읽으며 기원전 철학자와 대화를 나누고, 『햄릿Hamlet』을 읽으며 16세기 한 천재작가와 대화를 나누는 것이다. 산 자와 죽은 자가 대화를 나누는 이런 경험을 어디서 해 보겠는가!

게다가 저자는 한 권의 책을 쓰기 위해 그 주제에 관련된 자신의 지식, 정보, 경험을 총동원한다. 조금이라도 모자람이 없고, 조금이라도 사실에서 벗어나지 않기 위해 여러 자료를 크로스 체크하면서 정확성을 확보하려 노력한다. 발로 뛰어 찾아낸 스토리와 정보를 바탕으로 살아 있는 감동을 전하려 애쓰고 애쓴다. 우리는 저자가 차려 놓은 에센스가 담긴 지식과 정보의 만찬을 앉은 자리에서 그냥 먹기만 하는 것이다. 젓가락, 숟가락질만 하면 된다. 전라남도 해남 천일식당에서 상다리 부러지게 차려 나오는 한 상을 받는 것이다.

그러나 많은 사람이 책이 가진 이러한 가치에는 둔감한 편이다. 위대한 영혼과 대화하는 것을 지루하고 졸린 고전이라고 치부해 버리고 페이지마다 한 땀 한 땀 장인이 수놓듯 생각과 상상력을 입힌 책을 1만 5천 원 안팎에 구입해 읽는 것을 아까워한다. 그러면서 어디서 진리를 찾아야 하냐고 한탄한다. 손만 뻗으면 책장에 진리가 숨 쉬고 있는데….

프랑스 사람들이 휴가철 해변에서 선탠을 하면서 미셸 푸코Michel Foucault의 그 어려운 책 『말과 사물Lesmots et les Choses』을 읽고 있더라는 얘길 들었다. 모두가 그렇진 않을 것이다. 그러나 학자가 아님에도 그러한 독서습관을 가지고 있는 것은 삶의 질에 커다란 차이를 가져다 준다고 믿는다. 말로만 삶의 질 운운할 것이 아니라 당장 오늘 저녁부터라도 저자와 대화를 나누어 보자. 물론 가치 있는 책을 읽어야 한다는 것은 디폴트.

005

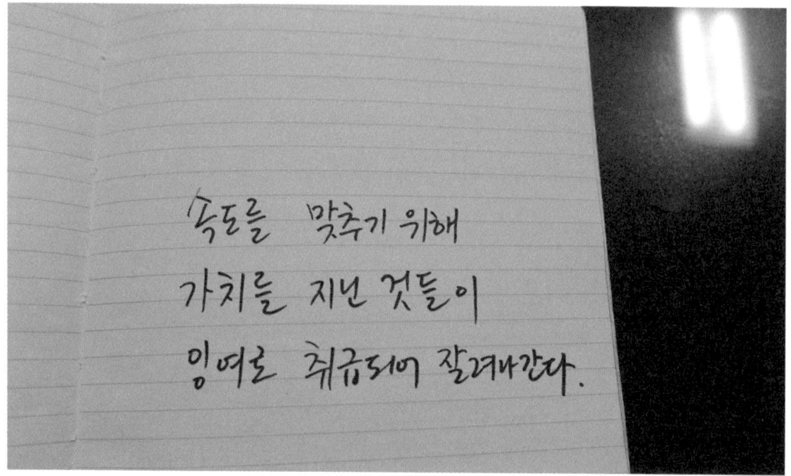

서사가 존재하지 않는 사회

우연찮게 핑크 플로이드Pink Floyd의 'Another Brick in the Wall'을 다시 듣게 되었다. 전체적인 곡의 편성이나 가사에 담긴 메시지는 지금 들어도 처음 들었을 때의 그 전율과 짜릿함을 그대로 간직하고 있다. 한마디로 전설이다. 그러다 놀랐던 것은 도입부의 무려 2분이 전주였다는 사실이다. 주로 아이돌이 주도하는 요즘 곡들이 전주 없이 바로 클라이맥스로 치달아 싸비를 반복하고 끝을 맺는지라 갑자기 그 부분이 더욱 부각되어 느껴졌던 것 같다.

핑크 플로이드의 그 곡은 전주에서 나를 워밍업시키며 발끝부터 서서히 달아오르게 만든다. 그러다 점점 고조되는 리듬과 멜로디의 전율에 올라타 있다 보면 치솟는 클라이맥스에서 휘몰이로 나를 내다 꽂는다. 정신이 혼미해진다. 흔히 록의 명곡이라 하는 것들은 이처럼 서사적인 구조를 가지고 있다. 레드 제플린Led Zeppeline의 'Stairway to Heaven'을 들을 때도 전주 부분에서부터 나는 그만 나사가 풀리기 시작한다.

전주가 없는 시대는 서사가 존재하지 않는 시대다. 그리고 서사가 존재하지 않는 시대에는 깊은 맛을 느낄 수 없다. 맛의 비율이 정해진 커피믹스를 종이컵에 확 풀어버리면 끝이다. 음미하고 싶은 향의 원두를 골라 수동으로 핸들을 돌리며 갈아내고 온도가 적당히 될 때까지 물을 끓인 후 여과지 위에 얹은 원두가루 위로 빙빙 돌려 커피를 내리는, 그리고 그 깊은 맛과 향을 조금씩 음미하는 기승전결의 멋진 의식을 치를 수가 없다.

조급증에 걸린 사회 맞다. 속도를 맞추기 위해 가치를 지닌 것들이 잉여로 취급되어 잘려나가면서 우리 사회가 하향 표준화의 길을 걷고 있다. 커피믹스 한 방이 거의 만병통치 솔루션이다. 고르고 갈고 끓이고 붓고 기다리고 음미하고 마시는 과정은 적어도 작금의 우리 사회에서는 시간낭비인 것이다. 그러다 보니 표절이 날뛰고 부실이 뒤따르고 극약처방이 난무한다.

패스트 팔로어[2]로서 단기간에 클라이맥스를 찍길 강요당했던 우리 사회는 이제 새로운 생태계를 형성하기 위한 긴 호흡의 워밍업이 필요하다. '불후의 명곡' 같은 사회를 만들어야 한다.

---

2 Fast Follower, 빠른 추종자라는 의미로 새로운 제품이나 기술을 빠르게 좇아가는 전략 또는 그 기업을 말한다.

006

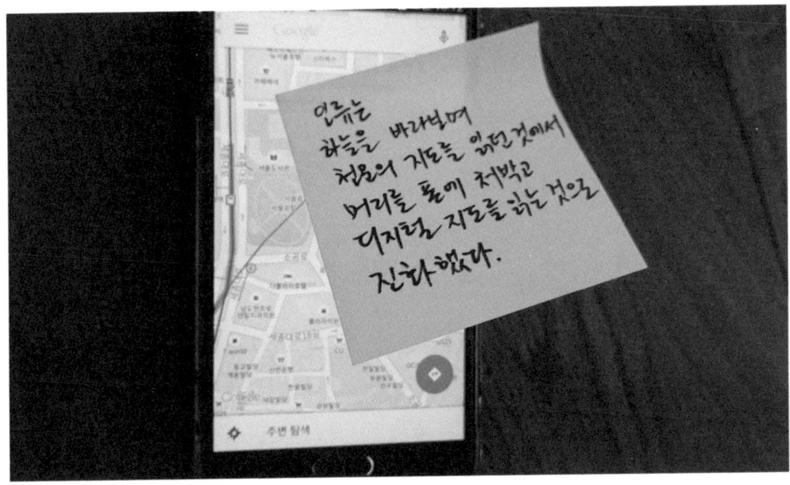

가이딩 스타

동방박사들이 아기 예수를 찾으러 베들레헴으로 올 때 하늘의 별을 보고 걸었다. 『소설의 이론Die Theorie des Romans』에서 게오르크 루카치György Lukács가 얘기한 것처럼 창공의 별을 보고 길을 갈 수 있던 시대는 행복했을 것이다. 자연과 인간의 생태 시스템이 하나였던 시대이기 때문이다. 별을 보고 길을 찾아 걷는다는 것은 생각만 해도 황홀하다. 게다가 그 별빛은 우리가 걸어야 할 길을 밝혀 주기까지 한다. 그 별들은 빛나는 가이딩 스타Guiding Star다. 그러나 현 시대 사람들은 휴대폰에 깔린 앱을 보고 길과 방향을 찾는다. "김기사 안내해~"라고 하면 밀리는 길을 피해가며 안전하고 빠르게 인도한다. 뚜벅이 여행을 할 때도 구글맵은 정말 유용하다. 심플한 화살표가 마치 하늘의 별처럼 가이딩 스타가 되어 나를 인도한다.

인류는 하늘을 바라보며 천문의 지도를 읽던 모습에서 머리를 폰에 처박고 디지털 지도를 읽는 모습으로 진화했다. 그러나 그러한 진화는 오히려 인간의 감각을 퇴화시키고 자연과 분리시킨다. 인간을 편리하게 만든다는 것은 나태하게 만든다는 것과 다르지 않다. 별을 보고 길을 찾던 옛사람들은 자연과 몸의 감각을 합치시켜야 했다. 사실 도로교통지도라는 두툼한 책을 가지고 여행할 때만 해도 긴장감이 있었다. 방향을 가늠하는 공간감각이 빠르게 작동했다. 그러나 지금은 앱만 뚫어져라 쳐다보면 된다. 내비게이션의 발달은 길치를 양산하고 있다. 길치는 타고난 공간감각의 센스가 퇴화되었다는 의미다. 내비게이션은 무엇보다 자연과 인간의 감각을 분리시킨다. "요 고개를 넘고, 저 산 모퉁이를 돌아…."는 없다. "300m 앞에서 4시 방향으로 우회전입니다."만 존재한다.

한강이 어디서 시작되는지 궁금했던 적이 있었다. 묻고 찾아 강원도 태백의 어느 지점인 검룡소가 발원지라는 사실을 알아내고는 냅다 내달렸던 기억이 난다. 1992년이었다. 그 산골 오지는 당연히 도로교통지도에도 나타나 있지 않았던 터라 종로에 있는 중앙지도사에서 주로 산악인이 활용하는 대축척 지도를 구입한 후 차에 시동을 걸었다. 피재 고개를 넘어 원시의 자장에 빨려들듯 더듬어간 후 마침내 시원의 현장과 마주쳤을 때의 감동에 아직도 가슴이 뛴다. 며칠 전 호기심이 발동하여 내비게이션에 쳐봤더니 아뿔싸, 집에서 181km 지점에 있는 검룡소가 목적지로 뜬다. 정말이지 내비게이션엔 잡히지 않길 바랐는데…. 그때 넋을 놓고 흘러들어 갔던 시오리 길은 내 몸이 기억한다. 지금 간다면 내비게이션의 기억을 따라가는 꼴이 될 것이다. 인간의 기억을 기계가 대신하는 시대가 온 것이다.

007

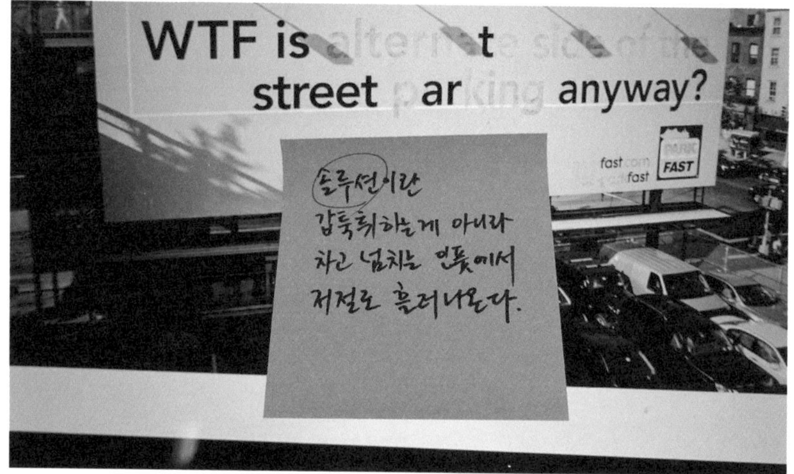
WTF is t
street ar anyway?
PARK FAST
솔루션이란
갑툭튀하는게 아니라
차고 넘치는 인풋에서
저절로 흘러나온다.

솔루션

늘 되풀이되는 수많은 회의, 수많은 문의, 수많은 질문…. 모두 솔루션을 원하는 것이다. 제때 적확한 솔루션을 제시하는 것이 쉽지는 않다. 우리가 할 수 있는 일은 최적의 솔루션을 찾기 위한 경험의 층을 쌓는 것이다. 솔루션이란 게 갑툭튀하는 게 아니라 차고 넘치는 인풋에서 저절로 흘러나오는 것이기 때문이다.

즉, 솔루션이란 이런 것 아닐까?
Solution = Insight from [(Experience + Knowledge) × Long Time]

결국 많이 읽고, 보고, 듣고, 참여하고, 생각하고, 상상하는 방법밖에 달리 무슨 수가 있겠는가. 세상에 공짜는 없다. 일한 만큼 얻고 채운 만큼 터져 나오는 것이다. 그렇다면 우리 모두는 솔루션을 찾는 방법을 알고 있는 셈이다. 게을러서 하지 않는 것뿐. 건강해지는 법을 모두 알고 있으나 쉽게 지키지 못하는 것과 같은 이치 아닐까?

008

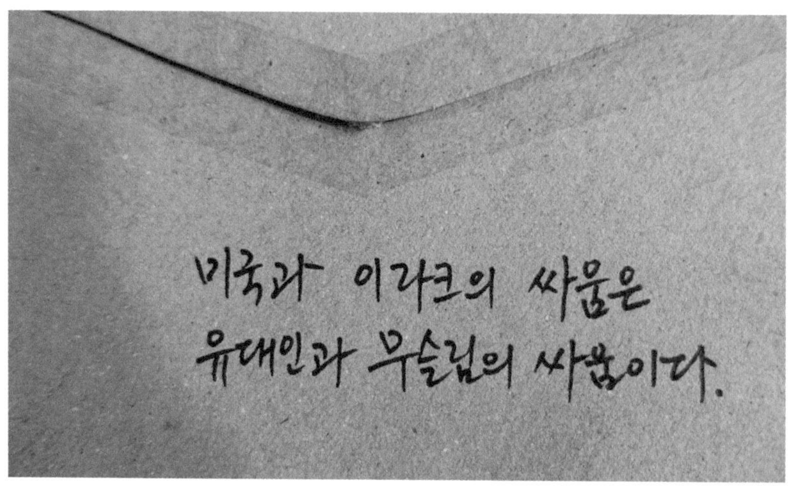

알라의 뜻이라면

이스탄불을 걷다 보니 눈만 내놓은 엄격한 무슬림 여성들이 눈에 많이 띈다. 이스탄불이 이슬람의 성전이다 보니 성지순례를 왔을 게다. 삼복더위에 검은 천으로 온몸을 동여맸다. 보는 사람이 숨이 막힌다. 밥 먹을 때 보니 얼굴을 가린 검은 천을 들어 올리고 그 안으로 밥을 집어넣는다. 영화 〈올드보이〉에서 문 밑에 달린 작은 쪽문을 열고 군만두를 들이미는 장면이 떠올랐다. 이게 뭔 일이란 말인가. 가녀린 여인의 그런 모습에서 무시무시한 전율이 느껴졌고 섬.뜩.했.다. 맹목은 맹목을 낳을 수 있기 때문이다.

무슬림들에게 히잡을 쓰는 것은, 하루 다섯 번 메카를 향해 절을 하는 것은, 라마단에 일제히 금식을 하는 것은 반드시 지켜야 할 불문율이다. 그들에게 종교는 목숨이다. 자기 아들이 몸에 폭탄을 동여매고 자살 특공대에 자원했을 때 엄마는 알라의 뜻이라고 오히려 칭찬을 한다. 무엇이 그들을 막을 수 있을까?

미국이 연이어 이라크를 공습했다. 미국이 이라크를 압도할 수 있을까? 결국 미국은 이라크라는 나라를 상대하는 것이 아니라 무슬림이라는 종교와 싸우는 것이고 이슬람이라는 민족과 싸우는 것이다. 조국의 명예보다는 종교와 민족의 명예를 걸고 싸우는 성전聖戰을 이겨낼 수 있을 것인가? 하긴 한 꺼풀 벗겨 보면 미국도 미국이라는 이름으로 전쟁을 치르지만 배후인 유대인의 대리전을 치르는 것일 뿐. 결국 유대인과 무슬림의 싸움인 것이다. 누가 하느님의 적자인지를 겨루는 한 판이다. 더 정확히 말하면 누가 적자인지를 가리자는 기치를 내걸고 싸우는 정치전이다.

009

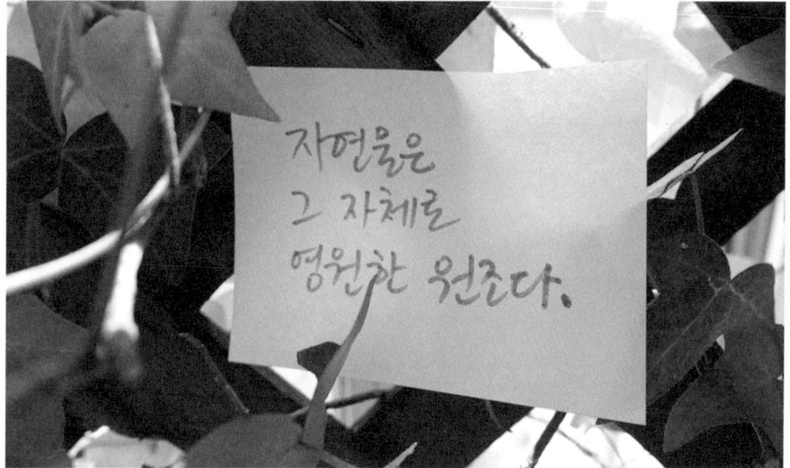

영향의 불안

안토니 가우디Antonio Gaudi는 광기가 느껴진다고 평가받을 만큼 천재성을 가진 건축가로 알려져 있다. 사실 바르셀로나에 있는 그의 작품들을 보면 도저히 도시 생태계에는 맞지 않는 괴상한 건축물이라는 것을 직감적으로 느낄 수 있다. 특히 그의 대표작이라 할 수 있는 사그라다 파밀리아 성당을 밤에 보면 괴기스럽기까지 하다. 마치 고담 시티에 발을 들여놓은 느낌이랄까?

그러나 터키의 카파도키아에 널려 있는 자연이 만들어 놓은 기암괴석을 볼라치면, 가우디가 이곳의 자연에서 엄청난 영향을 받았음을 바로 알 수 있다. 이 지형은 화산 폭발 후 지상을 덮었던 용암과 화산재가 응고되고 비와 바람에 침식되며 아주 오랜 기간 만들어진 자연의 작품이다. 아마도 가우디는 평생 기암괴석의 모습에 빙의되어 작품을 만들었을 것이란 생각이 든다. 그러나 그의 천재성은 자연의 그런 모습을 보고 자신만의 인공적인 창작물로 되새김해냈다는 데 있다. 그것도 엄청난 부피를 차지하는 건축물로.

창작 활동을 하는 크리에이터들은 늘 영향의 불안에 휩싸여 지낸다. 이미 불후의 명작이라 불리는 선대의 것에서 크게 영향을 받았기에, 그것에 종속될까 봐 두려워한다. 그리고 그것을 이겨내려 심리적 갈등을 겪는다. 그 갈등이 클수록 원조가 되고자 하는 욕망도 커진다. 더욱 과감해지고, 당대에는 이단이라 불리더라도 독창성을 확보하려 노력한다. 아마도 가우디는 그런 심리적 갈등을 꽤 겪었을 것이라고 추측해 본다. 영향을 받는다는 것은 불안에 시달린다는 뜻이며, 그런 불안이 없다면 영원한 모방이 반복될 뿐이다.

그러나 자연은 선대의 것으로부터 영향을 받지 않는다. 하나하나의 자연물은 그 자체로 영원한 원조다. 아무리 아름다운 인공 조형물을 봐도 자연물에서 느끼게 되는 차오르는 감탄의 순간을 당해내지 못하는 이유가 여기에 있다. 가우디의 위대한 성당 디자인이 카파도키아 기암괴석의 아름다움을 당해내지 못하는 이유 역시 그렇다.

010

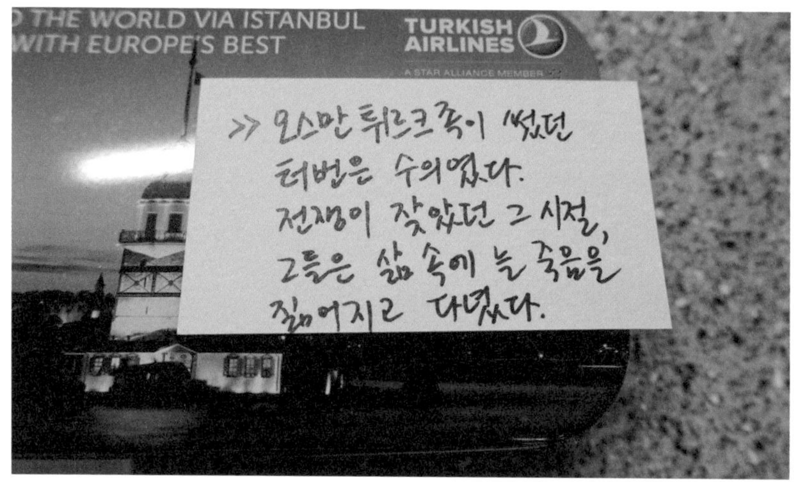
THE WORLD VIA ISTANBUL
WITH EUROPE'S BEST
TURKISH AIRLINES
A STAR ALLIANCE MEMBER
>> 오스만 튀르크족이 썼던
터번은 수의였다.
전쟁이 잦았던 그 시절,
그들은 삶 속에 늘 죽음을
짊어지고 다녔다.

터번을 감다

오스만튀르크가 전 세계 많은 영토를 차지해 갈 무렵 그들은 무슬림답게 터번을 썼다. 터번의 크기는 계급이나 신분에 따라 정해지는 것이 아니었다. 터번의 크기는 자신의 몸통 크기에 비례해 커졌다. 터번은 수의였다. 자신의 몸을 완전히 감쌀 만큼의 천을 머리에 감고 다녔던 것이다. 전쟁이 잦았던 시절 언제 죽을지 모르는 자신에 대한 배려이자 예의였다.

유목민이었던 그들은 그처럼 삶 속에 늘 죽음을 짊어지고 다녔다. 그 정신이라면 두려움이 없었을 것이다. 오스만튀르크 제국이 한때 서쪽의 모로코에서 동쪽의 아제르바이잔, 북쪽의 우크라이나, 그리고 남쪽의 예멘에 이르는 엄청난 영토를 차지할 수 있었던 것도 오늘 죽을 각오로 집을 나섰기 때문일 것이다. 그들은 자기 전 터번을 풀며 하루를 더 살아낸 것에 감사했을 것이다. 사실 우리도 매일 매일이 전쟁이지만 터번은커녕 입에 불평만 감고 살고 있다.

011

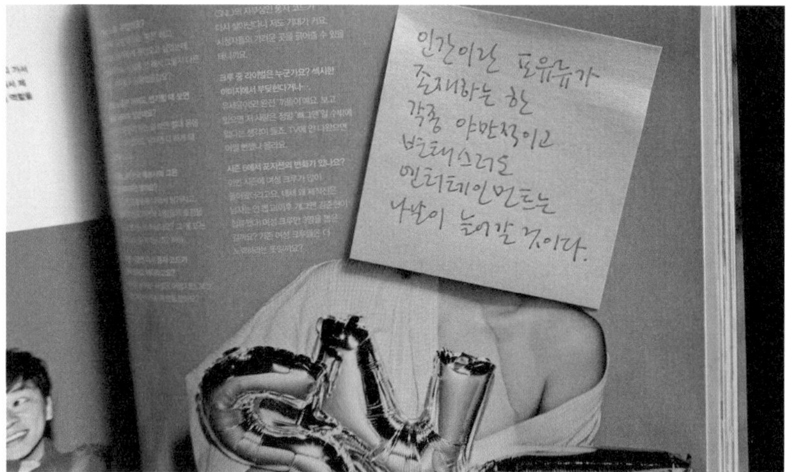

직업으로서의 검투사

로마 시대, 검투사란 직업이 있었다. 알다시피 그들은 로마 황제와 귀족들에게 잔혹한 즐거움을 선사하기 위해 창과 검으로 무장하고 상대방에게 상처를 입히거나 죽여야 했다. 그들은 돈을 벌기 위해서도 싸웠지만 명예를 지키기 위해서도 싸웠다. 싸움에서의 승리는 개인의 명예이기도 했다. 선한 마음 못지않은 크기로 인간의 내면에 자리한 악마적 본성을 충족시키기 위한 가장 잔인한 직업이었다. 피가 튀어야 했다. 사람들이 피에 돈을 걸었기 때문이다.

그들에 대해 새롭게 알게 된 사실이 있다. 그들은 대체로 일 년에 네 번 정도, 즉 3개월에 한 번꼴로 경기에 나섰다 한다. "왜 더 자주 못하는 거지?"라고 반문할 수 있겠지만, 검에 베여서 심한 상처를 입은 경우 3개월만에 회복한다는 것은 그리 쉬운 일이 아니었다고 한다. 그래서 검투사들은 베지테리언Vegetarian, 즉 채식주의자들이었단다. 채소를 먹어야 상처가 빨리 아물고 회복이 빠르기 때문이었다. 그리고 그것을 지키는 것이 의무였다고 한다. 영화 〈300〉에서나 보던 울퉁불퉁한 근육의 소유자들이 엄청난 양의 고기가 아닌 풀을 뜯어 먹었다는 사실을 상상해 보면 참으로 안쓰럽다.

그들은 겜블러Gambler의 표적이 된 하나의 브랜드였다. 그 브랜드 파워를 키우기 위해서는 철저한 자기 관리가 필요했을 것이다. 권투 선수가 한계 체중을 유지하기 위해 엄격한 식단을 지키거나 프리미어리그 축구 선수가 주말마다 열리는 경기를 위해 컨디션 관리에 철저히 신경 쓰는 것과 같은 것이다. 흔히 토끼, 소, 양처럼 풀을 뜯어 먹는 짐승은 순하다고 하고 사자처럼 산 동물을 잡아먹는 짐승을 사납다고 하여 맹수라고 하는데, 검투사들은 풀을 뜯어 먹는 맹수였던 셈이다.

시대는 바뀌었지만 흥분을 원하는 사람들을 위한 엔터테인먼트는 늘 존재한다. 오늘날 이종격투기 선수라는 현대판 검투사가 탄생했듯이 말이다. 상대방이 쓰러져도 올라타 두들겨 패고 얼굴에 피가 낭자해야만 '게임 좀 봤네'라고들 떠든다. 사람을 죽일 수 없다는 것뿐이지 검투사의 싸움과 다를 게 하나도 없다. 어쩌겠는가. 수요가 있기에 공급이 따르는 것이니. 인간이란 포유류가 존재하는 한 각종 야만적이고 변태적인 엔터테인먼트의 종류 역시 늘어갈 것이다.

012

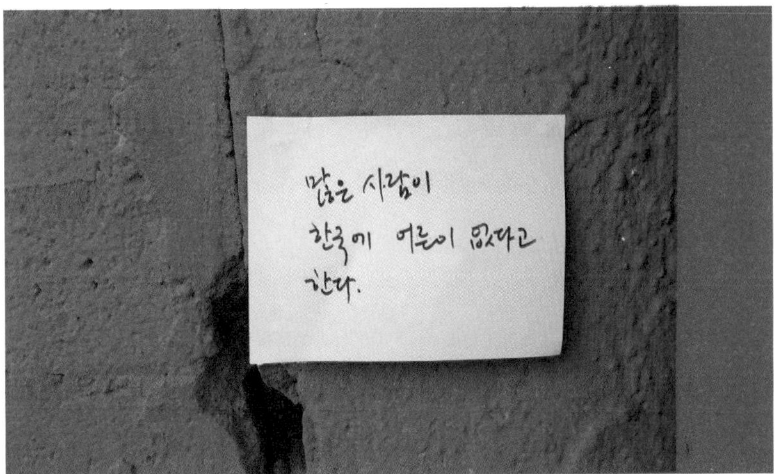

파파와 장군

2014년 8월 16일 교황의 시복식에 백만 인파가 몰렸고, 그들은 파파Papa를 외쳤다. 비슷한 시기에 흥행몰이를 했던 영화 〈명량〉은 1천7백만 관객 수를 기록하며 대한민국 최고 흥행작이자 당시까지 최다 관중을 기록한 〈아바타Avatar〉를 제쳤다. 사람이 몰리는 데는 이유가 있다. 집단 카타르시스 때문이다.

교황은 일시적이었지만 우리의 아버지가 되어 주셨다. 영화 속 이순신 장군은 일시적이지만 우리의 영웅이 되어 주었다. 이 두 가지 사안의 근저엔 누구나 짐작하듯 세월호가 있다. 세월호 사건 이후 우리 사회의, 특히 공권력에 대한 사람들의 신뢰가 극도로 떨어졌다. 아울러 사건 후 상황을 수습하고 사회의 아픈 상처를 봉합해 줄 위로의 손길과 혜안을 찾을 수 없다는 데 더 당황하고 있다. 세월호는 가슴속에 딱 얹혀서 계속 고통을 준다. 마음속 체기가 가라앉지 않는 것이다.

많은 사람이 한국에 어른이 없다고 한다. 동의한다. 교황이 보여준 정의로움과 톨레랑스Tolérance의 가치를, 이순신 장군이 보여준 믿음의 리더십을 그리워한다. 그것의 결핍이 우리의 트라우마를 증폭시킨다. 이순신 장군의 동상으로 상징되는 광화문 광장에서 교황의 시복식 행사가 있었다는 것이 내겐 하나의 정치적 알레고리로 읽힌다.

대안 없는 이 글을 쓰는 동안에도 맘은 계속 불편하지만 어떤 식으로든 세월호는 이성적으로 고개가 끄덕여지는 방향으로, 마음이 동하는 방향으로 수습되어야 한다. 우리는 잠시나마 교황과 이순신 장군, 두 어른을 통해 울분을 삭이고 슬픔을 식힐 수 있었다. 그러나 그것은 일시적인 것일 뿐, 두려운 것은 포용력도 혜안도 찾기 어려운 이 사회의 리더십 부재가 가져온 국민의 냉소冷笑다. 사건 초기 국민이 보여준 비판의식은 이제 냉소로 채워지는 것 같다. 냉소는 전혀 건설적이지 않은 비판과 비방이다. 톨레랑스와 신뢰의 가장 큰 적이다. 어디로 가야 하나? 그래도 믿을 수 있는 건 나와 너, 그리고 우리의 힘 아니겠는가!

013

생각을 디자인하라

"어떤 디자이너가 한국을 대표하는가?"라는 받고 싶지 않은 질문을 받을 때가 종종 있다. 그때마다 나는 한결같이 '이순신 장군'이라 답한다. 거북선이야말로 대한민국 최고의 독창적인 디자인이라 생각하기 때문이다. 전대미문의 작품이다.

물론 이순신 장군은 디자인을 공부한 사람이 아니다. 하지만 절대적인 열세에 처해 있던 그는 왜군을 물리치기 위한 창의적인 생각을 거북선이란 전함으로 디자인했다. 생각을 디자인했던 것이고, 그랬기에 그 디자인엔 전략이 담길 수 있었다. 『손자병법孫子兵法』을 비롯한 수많은 전술은 모두 이기기 위한 생각을 디자인한 것이었다.

나에게 디자인이란 이처럼 '생각을 디자인하는 것'을 의미한다. 디자이너 스스로 디자인을 '어떤 형태를 만들어 내는 것'이란 생각에 가두는 것을 탐탁지 않게 생각한다. 디자인은 생각의 싸움이다. 지금 디자인계에서 가장 중요하게 여기는 콘셉트인 '디자인 씽킹Design Thinking' 역시 같은 맥락에 있다. 스탠퍼드대학의 디 스쿨D School을 비롯하여 IDEO와 같은 앞서가는 디자인 회사들이 디자인 씽킹에 몰두하는 것은 허버트 사이먼Herbert A.

Simon이 언급했던 대로 '기존의 상황을 원하는 상황으로 바꾸기 위한 목적으로 사람들의 행동양식을 고안하는 활동'에 초점을 맞추기 때문이다. 다시 말해, 생각을 디자인하는 정신적 활동을 통해 솔루션을 창출한다는 것이다.

최초로 의자를 디자인한 그 누군가에서부터 구글 글라스를 디자인한 사람에 이르기까지 그들은 새로운 생각을 디자인한 사람들이다. 결국 디자이너는 콘셉트와 싸워야 한다.

014

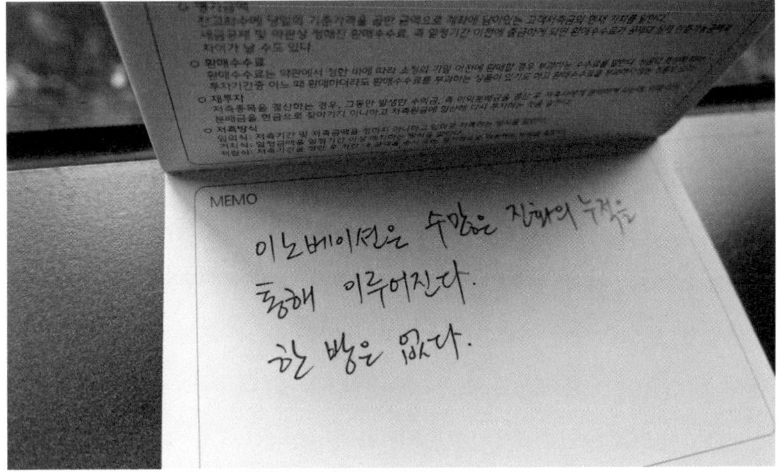

호모
패브리쿠스

톰 우젝Tom Wujek의 마시멜로 챌린지The Marshmallow Challenge라는 프로젝트가 있다. 팀플레이인데 마시멜로 한 개와 끈, 스파게티면, 테이프를 주고 18분 안에 가장 높이 탑을 쌓고 그 위에 마시멜로를 올려놓는 게임이다. 유치원 아이들에서 MBA 출신 성인까지 다양한 사람들이 이 테스트에 응했는데, 놀랍게도 MBA 출신 참가자들의 기록이 낮았고 유치원 아이들의 성적이 좋았다. 이 결과는 무엇을 말하는가?

MBA 출신들은 효과적으로 높게 쌓는 방법을 플래닝Planning하는데 지나치게 많은 시간을 쏟았다. 그리고 얼마 남지 않은 시간 동안 쌓아 올리기를 했다. 그러나 유치원 아이들은 바로 쌓고 붙이기를 시작했다. 우리가 흔히 얘기하는 시행착오를 계속 겪으며 더 나은 성과를 얻어냈던 것이다.

이 결과는 디지털 시대에 중요한 시사점을 던진다. 디지털 시대엔 'MAKE'가 중요하다. 플래닝이 중요하지 않다는 건 아니다. 다만 적정기술을 통해 프로토타입[3]을 '만들어 가는 여정'이 더 중요해졌다. 그것은 만들고, 허물

---

3 Prototype, 원래의 형태 또는 기초, 표준이라는 뜻으로 제품을 개발하기 전에 시범적으로 제작하는 초기 모델을 말한다. 최종 완료될 때까지 계속해서 개선하고 보완된다.

고, 만들고, 허물며 완성을 향해 나가는 과정이다. 'Learning by Doing', 즉 실행하면서 배우는 과정에서 성과가 창출되는 시대가 됐다.

이노베이션은 수많은 진화의 누적을 통해 이루어진다. 다시 말해 수많은 시행착오의 결과다. 실패가 값진 이유는 뚜렷한 목적을 향해 가는 과정에서 얻는 것이기 때문이다. 만드는 시대다. 아이디어만 있으면 얼마든지 자신의 브랜드를 만들 수 있는 시대가 됐다. 문제는 머릿속에 담고 말로만 떠드는 것이다.

015

해피
데이

조카의 초등학생 아이들이 오늘이 학교에서 지정한 '해피데이'라고 너무 좋아한다. 이날은 학교에 가지 않고 바자회를 열거나 영화를 보며 논다고 한다. 그러면 공부하는 대부분의 날은 '언해피데이'인 거다. 2014년 통계청 자료에 따르면 초등학생의 학습시간이 대학생, 대학원생보다 더 긴 것으로 나타났다. 학교 수업 이외에 사교육 수업이 하루 평균 2시간 14분에 달하기 때문이다.

뭐 그리 알아야 할 게 많아 초중고 무려 12년을 교과서만 붙들고 공부하는지 모르겠다. 사실 그 12년이란 것은 그들이 노동인구로 편입되기엔 덜 성숙했기에 사회에 나가기 위한 이것저것을 알아가는 준비 과정인데, 왜 모든 것이 오로지 암기하고 문제를 푸는 따분한 공부에만 얽매여 있을까? 인생을 즐겁고 가치 있게 보낼 수 있는 마음을 길러 주는 것이 그 12년의 역할이 아닐는지. 뛰놀고, 운동하고, 악기 배우고, 노래하고, 춤추고, 그림 그리고, 봉사하고, 그 사이사이 교과서도 좀 들여다보고…. 미적분이나 양자역학을 몰라도 충분히 살 수 있는데.

외국인들이 한국 사람들은 그렇게 공부를 많이 하고 부지런한데 왜 다 잘 살지 못하고 행복지수가 낮은지 이해가 안 간다고 할 때 나도 100% 공감이 갔다. 12년간의 학습 스케줄대로라면 이 아이들이 성장해서 모두 노벨상을 받아야 마땅하다.

어제오늘 얘기가 아니지만, 오늘 조카의 아이들 얘기를 듣고 '해피데이'란 날을 지정한다는 것 자체가 너무 어이없었다. 에브리데이가 해피데이어야 하는 아이들인데….

016

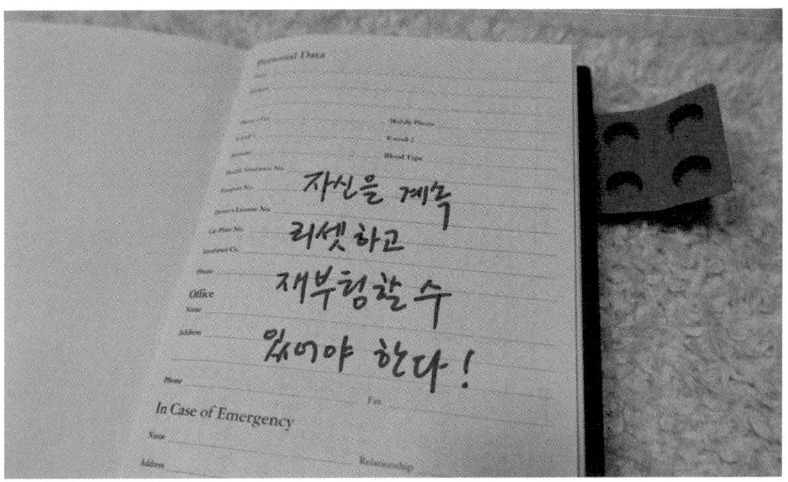

넘버사인에서 해시태그로

기호는 하나의 약속이다. #는 숫자를 나타낼 때 쓰이는 기호다. 영어로도 넘버 사인Number Sign이라 한다. 나 역시 페이스북 페이지 '탁톡1119'의 글을 넘버링할 때 #를 사용하고 있다. #는 또한 무게를 나타내는 파운드 사인Pound Sign으로 쓰이기도 한다. 5#는 5파운드를 의미한다. 한국에서는 우물 정자로 통용되기도 한다. 우리는 흔히 "주민번호 입력 후 우물 정자를 눌러주세요."란 음성안내를 듣곤 한다.

이 #가 소셜 시대에 접어들어 엄청난 파워를 갖기 시작했다. 이른바 해시태그. # 뒤에 주제어를 다는 형식이다. 우리는 그 해시태그를 통해 소셜 캠페인에 동참하기도 하고 자신만의 고유 주제어를 설정하여 범주화한다. 나 역시 #MyCuriousItem #CopyThatMoves 등등 해시태그를 사용하고 있다.

해시태그는 넘버사인 #의 가장 극적인 활용법의 변화라고 할 수 있다. 새로운 사회적 약속이 생기면서 기호의 용도와 의미가 확장된 것이다. 우리는 합의만 된다면 이렇게 짝대기 네 개짜리 기호도 새로운 의미를 부여해서 재탄생시킨다.

나는 우리 자신에게도 계속 새로운 약속을 부여하는 것이 필요하다고 생각한다. 나 자신과의 합의를 통해서 계속 자신을 리셋하고 재부팅할 수 있어야 한다고 생각한다. 이런 사람인 줄 알았는데, 벌써 저만큼 다른 방향으로 나아가 있는 그런 사람이 되어야 한다고 생각한다. 그러나 우리 대부분은 태어날 때 부여받은 넘버링을 달고 그 상태 그대로 살아가는 것 같다. 한 번뿐인 인생인데 이왕이면 다양하게 해석되는 기호를 달고 사는 게 좋지 않을까?

017

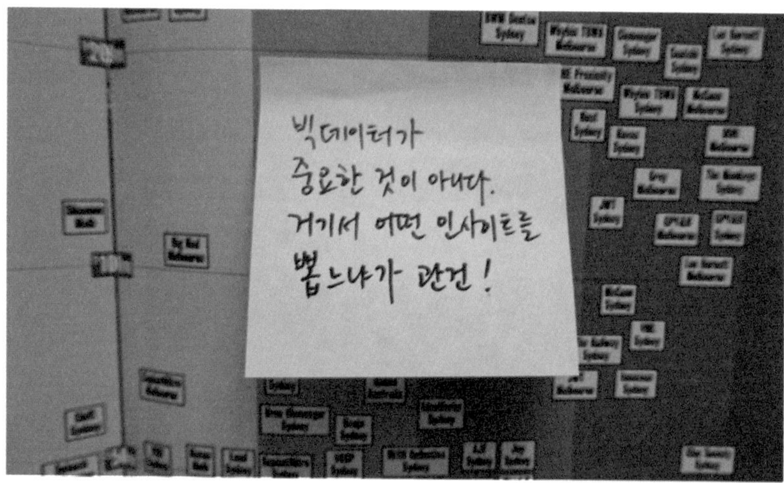

빅데이터

어느 날 갑자기 내가 하루 몇 사람과 마주쳤는지 궁금해졌다. 그래서 그날 밤 하루를 반추해 보며 얼굴 맞대고 눈 마주치고 긴 시간이건 짧은 만남이건 말을 주고받은 사람이 몇 명인지 헤아려 보았다. 무려 57명이었다. 아파트 경비하시는 분과의 인사로 시작해서 연극 공연 관람 후 주인공과의 만남을 끝으로 하루를 마감했다.

한 사람 한 사람과의 마주침을 머릿속에서 복기해 보았다. 그랬더니 내가 건넨 말 또는 나의 표정, 제스처 등에 따라 상대방의 반응도 상당히 달랐다는 사실을 알게 됐다. 가벼운 조크, 아침엔 무얼 드셨냐는 약간 더 구체적인 인사말, 저 복도 끝에 서 있던 후배에게 두 팔을 크게 흔들어 몸 인사를 했던 일, 공연을 마치고 나오는 주인공을 기다리다 깜짝 놀라게 해 주었던 일 등에 대해 사람들은 모두 즐거운 반응을 보였고, 얼굴 찌푸리는 일 없이 즐거운 마주침으로 일관한 하루를 마감할 수 있었다.

이렇게 하루 데이터를 분석해 보니 막연했던 수많은 마주침이 의미 있게 다가왔고. '일 년이면 수만 건의 마주침이 있을 터인데, 정말 그 모든 만남이 얼굴 붉히는 만남이 아닌 얼굴 밝히는 만남이면 얼마나 좋을까?'라는 생각이 들었다. 그래서 그 날을 기점으로 한 해 동안 98% 이상 얼굴 밝히는 만남이 이뤄지도록 먼저 인사하고, 밝은 표정으로 웃고, 덕담을 던지고, 작은 것이라도 안부를 물으면서 관계의 좋은 컨텍스트를 계속 형성해 가야겠다고 생각했다. 역시 데이터 분석은 생각을 정리하고 행동으로 대처하는 데 도움을 준다.

요즘 광고계에 'Math Man not Mad Man'이 새로운 화두다. 빅데이터 시대에 애널리틱스[4]가 중요해지다 보니, 광고인의 생활을 다룬 유명한 미드 〈Mad Man〉의 제목을 'Math Man'으로 바꿔치기한 것이다. Mad Man 시대의 가치로는 현 상황에 대적하기가 힘들단 의미. 그러나 빅데이터가 거창한 걸 의미하는 건 아니다. 나의 일상에도 이미 어마어마한 빅데이터가 존재하지 않은가. 중요한 것은 데이터를 축적해 양적 통계를 내는 것이 아니라 거기서 어떤 인사이트를 뽑아내느냐이다. 그것을 해내지 못한다면 데이터 더미에 묻혀버리게 될 뿐이다.

---

4 Analytics, 수학적 기법으로 데이터에서 통찰을 이끌어 내는 작업.

018

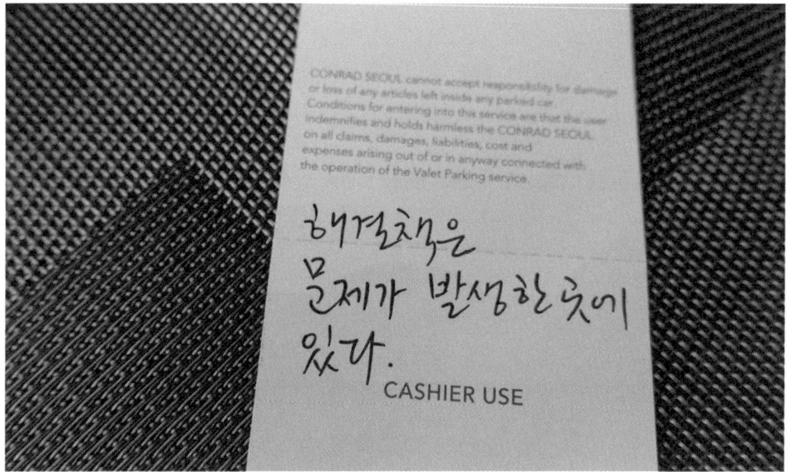
CONRAD SEOUL cannot accept responsibility for damage or loss of any articles left inside any parked car
Conditions for entering into this service are that the user indemnifies and holds harmless the CONRAD SEOUL on all claims, damages, liabilities, cost and expenses arising out of or in anyway connected with the operation of the Valet Parking service.
해결책은 문제가 발생한 곳에 있다.
CASHIER USE

현장검증

로펌을 운영하는 박 씨 성을 가진 친구를 만났다. 친구 왈, 요즘은 몽골에 의료봉사하러 가는 일에서 가장 큰 힐링을 얻는다고 했다. 변호사 하는 녀석이 무슨 의료봉사를 하냐 했더니 웬걸, 할 일이 꽤 있었다. 우선 의사를 섭외해서 봉사단을 꾸려야 하고, 해당 지역에서의 의료 서비스를 위한 법률적인 절차를 밟아야 한다. 여기까지는 짐작할 수 있고 이해할 수 있는 일이다.

그러나 친구 왈, 가장 중요한 임무는 사람들을 줄 세워 진료받을 때까지 문제없이 기다리게 하는 일이란다. 너도나도 먼저 진료를 받으려고 하기에 누가 병이 더 중한지 판단해서 앞에 세워야 하고, 재진 받는 사람이 누구인지도 기억해야 하고, 아파서 엄살떠는 사람은 달래줘야 하고, 줄 서 있는 동안 비타민도 나눠 주고 생리대도 나눠 주고 노인들께는 파스도 나눠 주고 한다는 것이다. 그러다 보면 아침 9시에서 저녁 6시까지 진료 시간이 후딱 지나가고 녹초가 된다는 것이다.

"네가 참 중요한 일을 하는구나."
"그래서 의사들이 나를 원장이라 부르지. 원장은 진료를 안 하거든…."

일상에서 우리는 이와 같은 일을 자주 마주한다. 사실 어떤 얘기를 들었을 때 선입관으로 판단하는 일이 많은데, 실제 겪어 보면 생각지도 못한 상황이 펼쳐지는 경우가 많다. 정황을 제대로 파악하려면 남의 얘기를 듣고 말 것이 아니라 반드시 현장에 가 보아야 한다. 그러면 우리는 변호사가 진료받을 사람 줄 세우는 것을 목격하게 되는 것이다. 내가 후배들에게 해결책은 현장에 있으니 문제가 발생한 곳에 꼭 가 보라고 늘 말하는 이유가 여기 있다.

탁상공론으로는 절대 실질적인 해결책을 찾을 수 없다. 나 역시 음성 꽃마을로 봉사 갔을 때 몸이 불편한 분들을 씻겨 드리고 먹는 것을 도와 드리고 온 것이 아니라 하루 종일 큰 항아리 세 개에 가득 찬 묵은 김치를 잘게 써는 칼질만 하다 왔으니깐. 그날 저녁 식사가 김치볶음밥이었던 것이다. 박 변호사가 박 원장이 되어야 하는 경우가, 김 CD가 김치만 썰어야 하는 경우가 우리 일상엔 비일비재하다.

019

"내가 가치를 두는 일이 무엇인지 아는 일이 나 자신을 아는 일이다."

나는 누구인가?

대부분의 사람이 자소서를 쓰거나 자신에 관해 얘기해 보라 하면 주변 얘기를 주르르 늘어놓는다. 어디서 태어났고 형제자매가 몇인데 그중에 자신은 몇 째이며 온화한 부모님 밑에서 자랐고 취미와 특기는 무엇이고 등등이다. 내가 듣고 싶은 것은 '무엇에 가치를 두고 있으며, 그것을 위해 지금 무엇을 하고 있고, 가까운 미래에 무엇을 하고 있을 것이다'라는 내용이다. 이 하나의 문장에는 여러 가지가 포함된다. 인생관, 비전과 목표, 그리고 그것을 이루기 위해 자신의 재능을 어떻게 구현할 것인지가 모두 들어 있다.

그러나 많은 사람이 스스로에 대한 이러한 정의를 내려본 적이 없는 것 같다. '나'란 존재에 대한 정의는 태어날 때 자신을 둘러싼 배경 그리고 현 상태에 대한 묘사에서 더 나아가지 않는 것 같다. 솔직히 자기 자신에 대해 알고 있기나 한 걸까?

내가 무엇에 가치를 두고 있는지에 대한 생각을 정리해 보고 사는 것과 그렇지 않은 것은 큰 차이를 가져온다. 미래지향적인 삶과 현실 소모적인 삶의 차이를, 구체적인 하루와 막연한 하루의 차이를, 한 개 한 개씩 알을 낳는 인생과 주말만을 기다리는 인생의 차이를 가져온다. 내가 가치를 두는 일이 무엇인지에 대해 생각해 보고 미래 비전을 세우고 '그것이 나!'라고 말할 수 있도록 해 보자. 내가 가치를 두는 일이 무엇인지를 아는 것이 나 자신을 아는 일이다.

020

미술작품은 로또가 아니다

미술계 쪽에 네트워크가 좀 있다 보니 간혹 미술작품 구매에 대해 문의를 하는 사람이 있다. 일반적으로 현재 가격이 얼마이고, 나중에 가격이 더 오를 가능성이 있는지에 대해 물어본다. 작품 가치는 안중에 없고 상품 가치에 대해서만 묻는다. 그럴 때마다 "종로3가 금은방에 가서 금덩어리를 사시죠!"라는 말이 입밖으로 튀어나오려 한다. 미술작품을 대하는 대한민국 일반인의 기본 수준이라 해도 크게 틀리지 않을 것이다.

미술작품은 기호품이다. 어느 작품을 구입한다는 것은 그 작품이 내 취향에 맞아서 구입하는 것을 의미한다. 나의 취향에 맞으면서도 지금 나의 형편에 맞는 시계나 핸드백이나 자동차를 고르는 것과 마찬가지다. 그러니 먼저 미술작품에 대한 심미안을 길러야 한다. 아무리 초짜 작가의 작품이라 할지라도 내가 좋으면 구입하는 것, 그것이 콜렉션이다. 그러나 우리에게 미술작품은 대부분 재산 불리기 수단 중 하나다. 작가 사후에 대박이 날 것을 꿈꾸기도 한다. 슬프다. 미술작품은 로또가 아니지 않은가. 그러나 더 슬픈 것은 우리에게 그런 예술품을 감상할 만한 취향이 존재하지 않는다는 것이다. 취향이 없으니 작품을 돈덩어리로만 볼 수밖에.

가령 당신이 정말로 좋아하는 작가의 너무너무 갖고 싶은 작품이 있는데 당신은 가난한 학생이라고 치자. 만약 당신이 작가를 찾아가 자초지종을 말하고 지금은 가진 게 십만 원뿐이 없으나 그 작품을 소유하면 너무 행복할 것 같다고, 나중에 취직해서 돈을 벌면 마저 값을 치르겠다고 한다면 99%의 작가는 작품을 헐값에 주리라 확신한다. 중요한 것은 창작물에 대한 애정이다. 자기 취향도 아니면서 돈 된다니깐 몇십, 몇백억 원을 들여 데미안 허스트[5]의 포르말린 어항에 담긴 상어 사체나 다이아몬드 박힌 해골 따위를 구매하진 말자. 그것은 읽지도 않으면서 서가에 빽빽이 꽂아놓은 세계 문학, 철학 전집과 다를 게 없다. 심미안을 기르고 자신의 취향을 갖는 것이 먼저다.

5 Damien Hirst, 영국의 예술가. 죽음이라는 주제를 파격적이고 충격적인 방식으로 표현해 논란의 대상이 되어 왔다.

021

What to Say

광고를 비롯한 수많은 커뮤니케이션에서 'What to Say'를 옳게 정의하는 것은 매우 중요하다. 그 부분이 정립되지 않으면 매번 회의 때마다 배는 산으로 간다. "난 이게 좋은 거 같은데?"만 연발하게 된다.

What to Say를 제대로 정립하기 위해선 그것을 'What (the Client Want) to Say'와 혼동하지 말아야 한다. 클라이언트가 틀렸다고 말하려는 게 아니다. 입장의 차이를 말하려는 것이다. 클라이언트는 아무래도 제품의 특장점을 강조해 주길 바란다. 어쩔 수 없는 일이다. 늘 잔소리하는 부모의 입장과 같은 것이다. 그러나 광고인은 제품에 대해 사람들이 느끼는 생각과 감정을 크리에이티브화 해야 한다. 제품에 대한 공부 못지않게 소비자와 소비문화에 대한 공부도 필요하다.

회의 시간이 기술과 트렌드의 변화, 사회문화적 이슈에 대한 사람들의 반응, 소비행태 등에 대한 얘기로 가득하면 그 프로젝트는 성공 캠페인이 되기 쉽다. 그러나 회의 내내 '박 부장님이 그건 아니라 했잖아' 식의 클라이언트 지시 사항이 오간다면 그 프로젝트는 브로셔가 되기 쉽다. 전파로 된 브로셔를 만드느냐 인쇄로 된 브로셔를 만드느냐의 차이일 뿐이다. 제품의

USP[6]가 뚜렷하다면 잘생긴 브로셔를 만드는 것도 광고인의 임무다. 그러나 평생 브로셔만 만들 수는 없는 일이다. 광고는 브리프[7]를 물리적으로 옮기는 것이 아니라 화학적으로 치환하는 일이다. 광고인은 연금술사가 되어야 하는 것이다.

---

6 Unique Selling Propositions, 제품의 특징이 소비자에게 주는 이익을 강조하여 만든 광고.

7 Brief, 광고 활동을 위해 작성하는 광고 전략 기획서.

022

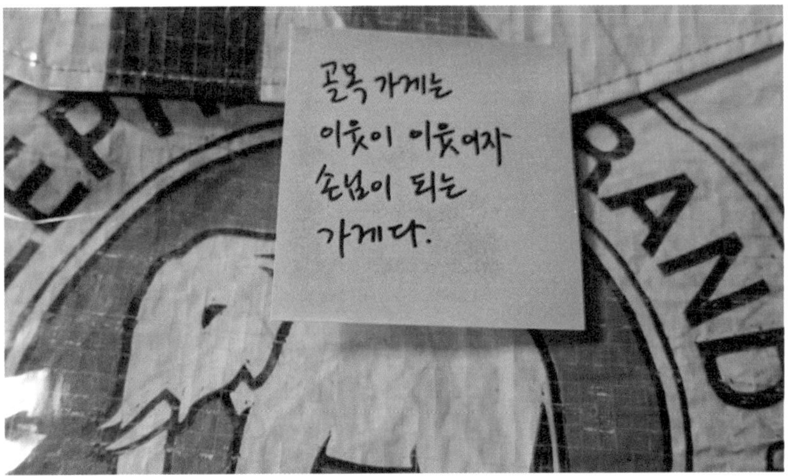

골목 가게

어렸을 때 우리 옆집엔 쌀집 철이가 살았고, 그 옆집엔 철물점 제구가 살았다. 그들이 김철, 이제구로 불리지 않고 쌀집 철이, 철물점 제구라고 불린 것은 그 가게가 요즘처럼 임대한 가게가 아니라 그들이 사는 터전이었기 때문이다. 쌀가게, 철물점을 지나 안으로 들어가면 그들이 사는 살림집이 있었다.

당시 작은 골목에 위치한 모든 골목 가게는 우리 이웃이었다. 밤 10시면 셔터 내리고 주거지로 돌아가는 가게가 아니었다. 그래서 그 가게들은 임대료가 올랐다 하여 2년도 채 못 넘기고 월세 싼 곳으로 메뚜기 튀듯 돌아다니는 것이 아니라 붙박이로 있었다. 철이는 쌀가게 아들이기도 했지만, 내 친구이기도 했다.

골목 상권이 무너지면서 이 같은 풍경을 보기 어려워졌다. 살림터까지 함께 있진 않더라도 골목길 터줏대감으로 자리하던 슈퍼마켓, 세탁소, 미용실, 이발소, 문방구들도 서서히 사라져 간다. 골목 가게는 이웃이 이웃이자 손님이 되는 가게다. 일본엔 엄청난 수의 대물림 가게들이 있고, 몇십 년이 지나도 똑같은 자리에서 가게를 대물림하고 있다. 몇십 년째 경기침체를 겪고 있어도 그들은 먹고살 길은 마련한다. 하지만 대한민국에선 직장을 잃으면 거리에 나앉는 꼴이나 다름없다.

중소기업 육성 방안이라 해서 나랏돈을 들여 그들을 육성하기 위한 여러 사업을 하는 것을 보았다. 그러나 중소기업의 내수 판로가 막힌 상황에서 겉모습만 바꾸는 육성 방안은 세금을 헛 쓰는 꼴밖에 안 된다. 생태계를 바꿔야 한다. 일본엔 100년 넘는 장수기업만 2만2천여 개가 있는데 교토와 니키타현에만 1,000개가 넘는다고 한다. 이들은 물론 골목 가게에서 시작된 것들이다. 쌀집 철이, 철물점 제구가 많아졌으면 좋겠다. 지금 그 친구들은 뭘하고 있을까?

023

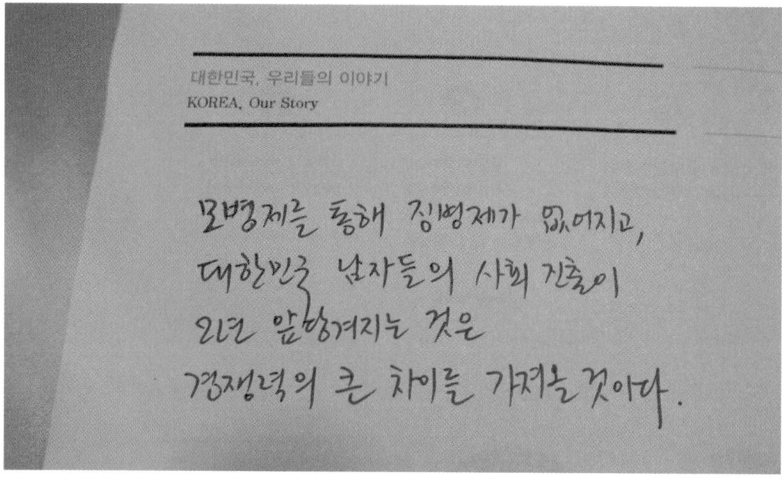
대한민국, 우리들의 이야기
KOREA, Our Story
모병제를 통해 징병제가 없어지고,
대한민국 남자들의 사회 진출이
2년 앞당겨지는 것은
경쟁력의 큰 차이를 가져올 것이다.

진짜 사나이

군대에서 총기 사고, 자살 사고 등등 문제가 끊이질 않는다. 왜 그럴까? 가고 싶어 가는 곳이 아니기 때문이다. 그러면 어떻게 해결해야 할까? 아주 쉽다. 가고 싶은 사람이 가면 된다. 휴전 후 60년이 흘렀다. 무기체계도 바뀌었고, 전쟁의 성격도 바뀌었고, 군이 해야 할 역할도 바뀌었다. 그러나 징병제는 그대로 유지되고 있고, 말로는 많이 민주화되었다고 하지만 구타와 욕설과 왕따 역시 유지되고 있다. 군대에도 일진이 존재하는 것이다.

모병제 논의가 일고 있다. 개인적으로 적극 찬성한다. 군인 수를 줄이고 그만큼의 예산을 직업군인의 수를 늘리고 처우를 개선하는 데 쓰면 된다. 직업군인이기에 적응 못 해 심신의 괴로움을 겪는 일도 훨씬 적을 것이다. 심신이 약한 관심병사를 최전방 실탄을 소지하는 곳에 배치하지 않아도 될 것이다. 부모들은 아들을 군에 보내놓고 마음을 졸이지 않아도 될 것이다. 무엇보다 천연자원 하나 없고 인적 자원이 전부인 대한민국에서 청년의 사회 진출이 2년 앞당겨질 것이다. 나는 그것이 국가 경쟁력의 엄청난 차이를 가져올 것이라 생각한다.

전업주부로 오래 지내다 다시 직업을 가지려는 여성들을 경력 단절자라고 부르던데, 군 복무 중인 남자 역시 학력 단절이거나 경력 단절이 된다. 어떤 사람들은 군에서 행정 업무도 배우고, 조직 생활도 배울 수 있는 것 아니냐고 반문할 수 있다. 물론 그럴 수 있다. 그러나 사회에서 별로 써 먹을 게 없다는 게 문제다. 아니, 때론 안 좋은 문화를 양산하고 있다는 것이 문제다. '군사문화'라는 단어 자체가 부정적 의미로 쓰이고 있지 않은가.

혹자는 군인 수를 줄이면 어쩌느냐고 반문할 수도 있다. 안심하시라. 제대로 된 직업군인 한 명이 달력에 동그라미를 치며 제대만을 목놓아 기다리는, 어쩔 수 없이 시간 때우는 의무복무병 세 명보다 낫다. 군 개혁이 있어야 한다. 그동안 입법, 사법, 행정, 기업, 교육 등등 전 영역에 걸쳐 개혁이 이뤄져 왔다. 하지만 군에서는? 글쎄 안 좋은 일이 계속 반복되는 것을 보면 제대로 개혁이 이루어지지 않은 것 같다. 우리나라 전 영역에 걸쳐 정치 못지않게 큰 개혁이 일어나야 할 곳이 바로 군대라고 생각한다. 개혁이란 수많은 반대를 무릅쓰고 이뤄내는 것이다. 안 되는 이유를 대기 시작하면 2박 3일을 댈 수도 있다. 모든 일이 그렇다.

많은 수의 대한민국 남자들이 별 이유 없이 조롱당하고 맞지 않는 세상이 되었으면 좋겠다. 자신도 모르게 폭력이 내재화되어 당한 만큼 남을 괴롭히는 원치 않는 경험을 하지 않았으면 좋겠다. 모병제를 통해 군인이란 직업이 최고의 직업으로 자리 잡았으면 좋겠다. 군대가 스마트하고 존경받는 조직이 되었으면 정말 좋겠다.

024

메이드 인 차이나

WILD STORIES
WWF PLUSH COLLECTION
WWF
중국과의 양적경쟁
에선 아무리 계산기
를 두드려도 승산이 없다

처음 중국에 갔을 때가 베이징을 방문한 2000년이었다. 당연히 자금성을 제일 먼저 보러 갔다. 천안문 앞에 딱 서는 순간 중국과는 경쟁을 하면 승산이 없겠구나 하는 느낌이 온몸에 전해져 왔다. 경복궁은 그저 별채에 불과할 정도로 방대한 규모의 왕궁을 짓는다는 상상력의 크기 자체가 우리와는 게임이 안 되는 것이기에, 두려웠다. 그들과는 경쟁보다는 함께 상생할 수 있는 길을 모색하는 것이 최선의 방법일 거란 생각이 머리를 굴리지 않고도 그냥 떠올랐다.

중국의 저가 휴대폰 샤오미Xiaomi가 급부상하면서 제조사인 팍스콘도 함께 부상하고 있다. OEM 방식으로 애플, 노키아, 소니, LG 등등 웬만한 이름 있는 전자제품의 완제품을 생산하던 팍스콘이 드디어 중국 브랜드를 론칭한 것이다. 이미 샤오미의 선전은 예상된 바 있었다. 우선 저가니까. 게다가 샤오미의 제품 기획력과 오랜 기간 완제품 생산 능력을 키워온 팍스콘의 경험 덕분에 제품력도 뒤지지 않는다는 평이다. 젊은 세대에서는 샤오미 한번 써봤으면 좋겠다는 의견도 꽤 나온다.

팍스콘은 중국에만 130만 명의 종업원이 일을 하고 있다. 심지어 인건비를 안 줘도 좋으니 먹고 입혀만 달라는 노동자가 부지기수란다. 생산 설비를 늘리면서 인원이 더 필요해지면 채용 단위가 2~3만 명, 심지어 한 번에 10만 명을 채용할 때도 있다고 한다. 최근엔 아이폰 생산 라인에 로봇도 1만 개를 투입할 계획을 가지고 있다. 아기자기한 경복궁 안뜰을 거닐다 자금성의 거대한 규모에 압도당했던 느낌이 고스란히 전해져 온다.

그들과 양적 경쟁에선 아무리 계산기를 두드려도 승산이 없다. 그들이 나무젓가락을 만들고, 장난감을 만드는 것은 별 무리가 없다. 그러나 부가가치가 높고 이윤이 큰 데다 대한민국의 수출 동력인 전자제품의 카테고리를 점령한다면 우리 국가 경제가 휘청거릴 수 있다. 이제, 소프트웨어 개발을 통한 새로운 생태계를 만드는 것이 관건이다. 모르는 바 아니다. 누누이 언급되어 왔다. 구글을 보면 그러한 새로운 생태계를 제대로 준비해 가고 있다. 무서울 정도의 치밀함을 가지고 미래를 당겨 보여주고 있다.

우리는 정말로 머리 좋고 손재주 좋은 민족이기에 판을 깔아주는 시스템만 잘 뒷받침된다면 훌륭한 성과를 낼 수 있다고 확신한다. 그 판을 까는 주체는 정부일 수도 기업일 수도 학교일 수도 오타쿠들의 커뮤니티일 수도 있다. 대한민국 국민이 묵직한 아젠다 아래 하나로 모였으면 좋겠다. 지혜가 필요한 시대다. 쓸데없는 사안들에 너무 많은 에너지가 분산되고 있다. 결집!

025

개불알

느닷없이 개불알이 회자된 적이 있었다. '개불알 지켜주세요'란 메시지가 담긴 포스터가 버스 옆면을 비롯 각종 아웃도어에 디스플레이 되어 있고, 그것의 정체가 무엇인지 찾아가는 '그것이 알고 싶다'류의 영상이 궁금증을 불러일으켰었다. 알고 보니 그것은 산림청에서 시도한 과감한 바이럴 필름이었다. 난개발로 인해 사라져 가는 희귀식물을 보호하자는 캠페인이었는데, 그 희귀식물의 표본으로 이름이 이상한 개불알꽃을 등장시켜 널리 회자시키려 한 의도가 드러난다.

야생화 천국인 곰배령이란 지명이 알려지기 훨씬 전부터 야생화 탐사를 다녔던 나는 종종 개불알꽃과 마주치곤 했다. 사실 볼살이 통통하게 오른 아기 얼굴 같은 그 꽃을 왜 흉측한 개불알꽃이라 불렀을까 하는 의구심은 있었다. 영어로 개불알꽃은 Lady's Slipper, 즉 아가씨의 슬리퍼다. 한국에서건 서양에서건 꽃의 모양새를 보고 이름을 지었다는 사실을 알 수 있다. 그러나 아가씨의 슬리퍼 같은 예쁜 이름을 두고 왜 하필 개불알꽃이 되었을까? 우리나라 야생화에는 이처럼 낯뜨거운 이름들이 즐비하다. 개밥풀, 며느리 밑씻개, 아기똥풀…. 야생화는 원래 이름이 없던 꽃에 누군가가 이름을 붙인 후부터 구전되어 오면서 개개의 이름이 정착됐다.

그러면 야생화를 처음 목격한 사람들은 누구였을까? 신분 높은 양반이었을까? 신분의 구분이 엄격했던 예전에 양반은 에헴 거리며 집에서 글 읽기 또는 글 읽는 척하기에 바빴고, 머슴은 장작을 구하고 밭을 매기 위해 산과 들을 헤매고 다녔다. 결국 신분이 비천한 머슴들이 꽃의 이름을 붙여준 장본인들이다. 배우지 못한 하층민인 머슴들에게서 고상한 이름이 나왔을 리 없다. 그러다 보니 아주 원색적인 이름이 붙여질 수밖에. 그들에게서 ‘아가씨의 버선’ 같은 고상한 이름을 기대하긴 어려웠을 것이다. 설사 누군가 “우리 쥔 집 아가씨의 버선처럼 생겼네!”라고 했을 때, 그 옆의 놈이 대뜸 “웃기고 있네~! 개불알이잖아, 개불알!”했다면 바로 개불알의 완판승으로 끝났을 것이다.

정부 기관의 이러한 과감한 시도가 사회가 점점 말랑말랑해져 가는 징표인 것 같아 반갑기는 하다. 게다가 사람들이 개불알꽃의 존재도 알게 됐으니. 덧붙인다면, 앞으로 사람들이 지구란 행성에 존재하는 모든 사물에 관심을 가졌으면 하는 바람이다. 개개의 식물에도 이름이 있다. 그러나 우리 눈엔 모두 나무이고 꽃이고 풀일 뿐이다. 그들의 이름을 불러줄 때 우리는 그들과 만나게 된다. 그렇지 않다면 그들은 영원히 배경일 뿐이다.

026

'그것만이 내 세상'에서 '로켓 펀치 제너레이션'까지

1980년대 최루탄이 안 터지는 날보다 터지는 날이 좀 더 많았던 시절, 대학생이던 난 들국화의 노래를 만났다. 가진 에너지를 다 짜내어 온몸으로 노랠 부르는 전인권은 온몸으로 시를 썼던 시인 김수영의 대중가수 버전이었다. 노래방이 없었던 그 시절 우리는 술 한잔 걸치면 길거리에서 전인권의 샤우트 창법을 흉내 내며 목청 찢어져라 노랠 토해냈다. "그것만이 내 세상~!"

우스꽝스러운 세상이었다. 길거리에선 경찰들이 수시로 가방을 까서 불온서적이 들어 있는지 검사했고, 대학 캠퍼스에서는 전방에 있어야 할 탱크들이 잠을 자기도 했다. 학생운동에 적극 동참하건 아니 건 간에 적어도 피 끓는 청년이라면 심정적으로 투사가 되지 않을 수 없는 상황이었다.

들국화의 노래는 당시의 20대가 느꼈던 답답함과 막연한 미래에 대한 불안감을 터트려 없앨 수 있는 카타르시스였다. 세상을 잘 모르지만 내가 택한 길 그것만이 내 세상이라는 내용의 노랫말은 출구 없는 당시 상황의 탈출구가 되기에 아주 적절했다. 그래서 우리는 그 노랠 목청껏 부를 수밖에 없었다. 한풀이를 하듯 말이다.

목청에 굳은살이 배겼을 즈음 난 광고인이 되어 있었다. 광고의 세계가 '그것만이 내 세상'이 될 수 있을지는 확신이 서지 않았지만, 아무튼 그 길을 택했다. 그 후 20년 가까이 난 열심히 광고를 만들었고 화염병이 촛불로 대체되었을 뿐 달라진 것은 별로 없었다. 세상은 여전히 답답하고 미래는 여전히 불투명했다.

그러던 어느 날 그룹 더블유 앤 웨일W&Whale의 'R.P.G. Shine'이란 노래를 듣게 되었다. 모 광고의 시엠송으로 활용되어 큰 인기를 끌었던 이 노래는 '이 세상 뭘 걱정해, 안 되면 로켓 펀치 한 방 날리면 해결되는걸!'이라고 나에게 주절대고 있었다. ㅍㅎㅎㅎㅎ…… 로켓 펀치 한 방이면 해결된다니! 참으로 재미있는 만화적 발상 아닌가. R.P.G.는 'Rocket Punch Generation'의 약자였던 것이다. 악의 무리가 착한 사람들을 위협할 때면 어김없이 나타나 로켓 펀치를 날리던 로봇처럼 우리는 지구를 구하는 무적의 영웅이 되고 싶은가 보다.

그 노래는 '걱정하는 것을 걱정하지 말라'고 우리를 타이른다. 마치 미 경제공황 시 '우리가 두려워해야 할 것은 두려움 그 자체'라고 말했던 프랭클린 루스벨트Franklin Roosevelt처럼. 아이팟에 담아서 틈만 나면 그 흥겨운 리듬을 음미하던 어느 날, 나는 놀랍게도 그 노래에서 전인권의 외침을 들었다. 들국화의 '그것만이 내 세상'과 더블유 앤 웨일의 'R.P.G. Shine'은 20년의 간극만큼 결은 다르지만 같은 내용을 말하고 있고 같은 목마름으로 외치고 있다. 답답하고 막막한 미래를 눈앞에 두고 있지만 내가 선택한 길만이 부끄럼 없는 내 세상이라고 외치고 있고 어떤 어려움이 닥쳐도 로켓 펀치 한 방으로 다 해결해버리겠다는 자기 암시를 걸고 있다.

목울대를 세우고 온몸으로 "그건 내 세상이야!"를 쏟아내던 나의 20대는 경쾌한 일렉트릭 펑크의 운율에 따라 로켓 펀치를 날리는 오늘의 20대에게 바통을 넘겨 주었다. 나의 20대가 어둠을 밝혀야 했던 민중시의 시대였다면 지금의 20대는 펀치 한 방으로 세상을 바꾸는 만화의 시대를 살고 있다. '그것만이 내 세상'이 투사의 절규라면, 'R.P.G. Shine'은 마법사의 선언이다.

내가 일하던 광고 회사의 내 이름이 붙어 있는 김홍탁팀은 절규의 세대가 팀장이 되어 로켓 펀치 세대를 이끌고 광고를 만들었다. 그 광고 속엔 너의 길을 가라는 외침이 들어 있기도 하고 걱정하는 것을 걱정하지 말라는 타이름도 있다. 그러나 어느 것이 되었든 그것은 20대의 목소리다. 그 누구도 자신의 20대에서 자유롭지 못하다. 우리의 생관은 인생의 가장 뜨겁고 순수한 시기인 20대에 젖줄을 대고 있기 때문이다. 내가 'R.P.G. Shine'의 펑키 리듬 속에서 전인권의 샤우팅을 듣는 것도 바로 그 이유다.

027

달 로켓과 추상표현주의

제2차 세계대전이 끝나고 알다시피 세계는 동서 냉전 체제로 접어든다. 미국으로 대변되는 자본주의 진영과 소련이 이끄는 공산주의 체제가 헤게모니 싸움을 했다. 수많은 국가가 두 나라 아래 헤쳐 모여를 했고, 한반도는 그 작은 땅덩어리마저 소련과 미국의 신탁통치라는 미명 하에 둘로 쪼개지게 되었다.

미국과 소련은 모든 면에서 앞서가야 한다는 강박에 사로잡혔다. 소련이 유리 가가린Yuri Gagarin을 태우고 최초로 유인 우주선을 쏘아 올렸다. 미국 과학기술계에 비상이 걸렸다. 국가에서는 이를 한 번에 만회하기 위해 닐 암스트롱Neil Armstrong을 달에 착륙시켰다.

예술 쪽에서도 미국은 새로운 조류를 형성하여 중심이 되고자 했다. 당시 미술계는 파리가 꽉 잡고 있었고 수많은 아방가르드가 파리를 본거지로 활동하고 있었다. 미 CIA는 MOMA와 손잡고 추상표현주의라는 새로운 미술사조를 만들어 미술계의 흐름을 뉴욕으로 옮겨왔다. 누구든 추상표현주의에 발을 담가야만 행세를 할 수 있을 정도가 되었다. 그를 통해 가장 혜택을 본 것은 추상표현주의의 대가 잭슨 폴록Jackson Pollock이다.

미국은 과학과 예술에서 정교한 아젠다 세팅을 통해 세계 패권을 잡는 데 성공했다. 그 두 축이 결국 인류 역사를 이끌어온 수레의 두 바퀴라는 것을 알았기 때문이다. 미국이란 나라의 모든 면을 좋아하는 건 아니지만, 국가가 이렇듯 거대한 프로젝트를 기획하고 실행해내는 것을 보면 살짝 소름이 끼치기도 한다. 제1, 2차 세계대전이 무력을 행사해 세계를 점령하려 한 무식한 움직임이었다면, 달 로켓과 추상표현주의는 기술력과 문화력으로 세계를 점령하려 한 시크한 움직임이었다. 미국이 이제 힘 빠진 호랑이가 되었다는 소리가 들려온다. 천만에, 미국은 세계를 어떻게 요리해야 하는지를 너무 영악하게 알고 있는 국가다. 무섭다.

028

시장보다 사람

한 고등학생에게서 페이스북 메시지를 받았다. 수능을 앞두고 있는데 뒤늦게 광고에 눈을 떠 광고홍보학과로 진학하고 싶다는 것이었다. 그러나 부모님을 비롯한 주위에서는 네 적성에는 맞지 않으니 다시 생각해 보라고 권유한다는 내용이었다. 오죽 답답했으면 일면식도 없는 내게 무한 용기를 내어 쪽지를 내밀었을까. 고등학생은 물론 중학생에게서도 이렇듯 진로 상담을 청하는 연락들이 종종 오곤 한다. 그럴 때마다 나는 족집게 도사는 아니지만 '무릎탁 도사'가 되어 기를 불어넣어 주려 애쓰곤 한다. 그 학생에게 건네준 답은 대강 다음과 같았다.

'우선 학생에 대해 잘 모르니 뭐라고 답을 주는 것이 부담스럽기는 하다. 그러나 광고를 하기 위해 꼭 광고홍보학과를 갈 필요는 없다. 광고는 결국 인간을 이해하는 것이고, 인간을 이해해야만 공감 가는 광고를 만들 수 있다. 인간을 이해하고 싶다면 백 년도 안 된 광고학을 전공하기보다는 차라리 천 년이 넘는 역사 깊은 인문학을 생각해 보라. 세상을 보는 안목이 넓어질 것이다.'

광고를 만드는 일은 결국 사람과 대화를 나누는 일이다. 김 씨, 이 씨, 박 씨의 마음속 지도를 읽는 일이며 그들의 생활을 발견하는 일이다. 우리가 마케팅 이론 몇 가지를 배워 써 먹는다고 사람들의 마음이 그리 호락호락하게 열리지는 않는다. 마케팅 이론은 결국 시장에서 발생한 일정한 결과치를 과학적으로 정리한 것이기 쉽다. 시장을 이해하는 데는 유용하지만 사람을 이해하는 데는 별로 소득이 없다. 사람을 움직이는 것은 진실된 인사이트와 진정한 공감이다. 어설픈 마케팅 이론으로 접근하려다간 오히려 "됐거든요~!"의 냉소를 받을 수도 있다.

인간의 마음은 복잡계를 형성하고 있다. 시시때때로 희망과 좌절이, 사랑과 증오가, 찬사와 질투가 오간다. 우리는 그들과 대화해야 한다. 인간의 희로애락을 응시하고, 인간이 살아온 궤적을 더듬고, 불완전한 인간이 부딪치는 존재의 문제를 생각해 보아야 한다. 그것이 문사철로 대변되는 인문학이다. 접근하는 방식만 다를 뿐 결국 인간을 이해하는 학문이다. 시장을 읽기에 앞서 사람에 스며들어야 한다. 당신이 만든 광고가 사람들을 휘저어 놓을 수 있는가? 당신의 가족을 설득할 수 있는가? 이 질문에 당신은 자신 있게 "예스!"라고 답할 수 있는가?

029

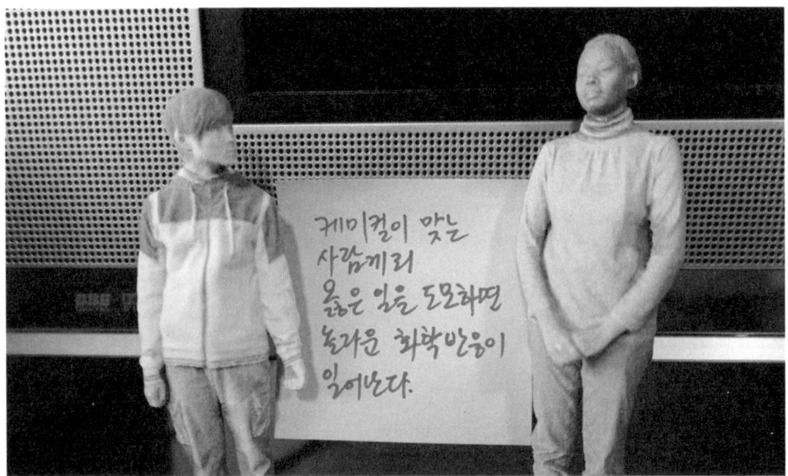

사회진화운동

주위에 함께 어울려 사는 삶을 추구하는 분들이 많다. 단순히 어울리기만 하는 게 아니라 서로에게 축복을 주고, 서로를 키워주는 그런 삶이다.

지인 한 분은 '골목대학'이란 것을 만들어 골목 가게 활성화에 기여하고 있다. 홍대 쪽에 조그마한 공간을 마련해서 주위 골목 가게들이 서로 의견을 나누고, 그들의 브랜드에 대해 전문가들의 조언도 얻고, 새로운 세상살이에 대한 작은 세미나도 여는, 말 그대로 지역 풀뿌리운동이다.

오랜 기간 미국에서 살다 오신 선배 한 분은 법을 전공한 국제변호사임에도 디지털 생태계에 꽂혀 새로운 디지털 의료 시스템을 구축 중이다. 그 선배가 제일 안타까워했던 것은 생활에 큰 불편함을 끼치는 요통과 같은 퇴행성 질병에 대해 그 누구도 적극적이고 접근이 쉬운 해결책을 제시하지 않고 있단 것이었다.

오랫동안 전 세계에서 진품 빈티지 가구를 콜렉팅해오던 뮤지엄 대표님은 자신이 운영하는 카페를 목공품을 제작하는 젊은 친구들에게 제공해 그들이 디자인한 제품이자 작품을 소개하고 판매하는 장으로 제공하는 계획을 가지고 있다. 가평에 거대한 목공 스튜디오를 건립해 많은 사람이 자신의 작품을 실험할 수 있는 터전도 마련 중이다.

또한 세미나에서 만난 분들이 자신이 보유한 기술 또는 자신이 생산하는 농산물을 어떻게 의미 있게 나눌 수 있는지에 대해 함께 논의해 보자고 제안해온 경우도 꽤 있다. 이 모든 계획은 문제의 본질을 파악하고 그에 대한 솔루션으로 새로운 가치를 창출하는 생태계를 형성하기 위한 것이다.

여러 가지 일로 내가 사는 나라에 실망했던 2014년이었다. 당쟁과 정쟁에 휘말려 국가운영 시스템이 공전하는 것을 바라보는 것이 안타까웠다. 그러나 앞에 언급한 이런 분들을 만날 때마다 나는 대한민국의 희망을 본다. 가슴을 치게 만드는 몇몇 찌질이들이 존재하는 것은 사실이지만, 진실로 제대로 된 시스템을 만들어 가는 데 개개의 힘을 보태려는 사람들이 압도적으로 많다. 그리고 놀라운 것은 그들이 생각에만 머무는 것이 아니라 실행으로 옮기고 있다는 것이다. 앞에서 이야기한 세 가지 사례도 이미 실행됐거나 곧 실행될 구체적인 사안들이다.

어쩌다 보니 나 역시 이 세 프로젝트에 미흡하나마 힘을 보태게 되었다. 그간의 얼마 되지 않는 경험에서 케미컬이 맞는 사람끼리 옳은 일을 도모하면 놀라운 화학반응이 일어난다는 것을 알게 되었다. 이러한 작은 모임들이 성과를 내기 시작하면 그것은 사회를 변화시키는 추진력이 될 것이다. 혁신은 수많은 진화가 축적된 산물이다. 혁신은 어느 날 아침에 느닷없이 찾아오지 않는다. 크고 작은 사회진화운동이 우리가 알게 모르게 이곳저곳에서 펼쳐지고 있다.

030

아버지의 이메일

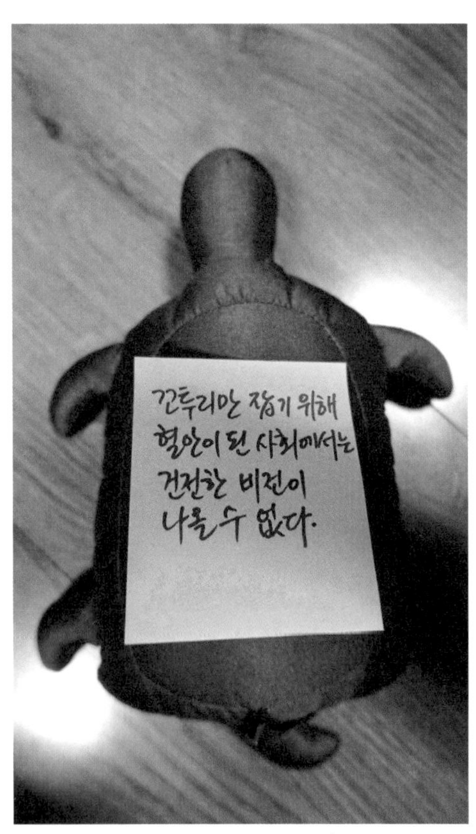

〈아버지의 이메일〉이란 영화를 보았다. 위로부터 딸 둘, 아들 하나를 둔 실제 인물 홍성섭 씨에 관한 얘기였다. 주인공 홍성섭 씨는 2008년 죽기 1년 전부터 둘째 딸에게 이메일을 43통 남겼고, 독립 영화감독이던 둘째 딸 홍재희 씨는 편지 내용을 중심으로 아버지의 일생을 영화로 재구성했다. 1934년생인 홍 씨는 월남한 후 가족을 이룬다. 미군 부대에서 흘러나온 파지를 모아 팔면서 영어를 배웠고, 그 후 1960년대 말 돈을 벌기 위해 전쟁이 한창이던 베트남으로 떠난다. 그리고 1970년대 중동 개발 바람이 불 때 사우디아라비아에 도로를 건설하고 건물을 지으러 다시 나간다. 오로지 돈을 벌기 위해 이민까지 꿈꾸던 그는 그러나 귀국 후 아무 일자리도 못 잡고 방에 틀어박혀 술로 시간을 허비하며 말 그대로 벌레처럼 살다가 세상을 뜬다. 달랑 불알 두 쪽으로 모든 걸 이뤄내야 했던 그의 돈에 대한 강박, 그리고 그것을 이뤄내지 못했을 때의 좌절은 충분히 이해가 가고도 남는다. 이 영화는 이메일에서 발견된, 마음을 밖으로 내비치지 못한 그에 대한 얘기다.

이 얘기는 비단 홍 씨 개인의 얘기가 아니라 한국의 현대사다. 6.25 전쟁 후 나라는 초토화되었고, 국가재건이 지상 최대의 과제였다. 국가 차원에서는 직업을 창출할 만한 인프라도 없었고 개인 차원에서는 돈을 벌 만한 기술도 노하우도 없었다. 타고난 몸뚱아리 하나로 가족을 벌어 먹이기 위해선 닥치는 대로 노동을 해야 했다. 서독에 광부를 파견하고, 베트남에 군인을 파견하고, 사우디에 근로자를 파견한 것은 국가의 경제 부흥과 가정의 경제 부흥이란 일란성 쌍둥이 같은 목적이 존재했기 때문이다. 베트남에 갈 경우 한국에서 받는 급여의 15배 이상을 받을 수 있었다 하니 무슨 수를 써서라도 나라 밖으로 나서려 하지 않았겠는가. 당시 최대의 수출은 제품이 아니라 사람이었던 것이다. 그리 멀지 않은 얘기다. 1960~80년대에 걸친 한국의 풍경이다.

홍 씨가 몸뚱아리 하나로 돈을 벌던 그 나이 또래의 현재 한국 남자들은 게임을 개발하고, 전자제품을 디자인하고, 자동차를 수출하며 먹고살고 있다. 갑자기 풍요로워졌고 갑자기 기회가 많아진 것은 사실이다. 그러나 많은 사람이 삶이 팍팍하다고 느끼는 강도는 비슷한 것 같다. 그가 더 큰 세상으로 이민 가 맘껏 돈을 벌겠다는 꿈이 좌절되어 여생을 술을 끼고 폭언과 폭력으로 생을 마감했던 것처럼 맘속에 몰아치는 폭풍을 껴안고 사는 것은 마찬가지인 것 같다.

그처럼 대부분의 우리네 아버지는 고통과 슬픔을 드러내지 않고 삭여내기만 했다. 자신의 모습을 있는 그대로 드러내고 인정하는 데 인색했다. 그러다 술이 들어가면 폭언과 폭력이라는 비이성적 행동으로 자신에 대한 분노가 표출되는 경우가 생기곤 했다. 그런 관점에서 홍 씨의 이메일은 일종의 살풀이 기회를 제공한 것이었다. 영화를 만들어 가는 과정에서 이해할 건 이해하고 비판할 건 비판하면서 아버지와의 소원했던 관계를 봉합하는 살풀이가 이루어졌다. 그러한 자기표현의 기회가 좀 더 일찍 주어졌더라면 얼마나 좋았을까?

이는 개인의 문제만이 아니다. 대한민국도 지금 그 어느 때보다 내홍에 시달리고 있다. 그 내홍은 홍성섭 씨의 경우처럼, 정부에서 표현한 것처럼, 오래 쌓인 적폐다. 그런데 무엇이 잘못되었고, 그러니 무엇은 용서하고, 무엇은 벌을 주고, 그래서 뭘 어찌 해결해 보려는 통로가 막혀 있다. 꼬투리만 잡기 위해 혈안이 되어 있는 사회에서는 건전한 비전이 나올 수 없다. 살풀이가 필요하다.

031

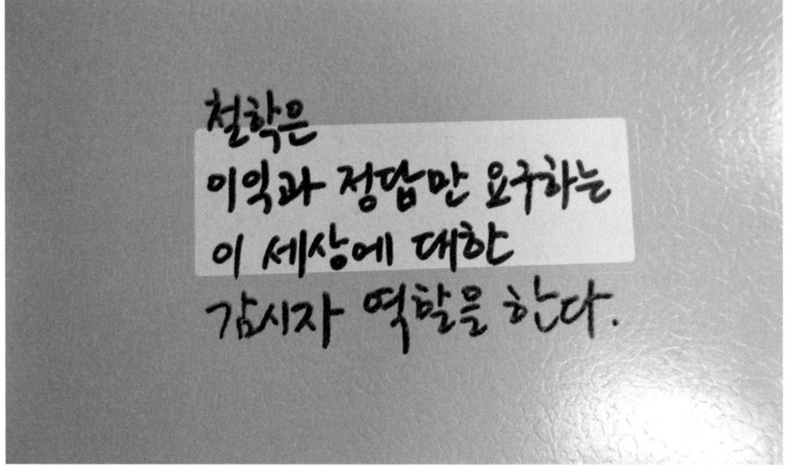

철학을 가르치지 않는 나라

아이디어 배틀에서 수상한 대학생과의 만남이 있었다. 뭘 전공하냐고 물었더니 경영학이라고 했다. 요즘 경영학이 대세니까 그러려니 했으나 얘기를 들어본즉슨, 1학년엔 자유전공이었고 자신은 철학과에 가려 했으나 제대하고 보니 철학과가 없어져서 할 수 없이 경영학과에 갔노라고 했다. 그 대학은 서울에 위치한 4년제 대학으로 철학과로 명망이 높은 대학이었다.

인문학이 중요하다며 난리다. 각 기업에서도 앞다투어 인문학 강좌를 열고 있고, 인문학에 관련된 세미나도 끊임없이 열리고 있다. 책 제목에 '인문학 어쩌고~'가 들어가야 좀 팔린다고 한다. 언제부터 대한민국이 이렇게 인문학에 열광했는지 알 수가 없다. 마치 인문학이 용한 점집이라도 된 듯한 느낌이다. 그러나 정작 진리와 본질을 가르쳐야 할 대학에서는 인문학의 대표주자인 철학과가 폐지되는 기현상을 어찌 해석해야 하나? 문학과 역사 전공도 사정은 비슷하다고 한다. 인문학의 핵심인 문사철의 위기다.

나는 이러한 인문학 열풍이 한때 유행했던 처세술이나 성공 방정식과 같은 유행으로 그치지 않을까 심히 걱정된다. 인문학은 그렇게 귀에 달콤하고 입에 감미로운 트렌드가 아니다. 그것은 늘 정진해서 익혀야 할 평생 공부인 것이다. 인문학에 완성이란 없다. 그것은 완성된 인간이 없는 것과 마찬가지다. 그렇기에 인문학은 완성을 향해 가는 공부이자 조금이라도 더 철이 들기 위해 자신을 담금질하는 공부인 것이다.

나는 그 대학생이 자신이 원하는 대로 철학을 공부했다면 어땠을까 하는 상상을 해 보았다. 어쩌면 경영학처럼 답을 주는 것이 아니라 이 세상에 계속 질문만 던지는 공부에 싫증이 났을 수도 있다. 그러나 그 학생이 인생의 어느 시기에 4년 내내 질문만 던지며 이 세상과 대적해 볼 수 있겠는가. 철학의 가장 큰 약점은 그것이 실용적으로 쓰일 수 없다는 데 있다. 그러나 역설적이게도, 그 때문에 철학은 이익과 정답만을 요구하는 이 세상에 대한 감시자 역할을 할 수 있다. 그 맹목에 돌을 던질 감시자가 없다면 우리는 인간적이지 않고, 가치 지향적이지 않고, 정의의 깃대를 자주 벗어나는 관습을 이상이라 생각하며 살아가게 될 것이다. 인간, 가치, 정의를 생각하게 하는 공부가 사라지고 있다. 그 자리를 이윤, 효율, 경쟁을 강조하는 공부가 차지하고 있다. 중용이 필요하다. 적어도 밸런스는 맞춰야 한다.

032

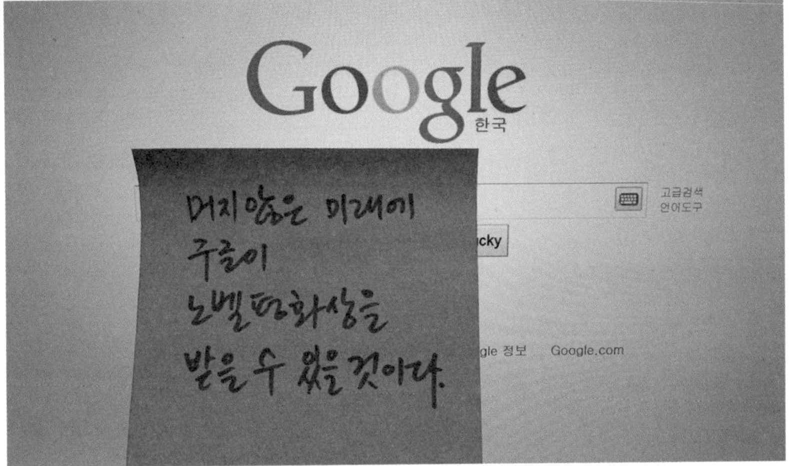
Google
한국
고급검색
언어도구
ucky
gle 정보
Google.com
머지않은 미래에
구글이
노벨평화상을
받을 수 있을 것이다.

인간을 위한 기술

지구 상에 존재하는 가장 혁신적인 기업이 어딘가 물으면 많은 사람이 구글이라 답할 것이다. 그만큼 구글이 업무 환경에서나 새로운 결과물을 만들어내는 데 있어서 IT기업의 새로운 생태계를 만들어냈음은 틀림없는 사실이다. 이렇듯 이노베이션의 화신이 된 구글의 철학은 아주 심플한 '인간을 위한 기술Technology for Human'이다. 다소 밋밋해 보이는 이 문구는 그러나 구글이 무엇을 추구하고 있는지, 즉 그들의 업의 본질을 명백히 보여준다.

구글엔 구글 크리에이티브랩Google Creative Lab이라는 부서가 있다. 거기서 근무하는 많은 크리에이티브 테크놀로지스트Creative Technologist는 구글의 기술력이 접목된 새로운 커뮤니케이션 플랫폼을 만들고 있다. 그것을 통해 구글의 기술이 사람들에게 어떤 혜택을 줄 수 있는가를 쉽게 전달한다.

이 부서의 ECD[8]인 로버트왕Robert Wong은 자기 회사에 입사하길 원하는 후보자를 인터뷰하는 자리에서 이런 말을 남겼다. "칸 국제광고제에서 상 받는 것이 목표라면 우리 회사에 잘못 지원했습니다. 우리의 목표는 노벨 평화상입니다." 처음에 이 문장을 읽고는 참 멋있는 사람이 모여 있는 멋진

8 Executive Creative Director, 제작 전문 위원.

회사란 생각을 했다. 인간을 위한 기술을 표방하는 구글의 철학을 아주 멋들어지게 표현한 수사라고 생각했다. 그러나 구글X에서 만들어 내는 여러 프로토타입을 보면서 그것이 단순히 수사에 그치는 것이 아니라는 생각을 하게 됐다.

그들이 만든 구글 글라스가 외과 수술을 할 때 활용되면 어떤 결과가 발생할까? 물건을 구매할 때 가격 비교를 즉석에서 할 수 있게 해 준다면? 낯선 곳을 여행하거나 뮤지엄을 관람할 때 필요한 정보를 제공한다면? 그들이 만든 무인 자동차가 유통산업에 쓰인다면? 그들의 프로젝트 룬Project Loon이 완성되어 지구 상 인터넷이 연결되지 않는 곳이 없어진다면? 그래서 아프리카 오지의 사람들이 원격진료와 원격교육을 받을 수 있게 된다면? 이들 발명의 활용 가능성은 거의 무한대다. 그리고 이 모든 것은 물론 인류의 행복과 편리라는 목표를 향해 있다. 노벨 평화상을 받는 데 결격사유가 있는가? 나는 머지않은 미래에 구글이 노벨 평화상을 받을 것이라 확신한다. 물론 수상의 명예는 구글이 아니라 '인간을 위한 기술'을 만들어 내는 그들의 생각과 추진력에 주어질 것이다.

033

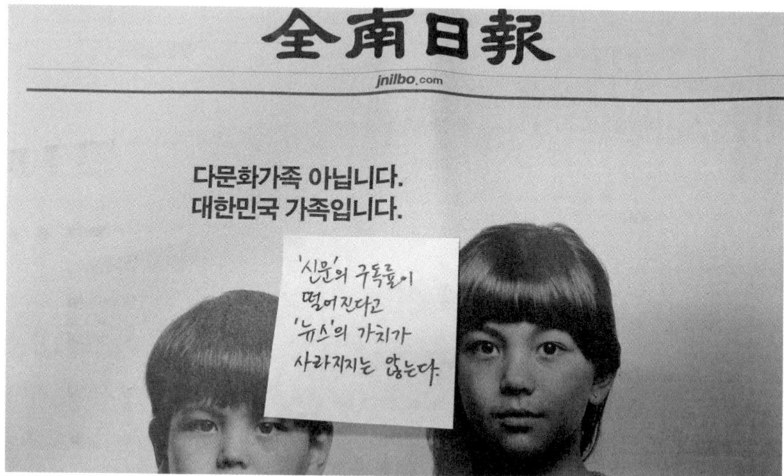
全南日報
jnilbo.com
다문화가족 아닙니다.
대한민국 가족입니다.
'신문'의 구독률이
떨어진다고
'뉴스'의 가치가
사라지지는 않는다.

신문의 위기

신문의 위기란 소리가 많이 들린다. 많은 사람이 신문을 보지 않는단 얘기다. 그러나 종이신문의 구독률이 떨어진다는 것이 뉴스의 가치가 사라진다는 것을 의미하진 않는다. 뉴스를 전달하는 플랫폼의 변화는 있을지언정 뉴스가 사라지지는 않는다. 뉴스를 접촉한다는 것은 동시대 바로 지금의 역사를 호흡하는 것이기 때문이다.

내가 생각하는 신문의 위기는 신문이 아젠다 세팅의 기능을 상실했다는 데 있다. 이제 사람들은 한때 유력했던 신문이 주창하는 바를 받아들이고 싶어하지 않는다. 진실을 말하지 않고, 때론 오히려 엉뚱한 방향을 가리키고, 이익집단처럼 되어 버린 신문의 목소리에 누가 귀 기울일 것인가. 이전에 신문은 지사志士였다. 사람들은 신문이 던지는 묵직한 아젠다에 찬성하건 반대하건 귀 기울이고 반응했다. 지금은 파파라치 같다. 버즈를 일으키려 달려드는 데 초집중하고 있다. 기사의 헤드라인을 보면 실체를 전달한다기보다는 가십을 불러일으키려는 의도가 분명하게 읽힌다.

신문이 과거의 영화를 되찾는 방법은 디지털화도 아니고 종편처럼 사업 영역을 넓히는 것도 아니다. 해결책은 의외로 찾기 쉽다. 신문을 읽게 만드는 것이다. 이 시대의 진실을 밝혀주고 가치를 발견할 아젠다를 설정하고 갑론을박할 수 있는 공론의 장을 형성하는 것이다. 다시 말해 신문의 본질을 되찾는 것이다. 그런 관점에서 〈전남일보〉가 펼치고 있는 '공프로젝트'는 의미심장한 움직임이라 생각한다. 〈전남일보〉는 비싼 광고비를 지불해야 하는 신문의 맨 뒷면에 광고를 받지 않는다. 대신 그 지면을 우리 사회가 시급하게 되찾아야 할 가치인 '본질'이란 주제에 대해 화두를 던지고 공론화하는 장으로 만들었다. 신문이 가진 본연의 역할인 아젠다 세팅의 기능을 찾으려는 노력을 기울이고 있는 것이다.

추석 전날 전을 부치며 기름 튀지 말라고 깔아놓은 신문을 보면서 이것이 지금 신문의 가장 유용한 용도가 아닌가 하는 씁쓸한 생각이 들었다. 한때 신문기자를 꿈꾸던 남자로서.

034

NGO 2.0

전 세계에서 NGO가 지구촌 사회에 좋은 영향력을 미치고 있다. NGO는 Non-Governmental Organization(비정부기구)이면서 NPO, Non-Profit Organization(비영리민간단체)의 의미를 가진 단체다. 그 의미에서도 알 수 있듯이 NGO는 이윤을 추구하지 않는 민간 공익단체라고 보면 될 것이다. 대한민국에도 유니세프, 굿네이버스, 월드비전, 기아대책, 세이브더칠드런, 컴패션 등과 같이 활발한 활동으로 명망을 얻고 있는 단체들이 많다.

이 단체들은 인간을 위한 것이건 지구 환경을 위한 것이건 간에 주로 구호활동에 초점을 맞춘다. 무엇보다 아프리카나 인도 그리고 중남미 등등 저개발 국가의 열악한 환경에서 생활하는 사람들을 돕는 일이 큰 부분을 차지한다. 국내의 열악한 현실에도 적극적으로 관여하는 것은 물론이다. 주 업무가 그런 것이다 보니 기업이나 일반인으로부터 기금을 모으는 일과 그를 통해 프로젝트를 성공적으로 수행하는 일이 주류를 이룬다. 그러나 개인적으로 좀 아쉬운 것은 대부분의 NGO단체가 NGO 탄생 초기의 1.0 패러다임에 묶여 있다는 점이다.

이제 NGO는 사업의 영역을 확장해야 한다고 생각한다. 기금 모으는 방식도 업그레이드해야 하고 무엇보다 정부가 하지 않는 일뿐만 아니라 정부가 해야 하는데 제대로 하지 못 하는 일까지 담당할 수 있어야 한다. 예를 들어 중소기업을 브랜딩하는 역할 역시 NGO가 훌륭히 해낼 수 있다. 그들이 쌓은 네트워크와 가치 창출 프로젝트의 노하우를 접목한다면 중소기업의 발전을 위한 새로운 생태계를 형성할 수 있다. 그리고 그들이 파워 브랜드가 되어 괜찮은 이익을 내기 시작한다면 그 브랜드를 통해 기부를 창출할 기회 역시 생긴다. 누이 좋고 매부 좋고의 관계가 형성된다.

또한 피로가 누적된 이 사회를 새롭게 프로그래밍하는 역할도 NGO가 담당할 수 있다고 생각한다. 일종의 사회개혁운동이다. 새로운 제도의 도입 또는 기존의 제도 개선을 위한 소셜 무브먼트를 기획할 수도 있다. NGO가 그런 영역까지 업의 개념을 넓혔으면 한다. NGO는 이익단체가 아니기에 훨씬 자유롭게 이런 사안을 펼칠 수 있고, 또한 사기업은 아니지만 사기업과 같은 비즈니스 마인드가 있기에 그러한 공익사업을 정부보다 훨씬 적극적이고 효과적으로 수행할 수 있기 때문이다. 늦은 감이 없진 않지만, NGO 2.0의 시대를 열어야 할 때가 왔다.

035

광주
비엔날레

2014년 광주비엔날레에는 '터전을 불태워라Burning Down the House'란 테마가 말해 주듯 과격하고 어두운 이미지가 많았다. 제법 눈에 띄는 작품들도 있었지만 개중엔 테마와 전혀 관계없거나 늘 쓰던 소재를 갖다 놓고 해석만 멋들어지게 한 것도, 그러나 그 해석이 전혀 와 닿지 않았던 것도 꽤 있었다. 완벽한 전시를 기획한다는 것은 물론 어렵다. 나 역시 전시기획을 몇 번 해 봤기에 전시 공간을 채운다는 것이 얼마나 어려운지 잘 안다.

이번 비엔날레에서도 확인된 바 현대 예술은 완전히 콘셉츄얼 아트로 돌아섰다. 캔버스에 자신이 본 것을 자기의 방식으로 그리던, 어찌 보면 이해하기 쉬웠던 예술의 세계는 저 멀리 가버린 느낌이다.

전시된 여러 콘셉츄얼 아트[9] 중엔 전시관의 한 벽면을 뚫어 새로 창문을 단 외국 작가의 작품이 있었다. 그 창을 통해 밖을 보면 바로 맞은편에 똑같은 재질의 창틀을 가진 아파트 창이 보인다. 누가 보아도 작품이 아니라 원래 있던 창이라 오인할 것이다. 이를 위해 비엔날레 측에서는 창을 뚫어도 건물에 구조적으로 이상이 없는지를 확인한 후 벽 뚫는 공사와 창 내는 공사

9 Conceptual Art, 개념예술, 완성된 상태보다 창작의 이념이나 과정을 중시하는 예술.

를 하였고, 행사가 끝나면 창을 떼어 내고 다시 벽을 메꾼다고 했다. 엄청난 역사를 이루어 낸 듯 뿌듯해 했다.

도슨트가 그 작품이 어떤 의미인지를 설명하기는 했으나 도통 귀에 들어오지 않았다. 솔직히 왜 저 짓을 했을까 하는 생각뿐이었다. 적어도 콘셉츄얼 아트라면 새로운 패러다임을 펼쳐 보일 정도는 되어야 한다. 마르셀 뒤샹Marcel Duchamp이 생뚱맞게 변기를 전시회에 갖다 놓았을 때 장난처럼 느껴지긴 했지만, 뒤샹은 예술품이란 것이 무엇인지에 대한 근본적인 질문을 던진 것이었다. 그리고 그로 인해 '레디메이드 아트Ready Made Art'라는 개념까지 생겨났다. 앤디 워홀Andy Warhol이 자신의 작업실을 스튜디오가 아닌 팩토리라 부르면서 대놓고 작품의 대량생산을 찬양했던 것도 대량 복제를 통한 예술의 대중화라는 새로운 예술의 생태계를 보여주기 위함이었다. 특히 콘셉츄얼한 것일수록 생각의 대담함과 새로움을 통해 아트가 전위에서서 문제를 던지고 새로운 프레임을 제공한다는 사실을 전달할 수 있어야 한다. 예술가들은 늘어났지만, 예술가들이 점점 안일해진다는 생각이 들 때가 많다. 어차피 역사야 그중 극소수의 몇몇만을 기억할 테지만….

비엔날레의 그 큰 공간을 전부 훌륭한 작품으로만 채울 수는 없다고 본다. 처지는 것도 분명히 존재할 것이다. 하지만 광주비엔날레는 명망 있는 국제행사다. 아티스트의 이름값 때문에 휘둘려서는 안 될 것이다. 훌륭한 작품들이 명예를 드높여 주기도 하지만 질 떨어지는 작품들이 그 이상으로 명예를 훼손할 수도 있기 때문이다.

036

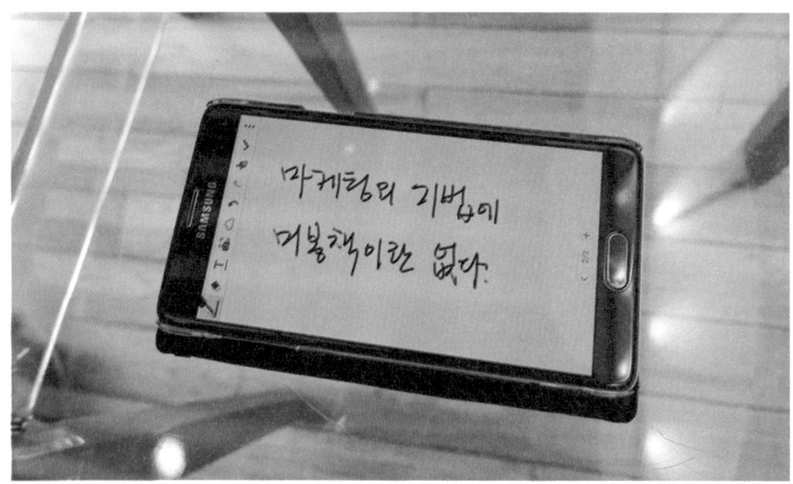

책 사재기

힐링 프로그램에 출연해서 스타가 된 정목 스님이라고 계시다. 그분이 쓴 책 『달팽이가 느려도 늦지 않다』가 베스트셀러에 올랐는데, 스님이 판매량만큼 인세를 받지 못했다 하여 출판사에 소송을 걸었다. 그러나 해당 출판사 대표 최 씨는 "책을 베스트셀러에 올리기 위해 사재기해 판매 부수가 높게 나타난 것일 뿐 실제 판매된 만큼 인세를 지급했고, 이는 출판계약을 어긴 것이 아니다."라고 주장했다. 대놓고 사재기를 시인한 것이다. 정목 스님은 당시 상종가를 치던 출판사 쌤앤파커스로 즉시 갈아탔다. 쌤앤파커스는 『이기는 습관』, 『아프니까 청춘이다』, 『멈추면, 비로소 보이는 것들』 등으로 연속 대박을 터트린 출판사다. 그런데 그곳 영업 상무가 수습직에서 정규직으로 전환될 직원을 성추행했다는 사실이 보도됐다. 2년 전 사건이 왜 지금 나올까 궁금했는데, 쌤앤파커스에서 그 상무를 다시 복직시키자 전국언론노조 출판 분회가 이를 문제 삼으면서 수면 위로 불거진 것이다. 참 여러 가지로 콩가루다.

출판 시장이 영세하다 보니 베스트셀러 목록에 올라야만 돈을 좀 만질 수 있고 그래서 사재기를 한다는 얘기는 들었지만, 그 부작용이 인세를 받았네 못 받았네의 싸움으로 번지고, 출판사 대표는 뻔뻔하게 사재기를 시인

하고, 그래서 저자는 사재기의 의구심으로부터 역시 자유로울 수 없는 출판사로 갈아타고, 그 출판사 영업 상무는 성추행을 하고…. 갑자기 목구멍까지 뭔가가 차오른다. 물론 훌륭한 출판사가 대부분이고 물을 흐리는 건 일부 몇몇이다.

출판은 정신의 자양분을 공급하는 업종이기에 좀 교육자다운 이미지를 갖춰야 하지 않을까? 부정과 치정에 얽힌 연예계 기사에 버금가는 내용을 접하고는 '이건 아닌데, 아닌데….'가 자꾸 되뇌어진다. 사재기를 해서 결과를 부풀리는 것은 기업의 분식회계만큼 중차대한 범죄다. 미봉책은 해결책이 될 수 없다. 순간 달콤할 수는 있지만, 언젠간 들통이 난다. 마케팅의 기법에 미봉책이란 없다.

037

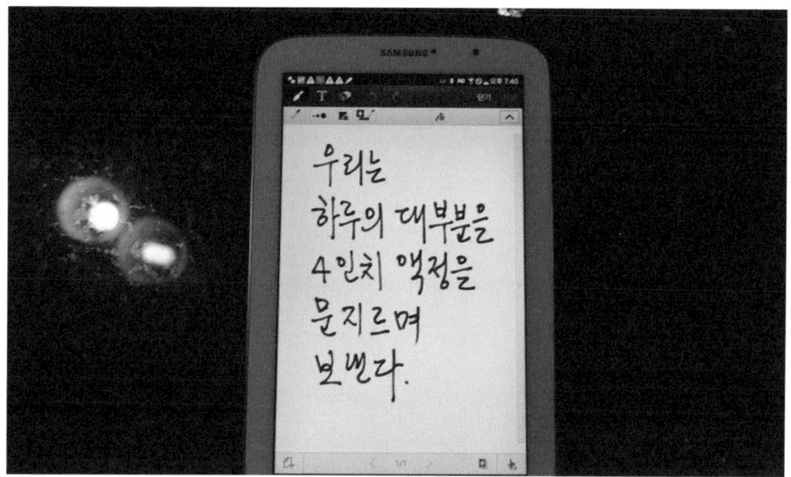

통화 버튼을 누를 것인가 앱을 누를 것인가

콜택시의 대명사 하나콜과 나비콜은 통화 기반의 서비스다. 택시를 부르려면 전화를 걸어 중계인과 연락을 해야 하고 지정된 택시가 오면 다시 통화를 해야 된다. 내릴 땐 현금이나 카드 결제가 필요하다. 그런데 '우버Uber' 라는 서비스가 생겨났다. 앱에 접속하여 몇 번 액정을 꾹꾹 누르면 어느덧 말끔한 차가 집 앞에 와 있다. 내가 있는 곳 근처에 있는 택시의 위치를 맵을 통해 바로 확인할 수 있고 심지어 운전사의 사진과 함께 그의 서비스 평점까지 볼 수 있다. 원하는 곳에 도착한 후 지도 위에 주행한 루트가 표기되기에, 만약 내가 차에서 조는 동안 운전사가 빙 둘러왔다면 그 점에 대해 항의하여 돈을 돌려받을 수도 있다. 어떤 서비스를 활용하겠는가?

음식을 시켜 먹을 때 전단지나 상가 책자에 의존했다. 이것 역시 통화 기반 서비스다. 짜장 둘, 탕수육 하나를 시키고 기다린다. 배달이 빨리 오지 않는다. 그러면 다시 전화를 걸어 재촉한다. 십중팔구는 가는 중이라 답한다. 현금을 준비하거나 신용카드를 기계에 긁어 계산해야 한다. 그런데 '배달의 민족'이라는 앱이 생겼다. 사는 지역을 입력하고 메뉴를 정하면 음식점이 쫙 뜬다. 별점까지 나와 있다. 골라서 결재하면 끝. 포인트까지 적립된다. 어떤 서비스를 활용하겠는가?

두 가지 카테고리 모두 휴대폰을 활용한다는 점에선 동일하다. 기존의 방식은 입으로 조잘대야 하는 통화라는 낡은 방식이고, 앱을 활용한 방식은 손가락으로 몇 번 터치해서 해결하는 새로운 방식이다. 사실 우리가 하루에 통화를 몇 번이나 하는가? 이제 손가락을 활용해 문자, 검색, 쇼핑 등등 필요한 모든 커뮤니케이션을 하는 것이 일상화되었다. '우버'나 '배달의 민족' 모두 모바일을 통한 새로운 커뮤니케이션 생태계를 잘 이해해 성공한 경우다. 더 이상 콜택시 회사를 거치는 서비스나 책자의 전화번호를 찾아 주문하는 방식은 시크하지 않다.

하루 중 대부분을 손가락으로 4인치 액정을 문지르며 보내는 사람에겐 서비스 활용 방식도 그 룰을 따르는 것이 당연하지 않을까? 우리 주위에 또 이렇게 이전 방식대로 진행되는 서비스는 없는지 지켜보자. 있다면 앱으로 옮겨 보자.

038

멘토

멘토 열풍이 거세다. 사회에서 성공한 분들이 귀에 착착 감기는 달콤한 얘기를 들려준다. 청춘에 실패는 특권이라고 실패하고 실패하라고 일러준다. 젠장, 실패를 자꾸 하라고 권장하면 어쩌자는 거지! 실패도 습관이 된다. 성공하는 습관을 길러도 모자랄 판에 실패를 하라니. 20대 청춘들은 그 얘기를 들으며 잠시 안도한다. 그러나 그건 잠깐의 도피일 뿐이다. 그들에게 필요한 건 귀에 달콤한 얘기가 아니라 정수리를 쩡쩡 울리는, 정신을 움직이는 일갈이다.

알고 보면 우리의 삶에 자극을 주고 그를 통해 우리를 변하게 만드는 것은 사람에 한정되지 않는다. 우리에게 멘토의 역할을 하는 것은 천지에 널려 있다. 그것은 시 한 구절일 수도 있고, 여행의 경험일 수도 있고, 지금 진행하고 있는 프로젝트일 수도 있다. 사실 나를 움직인 멘토 역시 기네스 맥주 광고 한 편, 신대철의 시 한 구절, 알베르 카뮈Albert Camus의 단편들, 한강 발원지를 찾아 태백 오지로 흘러들었던 일, 몽골 초원에서의 생경한 자연환경, 차탕족이란 순록 유목민을 만나기 위해 말을 타고 초원을 달렸던 일, 아이슬란드 오지의 산정호수에서 마주한 블루문, 뉴욕에서 마주친 판소리에 미친 백인 할아버지, 건물을 보고 눈물을 흘리는 생경한 경험을 선사했던 롱샹 성당, 케냐에서 길을 막고 있던 야생 원숭이 백여 마리와의 조우 등등 헤아릴 수 없이 많았다. 나의 멘토는 나에게 낯선 충격을 주었던 수많은 그 무엇이었다. 그 모든 멘토는 나의 상상력과 창의력과 혜안을 길러 준 훌륭한 선생이었다.

내 온몸의 감각으로 부딪친 체험들이 훌륭한 멘토가 되는 이유는 그것이 나에게 셀프 모티베이션[10]을 생성시키기 때문이다. 한 개인을 성장시키는 가장 큰 동력은 셀프 모티베이션이다. 그것은 그 무엇도 당할 수 없는 강력한 동인이자 추진력이기 때문이다. 셀프 모티베이션은 몇몇 귀에 감기는 달콤한 얘기로는 결코 얻어지지 않는다. 결국 나의 멘토는 나 스스로 부딪쳐 얻게 되는 낯선 체험과 그것을 통해 자가발전하는 에너지의 총합인 것이다.

10 Self Motivation, 동기부여.

039

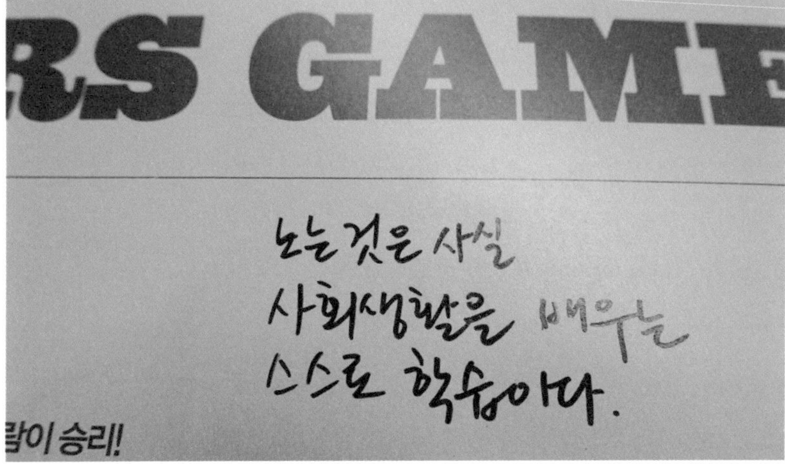

놀이의 법칙

내가 초등학교 다닐 때는 지금처럼 과외가 횡행하지 않았다. 집에 돌아와 학교 숙제 끝내면 튀어나가 뛰노는 것이 일상이었다. 학교 친구들이나 동네 아이들을 불러 모아 편 짜고 포지션을 정하고 타순을 정한 다음 축구나 야구 시합을 했다. 학교 운동장이나 공터에 아이들이 놀고 있지 않은지 확인해서 구장을 확보했고 골대가 없을 땐 큰 돌이나 가방으로 간이 골대를 만들었다. 키가 작은 동생들은 깍두기로 끼워서 소외시키지 않았다. 때론 이웃동네에 시합을 걸어 동네 간 시합이 이루어지기도 했다. 형평성을 고려한다고 한 번은 우리 동네에서 또 한 번은 그 동네로 원정을 가곤 했다. 홈 앤드 어웨이Home and Away 방식이었던 것이다. 우리는 모두 선수이자 코치이자 프로모터[11]였다. 놀면서 자연스럽게 판을 짜는 법을 익혔다. 홈 앤드 어웨이란 단어를 몰라도 그 이치를 습득했던 것이다. 노는 것은 사회생활을 배우는 스스로 학습이다.

요즘 초등학생들을 보니 엄마가 차에 실어 운동장에 날라다 주고, 코치가 팀을 짜서 시합을 리드한다. 그리고 정해진 운동 시간이 끝나면 쪼르르 차에 오른다. 코치가 공을 다루는 법, 패스하는 법, 슛하는 법을 가르쳐 주기

---

11 Promoter, 예능인이나 프로 선수 따위의 흥행을 기획하는 사람.

는 하겠지만 아이들 스스로 판을 짜는 방법을 습득하지는 못한다. 아이들은 그저 운동을 해야 하니까 하는 로봇 같은 존재다. 이런 방식은 문제 해결 능력을 기르는 데 도움을 주지 못한다.

우리는 사회생활을 하면서 매번 솔루션을 만들어야 하는 상황에 부딪힌다. 작게는 브런치 먹을 장소를 찾는 것에서부터 크게는 몇십억 원이 걸린 프로젝트를 따내는 것까지. 그러나 대학수업 수강신청까지 엄마가 대신해 준다는 웃지 못할 현실에서 도대체 어떻게 자기 주도적으로 솔루션을 찾을 것인가. 대학은 그렇게 넘긴다 치고, 회사 일까지 엄마가 대신해 줄 수는 없지 않은가? 애어른보다 어른애가 많아지고 있다. 지식을 갖는 것도 중요하지만 더 중요한 것은 지혜를 갖는 것이다. 지혜롭게 사는 삶은 일상에서 부딪힌 무수히 많은 문제를 해결하려는 노력에서 자연스럽게 얻어지는 것이다. 그래서 그런 사람을 스트리트 스마트Street Smart라 부르지 않던가.

우르르 차에서 내렸다 우르르 차에 오르는 아이들을 보고 있자니 안쓰럽다. 이 아이들은 놀이는 배우지만, 놀이의 생태계를 익히지는 못한다. 아이들은 논다고 생각하지만, 사실 노는 게 노는 게 아니다.

040

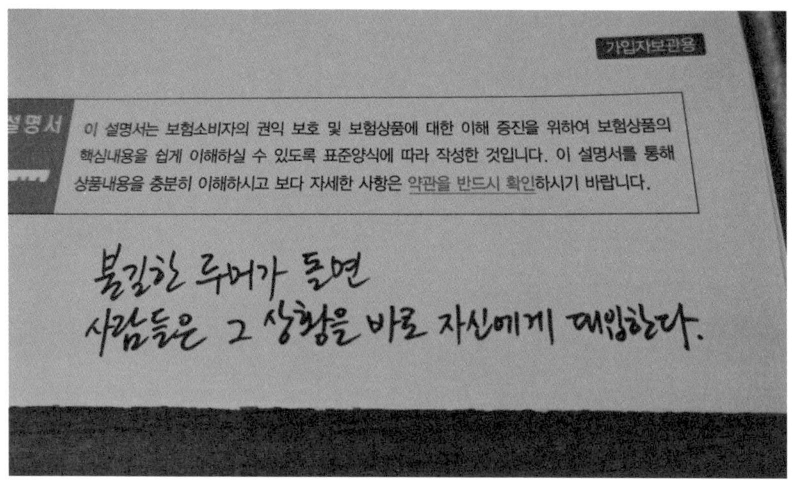
가입자보관용
설명서
이 설명서는 보험소비자의 권익 보호 및 보험상품에 대한 이해 증진을 위하여 보험상품의 핵심내용을 쉽게 이해하실 수 있도록 표준양식에 따라 작성한 것입니다. 이 설명서를 통해 상품내용을 충분히 이해하시고 보다 자세한 사항은 약관을 반드시 확인하시기 바랍니다.
불길한 루머가 돌면
사람들은 그 상황을 바로 자신에게 대입한다.

루머

오늘도 '누가 어찌된다 카더라'라는 루머를 들었다. 어떤 조직이든 루머는 늘 돈다. 누가 바짝 엎드렸다더라, 누가 어디로 다시 복귀한다더라, 조직이 이상하게 바뀐다더라, 새로 누가 오는데 성질이 장난이 아니라더라, A가 의사결정을 할 때는 누구하고만 한다더라…. 사실 이러한 가십성 이바구는 늘 흥미를 끈다. 당연하다. 우리가 사람들을 만나 술을 마실 때 가장 빈도 높게 오르내리는 안주는 사람 얘기 아니던가.

이런 류의 얘기엔 세 가지 공통점이 있다. 첫 번째, 그 레퍼토리가 십 년 전이나 지금이나 똑같다는 것. 주인공만 바뀐다. 두 번째, 그런 얘기가 돈다고 해서 세상이 바뀌지는 않는다는 것. 세 번째, 그런 얘기를 많이 알고 있어도 자신의 입장이 유리해지지 않는다는 것.

내가 처음 팀을 맡아 CD[12]가 되었을 때 팀원들이 붙여준 별명은 '정보의 기지창'이었다. 정보의 종착역도 아니고 기지창. 그만큼 난 회사에서 도는 가십이나 루머에 별 관심이 없었다. 그러다 보니 팀원들이 오히려 "팀장님, 이제 팀장도 되셨는데, 회사가 어떻게 돌아가는지 관심 좀 가지셔야 하

12 Creative Director, 광고 제작 부서의 디렉터.

는 거 아니에요? 어떻게 우리보다 더 모르세요?"라고 조언을 해 주기도 했다. 그런데 사실 그런 루머와 회사가 돌아가는 것은 아무 상관이 없었다. 그리고 그렇게 돌아간다고 해서 천지개벽이 이루어지거나 나의 입장이 바뀌는 것도 아니었다. 말 옮기기 좋아하는 친구들은 마치 큰 진실을 알고 있다는 듯한 착각에 빠지곤 한다. 그것은 어디까지나 착각이다. 정말 중요한 정보들은 루머로 돌지 않는다.

사람이 가십이나 루머에 귀를 기울이는 것은 대부분 그 얘기들이 입에 올리기에 재미 쏠쏠한 것인 이유도 있지만 알고 보면 자신의 처지와 미래가 불안하기 때문이다. 그래서 어떤 불길한 루머가 돌면 대부분의 사람은 그 상황을 바로 자기 입장에 대입한다. 본능이다. 그리고 왠지 모를 불안감에 휩싸인다. 인간이야말로 얼마나 불완전하고 상처받기 쉬운 동물인가.

우리가 일상에서 나에겐 닥치지 않을 거라고 믿고 싶어 하는, 그러나 반드시 닥치는 두 가지가 있다. 언젠가는 이 직장을 떠난다는 것과 언젠가는 이 세상을 떠난다는 것이다. 유통기한이 있다는 사실이 인간의 존재론적 한계지만 반대로 그 때문에 구체적이고 계획적인 삶을 살 수 있다. 미래를 알고 있는데 대비를 하지 않는 것은 좀 이상한 일이다. 솔직히 말하면 알고 있는 미래로부터 도피하고 싶은 것이다.

계획이 있고, 목적이 뚜렷하면 사실 그것을 달성하기에도 주어진 시간은 늘 모자란다. 당연히 지금 도는 루머에 귀가 움직이지 않는다.

041

'계집애처럼'이란 편견

예전에 어른들은 우는 사내아이를 보면 계집애처럼 징징대며 운다고, 고추를 떼어버리라고 혼내곤 했다. 그러나 따지고 보면 징징대고 우는 것에 남녀 차별이 있을 순 없다. 우는 건 우는 것일 뿐, 남자처럼 울고 여자처럼 우는 것은 없다. 마케팅의 교본이라 하는 P&G에서 최근 이런 정황을 잘 드러내 주는 재미있는 실험을 했다. 10대에서 20대에 이르는 여자아이와 여성들에게 '계집애처럼 뛰어 봐라', '계집애처럼 던져 봐라', '계집애처럼 싸워 봐라'라는 주문을 했다. 20대 여성들은 우리의 머릿속에 고정되어 있는 모습 그대로 양팔을 좌우로 흔들며 뛰거나, 힘차게 던지지 않고 던지는 시늉을 하거나, 귀엽게 싸우는 듯한 포즈를 취했다.

그러나 10대 여자아이들에게 같은 주문을 하자 격하게 뛰고, 던지고, 싸우는 모습을 보여주었다. 10대들에게 '계집애처럼'이란 표현은 특정한 편견이 담긴 의미가 아니었다. 그저 10대 말괄량이답게 뛰고, 던지고, 싸웠던 것이다. 실험에 참여한 한 여자아이가 말하듯 '계집애처럼 뛴다'는 의미는 '내가 뛸 수 있는 한 가장 빠르게 뛰는 것'을 의미하는 것이었다. 'Like a Girl'이란 제목의 이 재미있는 실험 프로젝트는 '계집애처럼'이란 일상의 표현이 본래의 순수한 의미를 잃고 편견을 가진 의미로 학습되었음을 보여준다. 재미있는 것은 '계집애처럼'에 담긴 네거티브한 의미가 남자에게뿐만 아니라 여성 스스로에게도 같은 이미지로 학습되었다는 점이다. 결국 이 실험의 목적은 '계집애처럼'이란 표현 자체가 상대방을 폄하하고, 의기소침하게 만드는 것이란 사실을 보여주는 것이었다.

생리대 제품 Always를 내세워 P&G의 브랜드 이미지를 높이려 한 이 영상은 순수한 열정을 그대로 간직하고 있는 10대 여자아이들을 지칭하는 'Like a Girl'이란 이미지가 변질된 것을 바로잡고자 한다. 더 이상 '계집애처럼'이 네거티브한 이미지로 쓰여선 안 된다는 것을 일방적이지 않고 사람들의 이성과 정서에 자연스럽게 스며드는 메시지로 제시한 것이다. 초경을 시작하는 10대 여자아이들을 잘 보호해 주고 의기소침하지 않게 해 주는 생리대의 브랜드 이미지를 절묘하게 담고 있다.

'계집애처럼' 혹은 '사내아이처럼'은 가치중립적인 용어다. 그들의 젠더를 드러내는 말일뿐이다. 그러나 우리는 '계집애처럼'엔 소극적이고 열등한, 그리고 '사내아이처럼'엔 적극적이고 활동적인 사회적 의미를 투여했고, 그것은 동양이나 서양이나 다를 바 없다는 것이 드러났다. P&G의 이

프로젝트가 훌륭한 점은 타깃의 진실된 인사이트를 발견했다는 데 있다. 여성의 원형이랄 수 있는 '계집애'란 단어에 뭉쳐 있는 네거티브한 편견을 깨는 것이 브랜드의 이미지를 고단수로 높이는 방법이란 걸 낚아챈 것이다. 고수의 솜씨다. 편견은 깨지라고 존재하는 것이란 보편적인 생각을 정조준한 것이다.

042

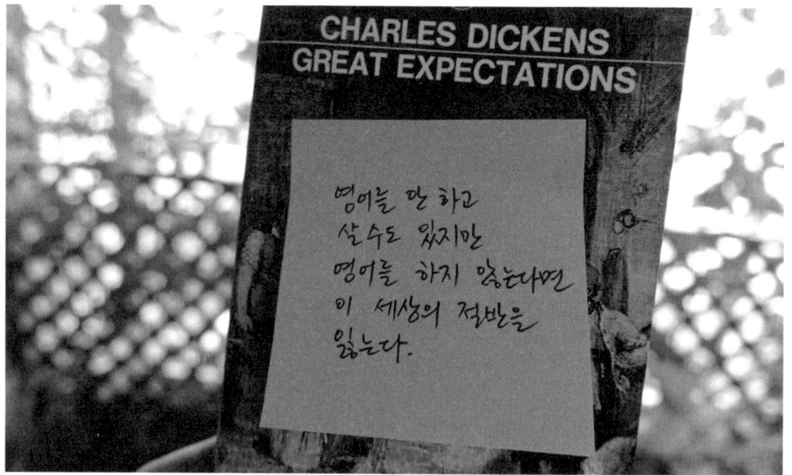

아임 파인 땡큐 앤드 유

1998년 소설가 복거일 씨가 영어를 공용어로 지정하자는 주장을 펴면서 사람들로부터 심지어 매국노라는 뭇매를 맞은 적이 있었다. 당시로는 과격한 발언일 수도 있었지만, 일리가 전혀 없는 말은 아니었다. 민족주의를 내세운다면 사실 중고등학교 6년 과정의 영어수업 역시 없애야 한다. 공용어라는 표현이 사람들의 눈엣가시가 되었지만, 따지고 보면 우린 초중고 10년 동안 영어를 배우고도 아임 파인 땡큐 앤드 유[13]의 수준을 못 벗어나지 않았던가.

영어를 해야 하는 이유는 영어를 하는 것이 실력이 있음을 증명하는 것이어서가 아니다. 영어는 미국의 거지도 유창하게 한다. 영어는 도구일 뿐이다. 문제는 시야와 세계관을 넓히기 위해 영어라는 다른 언어를 습득하여 자신의 생각을 소통할 수 있어야 한다는 점이다. 방점은 '영어로 자신의 생각을 말할 수 있으면 된다'에 찍힌다.

영어를 유창하게 할 필요도 없다. 잔뜩 혀를 굴려 '유남생[14]~'을 외친다고

13 I'm Fine Thank You, and You? 대한민국의 주입식 영어 교육을 보여주는 대표 문장.

14 You Know What I'm Saying?을 빨리 굴리면 나는 발음.

해서 영어가 유창하다고 하진 않는다. 나 역시 해외에서 영어로 세미나를 제법 했지만, 그들은 나의 새로운 생각에 박수를 쳐준 것이지, 나의 스피치 스킬에 환호한 것은 아니다. 우리의 희망 반기문 총장님도 영어를 어눌하게 하신다. 솔직히 발음도 후지다. 그러나 반 총장님은 자신의 생각을 오해가 없게끔 완벽하게 전달한다. 그래서 그분의 영어는 유창한 영어다.

나는 학생들을 만나면 영어를 하라고 한다. 영어를 안 하고 살 수도 있지만 영어를 하지 않는다면 이 세상의 절반을 잃는다고 말해 준다. 사실이다. 우리는 영어로 된 글이나 영어로 된 세미나, 영어로 된 자료에서 참 많은 것을 얻는다. 또한 외국인과의 네트워크를 넓힐 수 있기에 그것이 자신의 발전을 위한 큰 자산이 된다. 외국인과 네트워크를 갖고 계속 교류한다는 것은 나의 영역을 넓힐 수 있는 포스트를 곳곳에 갖고 있음을 뜻한다. 그리고 비즈니스가 됐건, 학문적인 접근이 됐건 일단 시작부터 글로벌을 염두에 두고 하게 된다.

그러나 영어와 멀어지면 수축된다. 자신의 경계를 넓힐 생각을 못 한다. 그것이 가장 큰 문제다. 도구의 차이가 인식의 차이를 가져오는 것이다. 그것은 우리가 손으로 농사를 지을 때와 기계로 농사를 지을 때 수확의 결과를 다르게 예상하고 농사법을 구상하는 것과 같다. 모든 계획을 국내로 좁히는 사람과 글로벌로 넓히는 사람의 차이는 크다. 설사 실패하더라도 큰 시장을 겨냥한 것에서 얻는 교훈은 다를 수밖에 없다.

국적은 달라도 세상을 이끌어 가는 사람들은 영어로 의사소통을 한다. 그래서 영어와 친숙해지면 세상 돌아가는 이치를 더 빨리 깨닫게 된다. 혹자는 통역을 두고, 자막을 보면 되지 않느냐고 한다. 된다. 하지만 커뮤니케이션의 디테일을 놓치기 쉽다. 영어를 한다는 것은 스킬을 익히는 문제로 국한되는 것이 아니라 문화를 이해하는 것이기 때문이다. 번역본이 오역투성이인 것도 결국 해석의 문제가 아니라 문화의 컨텍스트를 파악하지 못한 것이기 때문이다.

영어를 하자. 베스트셀러가 될 책을 빌리언셀러로 만들 수 있기에, 한국 회사 사장을 넘어 글로벌 기업의 총수가 될 수 있기에, 무엇보다 세계 곳곳을 돌아다니며 현지에 있는 친구 집에서 무전취식할 수 있기에.

043

인생에 은퇴는 없다.
죽을 때까지 살아내는 것이다.

노후는
별책 부록이 아니라
라스트 챕터다

한국 사람들은 외국에 나가면 양보도 잘하고 이방인에게 활짝 핀 미소로 인사도 하면서 여유의 미덕을 보여준다. 그러나 한국에 돌아오면 너그러움은 사라지고 길을 막고 있는 차에 욕을 해대고 경직된 얼굴로 인사를 받는 둥 마는 둥 하면서 지낸다. 외국에 다녀올 때마다 뼈저리게 느끼는 것이 바로 한국 사람들이 참으로 힘들고 불안하게 살고 있다는 사실이다.

한국 사람들은 그 어느 민족보다 지위 상승에 대한 욕구가 큰 것 같다. 더 배우고 더 벌고 싶어하며 생존경쟁에서 살아남으려 애쓴다. 좁은 땅덩어리에서 경쟁해야 할 대상은 많고 뒤처지는 것은 자존심이 용납하지 않는다. 실직과 노후에 대한 사회보장 제도까지 미흡하다 보니 마음은 늘 불안하다. 그런 사회가 우리에게 여유의 웃음을 빼앗아 간 것 같다.

그렇기에 노후에 일거리도 떨어지고 돈 만질 기회도 줄어들 때 좌절감과 우울증에 시달릴 확률이 다른 나라 사람들보다 더 높다고 볼 수 있다. 누구에게나 노후는 오지만 한국 사람들에게 나이 듦은 심히 걱정되는 일이 아닐 수 없다. 노후의 삶은 젊은 날에 대한 보상이라고 생각한다. 인생의 전반전을 열심히 산 사람이라면 후반전은 편안해야 한다고 생각한다.

그러나 아쉽게도 아직 국가적인 차원에서 국민의 노후를 보살펴줄 마음에 드는 방책은 없는 것 같다. 가장 구체적으로 도움을 주는 제도라 할 수 있는 국민연금마저 흉흉한 소문에 휩싸여 있다. 다음 세대엔 어찌 될지 몰라도 적어도 곧 노후를 맞이하게 될 지금 대한민국의 50대는 개인의 능력으로 인생 후반부를 대비하는 수밖에 없는 것이다.

돈을 저축하는 실질적인 행위도 중요하지만 생각의 전환이 노후를 대비하는 데 가장 중요하다고 생각한다. 대부분의 사람이 노후를 사회생활에서 은퇴한 이후의 생활로 명확하게 구분 짓는 것을 보았다. 노후를 여분의 삶인 것처럼, 마치 딸려 나오는 별책 부록인 것처럼 바라보는 것이다. 그러나 인생에서 은퇴라는 것이 있을까? 인생이란 죽을 때까지 살아 내는 것 아니던가. 나는 노후란 지금까지 살아온 인생의 계속되는 연장이며 그 마무리라고 생각한다. 훗날 내가 정년 퇴임하여 일터에서 물러난다고 해서 달라질 것은 없다. 스토리는 계속 쓰이고 있고 라스트 챕터Last Chapter를 향해 가고 있는 것이다. 그래서 나는 흔히 말하는 '은퇴 후 무엇을 하며 노후를 맞이할까'보다는 '지금 하는 일을 얼마나 멋지게 마무리할 수 있을까'에 더 큰 비중을 둔다. 놀라운 라스트 챕터를 쓰고 싶은 것이다.

그렇기에 지금 나는 더 열심히 노력한다. 나이 들어서도 하느님이 날 불러 일을 줄 수 있도록, 지금 내가 쓰는 인생 이야기가 너무 흥미진진해 도저히 라스트 챕터를 읽지 않을 수 없도록 하기 위해서 말이다. 지금 내가 하는 일 하나하나의 성과 여부가 훗날 더 큰 보따리를 가져다준다는 것을 길지 않지만 그리 짧지도 않은 내 인생 경험으로 알 수 있다. 그래서 나는 오늘도 열심히 광고를 만들고 광고와 문화에 관련된 글을 쓰고 강연을 하고 전시를 기획하고 번역도 하면서 세상과 대화한다. 내가 좋아하는 시인 윌리엄 버틀러 예이츠William Butler Yeats의 불후의 명작들이 모두 예순이 넘어 나왔다는 사실이 나는 즐겁다. 말년에 그는 골 넣는 스트라이커가 되었던 것이다.

신문기사에 의하면 현재 40, 50대들은 평균 연령 90세까지 살 수 있다고 한다. 적어도 살아온 횟수만큼 더 살 수 있다는 얘기다. 소름 끼치도록 기분 좋은 소식이다.

044

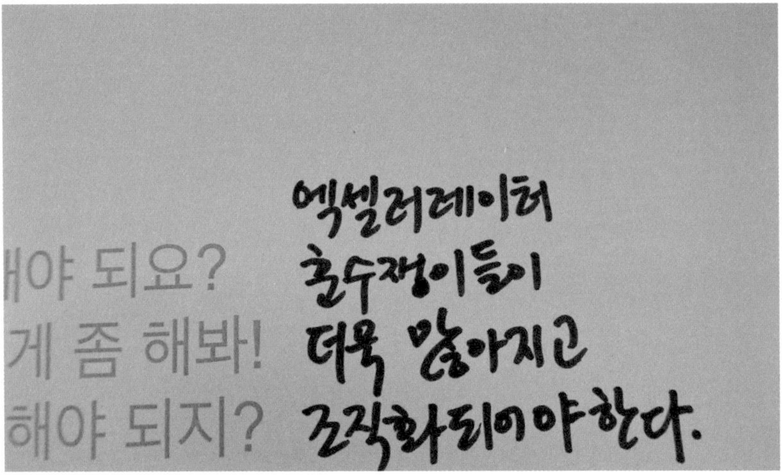

멋진 훈수쟁이,
액셀러레이터

한 모임에서 장애인을 위한 장치를 개발한 대학원생을 만났다. 그 학생은 손을 쓸 수 없는 장애인들이 스마트 디바이스를 활용할 수 있는 장치를 만든 공학도였는데, 몇 가지 기술적 문제와 마케팅 때문에 난관에 봉착해 있었다. 들어 보니 기술적 문제는 스마트 디바이스 회사가 보안 문제로 락Lock을 걸어놓은 것이기에 해당 회사의 기술 파트와 잘 협의하면 풀릴 수 있는 문제였다. 그래서 수소문해서 해당 부서 담당자를 연결해 주었다. 기술 문제가 해결되면 마케팅 부분은 내가 도와주겠노라고 했다. 좋은 기술을 개발해도 이처럼 실행할 수 있도록 도와주는 링크가 한국에는 그리 많아 보이지 않는다.

나는 그 학생에게 부스터의 역할을 해 주었다. 그 학생은 몇 번이고 고맙단 메시지를 보냈지만 나로서는 사실 그저 할 수 있는, 그리고 해야 할 일을 했을 뿐이었다. 문제는 그 학생은 운 좋게 인연을 만나 그런 문제를 해결했지만 비슷한 처지에 있는 많은 사람에게 부스터의 역할을 해 줄 구체적인 시스템이 없다면 기술을 개발만 해 놓고 사장시킬 가능성이 크단 것이다.

지금 스타트업계에서는 액셀러레이터Accelerator라는 직종이 활약하고 있다. 신생 스타트업들이 안정적으로 자리 잡을 수 있도록 교육, 컨설팅, 투자 등을 도와주고 이끌어 주는 기관 또는 사람이다. 드롭박스Drop Box나 에어비앤비airbnb 같은 서비스 역시 미국의 와이콤비네이터Y Combinator라는 액셀러레이터 기업을 통해 배출됐다. 이들의 활약 여부에 따라 스타트업들은 멋지게 자립하기도 하고 죽음의 계곡에 묻히기도 한다. 스타트업의 재능과 기술을 부스팅해 줄 수 있는 시스템이 많아져야 하고 제대로 조직화되어야 한다.

이전엔 남의 일에 참견하는 걸 간섭이라 생각했지만, 이젠 참견이 도움이 되는 시대가 되었다. 장기판에서 훈수 두는 사람처럼. 훈수꾼들은 객관적으로 판을 읽기 때문에 해결책이 보인다. 나도 능력이 닿는 한 적극적으로 참견쟁이가 되고 훈수를 두려 한다. 이런 새로운 생태계가 만들어진 이유는 지금의 산업 형태가 이전의 형태와 완전히 패턴을 달리하기 때문이다. 일정한 형태의 제품을 대량생산하는 굴뚝산업엔 이미 안정된 제조·유통·마케팅 시스템이 존재한다. 본격 자본주의 시대가 도래한 후 100년 넘게 쌓여온 노하우의 결과다. 그러나 한국에서 스타트업의 생태계는 이제 막문을 열었다. 실리콘밸리에서는 제법 오래전부터 투자와 인큐베이션의 문화가 잘 정착된 덕분에 아주 신출난 스타트업들이 속출하고, 론칭하자마자 구글과 같은 대기업이 그들이 개발한 프로토타입을 바로 구매하기도 한다. 대한민국이 IT강국이라고 사람들이 말하지만, 글쎄…. 일상인들이 IT기술을 소비하는 데는 강국일지 몰라도 스타트업의 새로운 생태계를 만들어 내는 데 강국이라 말하기엔 아직 멀었다. 그저 활발한 소비 시장을 형성하고 있을 뿐이다.

2015년 5월 서울에 구글 캠퍼스가 설립됐다. 런던, 텔아비브에 이어 세계에서 세 번째, 아시아에서 첫 번째였다. 이는 대한민국이 IT를 기반으로 한 스타트업의 발전 가능성이 크다는 것을 세계에서도 인지하고 있다는 청신호다. 이런 인프라가 생성되는 것에 발맞춰 액셀러레이터, 부스터, 훈수쟁이들이 더욱 많아지고 조직화되어야 한다. 정부에서도 많은 투자를 하고 있다. 그러나 집중이 필요하다. 정부 조직, 사적 조직들의 창구가 일원화되어 누구나 쉽게 문의하고 도움을 구할 수 있는 플랫폼이 구축되어야 한다. 위키피디아처럼 정보가 계속 유입, 수정, 보완되는 IT 생태계가 형성되었으면 좋겠다.

045

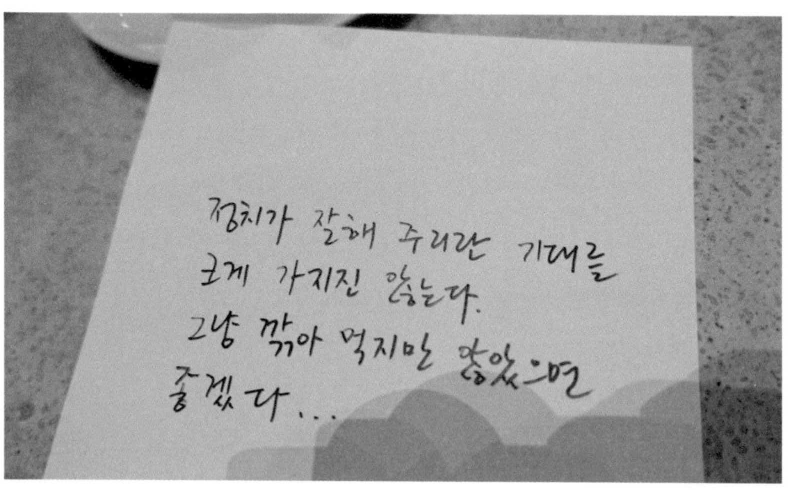

대표선수

올림픽에서만 국가 간 경쟁이 이루어지는 것은 아니다. 모든 분야가 그렇다. 어느 나라든 리드하는 몇 %가 새로운 기회를 창출하며 국가 경쟁력을 이끈다. 재계에선 삼성, 현대, LG가 세계인이 부러워하는 기업이 되었다. 10점 만점에 9점을 주고 싶다. 카카오, 네이버 같은 IT기업 역시 전 세계에 서비스망을 깔고 있다. 8점을 주고 싶다. 싸이를 비롯한 한류도 전 세계 엔터테이닝 산업을 주름잡고 있다. 역시 8점을 주고 싶다. 제일기획과 같은 광고계도 전 세계에 새로운 플랫폼을 선보이며 벤치마킹의 전범이 되고 있다. 7점을 주고 싶다. 학계는 잠재력은 있으나 아직 마이클 샌델Michael Sandel, 슬라보예 지젝Slavoj Zizek, 토마 피케티Thomas Piketty와 같은 자신의 이론을 전 세계에 전파할 능력을 갖춘 학자는 보이지 않는다. 장하준 교수 등등 몇몇 분의 선전을 기대해 본다. 6점을 주고 싶다. 외교계는 글쎄…, 그나마 반기문 총장님 덕분에 어깨 펴고 산다. 순전히 반 총장님 때문에 5점을 주고 싶다. 정치계는 말할 것도 없이 마이너스 10점.

다같이 분발해야 동반 상승한다. 아무리 기업이, IT가, 엔터테인먼트가 날고뛰어도 낙제생 정치가 뒷받침하지 못 하면 기반이 무너진다. 사실 난 정치가 잘해 주리란 기대를 크게 하진 않는다. 그냥 깎아 먹지만 않았으면 좋겠다. 국가 살림을 이끄는 정치인은 리더십, 도덕성, 스마트함, 실행력 등에서 거의 완벽해야 한다. 그래서 정치인이 되는 것이 영광이어야 하고 국민은 그들을 진심으로 존경하는 분위기가 형성되어야 한다. 그러나 우리네 정치인들은 국민에게 너무 심하게 욕을 먹는다. 너무 심하게 욕을 하는 것에도 문제가 있지만, 사실 칭찬받을 일을 그리 보여주지 못한다. 정치인은 리더십에선 재계를 이끄는 지도자 못지않아야 하고, 도덕성에선 성직자 같아야 하며, 스마트함에 있어선 각종 크리에이티브 산업에 종사하는 전문가 수준이어야 한다. 그러니 함부로 정치에 발을 들여놓지 말아야 한다. 이제, 정치계에서도 그루가 나와야 한다.

대한민국은 지금 여러 종목에 걸쳐 금메달을 위한 국가 간 경쟁에 나서고 있다. 한 나라를 대표하는 한두 명이 국가대표로 선발되어 실력을 겨룬다. 그들이 잘 싸워야 한다. 모두 다 선수가 될 수는 없다. 대신 기쁨은 함께 나눈다. 대한민국 각 분야의 탑에 있는 분들이 정말 담금질에 담금질을 거듭해야 할 것이다. 대표선수는 말 그대로 국가 전체를 대표할 수 있어야 하기 때문이다.

046

태양의 서커스

라스베이거스에 오면 겜블링이 버킷 리스트에 있는 사람도 있겠지만, 나는 쇼를 보는 것이 리스트 상위에 있다. 이번엔 태양의 서커스Cirque du Soleil의 '르 레브 쇼Le Reve Show'를 보았다. 볼 때마다 느끼는 것이지만, 라스베이거스에서 보는 쇼는 단순히 쇼가 아니라 크리에이티브 산업에 종사하는 사람들을 기죽게 만드는 아트라는 것이다. 안무, 무대장치, 코스튬, 조명, 음악에 이르기까지 10점 만점에 9.99를 주고 싶다. 거의 완벽한 종합예술인 셈이다. 그들의 성공 요인은 새로운 콘셉트에 있다.

이전의 서커스는 아크로바트와 마술을 섞은 엔터테인먼트 콘텐츠를 제공했다. 대부분이 아크로바트와 마술을 섞은 것이었다. 사람들은 재미있어 했으나 그들을 아티스트라고 생각하진 않았다. 그저 재주 많은 광대였을 뿐이다. 그러나 다른 형대의 볼거리가 많아지면서 기존의 서커스 형식으로는 먹고살기가 힘들어졌다. 그래서 그들은 서커스에 아트와 스토리를 접목한 새로운 플랫폼, 태양의 서커스를 창안했다. 융복합의 정말 좋은 예다.

광고에서도 마찬가지다. 런던 국제광고제 Non-Traditional 부문 심사를 하면서도 느낀 것이지만, 기술과 크리에이티비티가 접목된 융복합 플랫폼이 대세를 이루었다. 중요한 것은 기술만 가지고 있어선 안 된다는 점. 기술에 크리에이티비티가 합쳐져서 듣도 보도 못한 솔루션을 제공하는 것이 포인트다. 그래서 이러한 업에 종사하는 사람들을 크리에이티브 테크놀로지스트라 칭하지 않는가. 전혀 새로운 생태계의 직업명인 것이다. 나는 태양의 서커스에 출연하는 사람들을 '매직 아티스트Magic Artist'라 칭하고 싶다. 그들은 더 이상 광대가 아니라 아티스트인 것이다.

융복합의 시대다. 정부에서 학계에서 비즈니스계에서 모두 융복합을 언급한다. 중요한 것은 제대로 된 융복합의 사례가 많아져야 한다는 점. 저변이 넓어져야 성공 프로젝트가 탄생할 수 있기에. 태양의 서커스처럼 융복합이 블루오션을 항해하게 해야 한다. 올더스 헉슬리Aldous Huxley의 소설 제목처럼 『멋진 신세계Brave New World』를 향해 가는 것이다.

047

NZ AGENCY OF THE YEAR
COLENSO
국제광고제는 올림픽처럼 출전하는데 의미가 있는 그런 행사가 아니다.
2014 WAS A BRILLANT YEAR for Colenso BBDO New Zealand, which once again walked away with top honours from a number of the world's leading advertising shows, both for creativity and effectivity.
Highlights of the year for Colenso BBDO's chief creative officer Nick Worthington include being named Asia's most Effective agency is the
to win multiple awards at the regional Facebook awards was astounding. We're a little agency from NZ who have ambitions to be one of the best agencies in the world, but to actually be up there with the best makes us very proud.
"I'm also proud of the continued strength of our team, the new team members and our ability to keep
staffing up appropriately.
"We entered the year off the back of a great run of new business success and organic growth over about 18 months," says Garrett. "We had won 10 out of 11 pitch wins and new business initiatives. The volume of work we were doing with our largest clients was increasing significantly and the agency had
needed to bed down, a brilliant existing client base who have high expectations of us and we didn't want to let them down by spreading ourselves too thin, and then of course there is the small matter of hiring, training and introducing dozens of new staff. Beyond producing great creative product that works. 2014 had to be about 'clos-

직무유기

2014년 런던 국제광고제 Non-Traditional 부문에서 작품 800편을 심사했다. 모두 색다른 접근법을 활용한 아이디어들이라 프로젝트를 설명하는 2분짜리 케이스 비디오를 무려 800개를 봐야 했다. 많은 작품이 모바일 앱이나 모바일 페이지가 기반이 되어 오프라인과 연동하는 플랫폼들이었다. 꼬박 3일에 걸쳐 모든 작품을 보고 나니 파김치가 되었다. 대부분의 국제 광고제가 본선에 오를 작품을 선정하는 데 이러한 고난을 겪는다. 이렇게 예선을 통과한 작품에서 그랑프리, 금, 은, 동을 가리는 데는 치열한 질적 토론을 거치는 또 한 번의 절차가 남아 있다. 광고제에 돈을 내고 출품한 것이니 각 나라에서 제법 아이디어가 된다고 생각한 것을 선별한 것이라 실제로는 이러한 부류의 비관습적인 플랫폼들이 이보다 훨씬 더 차고 넘친다고 보면 되겠다.

아뿔싸! 그런데 보아서는 안 될 한국 작품 세 편을 보았다. 아이디어가 없거나 어이가 없는 것들이었다. 그중에서도 한 작품은 한국인인 내가 봐도 뭔 소린지 모르겠는 한심한 내용이었다. 심사위원들이 콧방귀 뀌는 모습이 보였다. 그나마 내가 한국인이란 걸 아니까 조심한 것이지, 내가 현장에 없었더라면 대놓고 무시했을 것이다. 도대체 무슨 정신으로 그런 작품을 출품한 것일까? 돈 내고 천대받는 것은 또 무슨 경우인가.

바로 이것이 대한민국 광고계의 현주소라 보면 맞을 것이다. 광고 회사에서 자의로 제출했건 광고주가 욕심을 내서 어쩔 수 없이 제출했건 간에 국제광고제에는 일정 수준을 갖춘 작품만을 출품해야 한다. 광고제에 출품하는 것도 담당자의 업무 영역이기 때문에 이런 작품들이 눈에 띈다는 것은 그들이 국제광고제의 생태계를 모르고 있다는 말밖에 되지 않는다. 달리 말해 직무유기란 뜻이다. 이젠 중국에서도 이런 수준의 작품은 출품하질 않는다. 전체 출품작을 통틀어서 가장 질이 떨어지는 세 편이었다.

한국 광고계가 일취월장하며 최근 몇 년 사이 명성을 드높이고 있는데, 이런 찌질한 작품들이 그 명성을 순식간에 무너뜨린다. 이 정도 수준의 작품을 출품한다는 것은 담당자의 수준이 그것밖에 안 된다는 것을 의미한다. "내 돈 내고 낸다는 데 뭔 상관이야."라고 반문한다면 딱히 할 말은 없다. 그러나 이곳은 올림픽처럼 출전하는 데 의미가 있는 그런 행사가 아니다. 게다가 우리가 형편없이 못사는 나라라서 그저 형식상 능력도 안 되는 선수 한두 명을 출전시키는 그런 형편은 아니지 않은가. 열심히 뛴다고 해서 박수 쳐주는 분위기는 절대 아닌 것이다. 국제광고제에 출품하고 싶다면 제발 공부 좀 하시라. 칸 국제광고제에서 수상한 작품들만 일별해 보아도 감이 잡힐 것이다. 그래도 감이 안 잡힌다면 부서를 바꾸는 것이 본인을 위해 조직을 위해 바람직한 일이 될 터다. 고생은 고생대로 하고 기분 구린 하루였다.

048

주름이라는
명예로운 훈장과
돋보기 안의 천리안이 가진 통찰을
찬양해야 할 때다.

나이답게 나이 먹기

사진작가인 아는 아우가 로버트 드니로Robert De Niro(1943년생)를 촬영할 일이 있어 트라이베카로 날아갔다. 로버트 드.니.로! 이미 〈택시 드라이버Taxi Driver〉로 나에게 한 방 먹이고, 〈디어 헌터The Deer Hunter〉에서 완전히 나를 녹다운시켰던 인물. 그런 그가 아우에게 요청했던 것은 한 가지였다고 한다. 멋지게 찍어달란 것도 아니고 바쁘니 정해진 시간에 맞춰달란 것도 아닌 단 한 가지, 절대 리터치하지 말고 주름 하나 없애지 말라는 것. 주름이야말로 젊은이들이 가질 수 없는 연륜과 경험의 상징인데, 그들이 갖고 싶어도 가질 수 없어 안달인 그것을 왜 지우냐는 생각이었을 것이다. 그 얘길 듣고 난 완전 녹아웃이 되어 일어날 수 없는 지경에 이르렀다.

라스베이거스에서 오는 비행기 안에서 에릭 클랩튼Eric Clapton(1945년생)의 메디슨 스퀘어 가든 공연을 보았다. 그가 좋아하는 기타리스트 친구들을 모아 벌인 잼콘서트였다. 에릭이 돋보기를 끼고 기타를 치며 'Tears in Heaven'을 부른다. 그 옆에는 일흔 가까이 되어 보이는 흑인 뮤지션을 비롯해 연륜이 뚝뚝 묻어나는 뮤지션들이 함께 기타를 치고 노래를 부른다. 무릎 나온 청바지를 입고 검은 티셔츠 위로 불룩 나온 배 위에 기타를 올려놓고 현란하게 손가락을 움직인다.

나이가 든다는 것은 자연을 따르며 더욱 자연스러워지는 것을 뜻한다. 적어도 내게는 그렇다. 나이 듦을 받아들이고 그것을 즐기며 그것의 가치를 찬양하는 것을 뜻한다. 보톡스를 맞는다고 젊어지지는 않는다. 돋보기를 끼는 것이 두려워 노안 수술을 하고 무대에 선다고 해서 그를 젊은 뮤지션이라 칭하진 않는다. 혹시 우리는 순리를 거스르면서 너무 인위적인 젊음에 가치를 두고 있는 것이 아닌가 하는 생각이 자주 든다. 그것이 일부 연예인이 아니라 일반인들에게도 넓게 퍼져 있다는 사실이 나를 더욱 안타깝게 만든다. 나이가 든다는 것은 어느 순간 장기판에 나타나 '자네 그 말을 이리로 옮겨보게~'하며 자연스럽게 훈수를 두는 모습이다. 그런데 그 연륜과 혜안이 있는 사람의 얼굴이 빤들빤들하고 이마에 주름 하나 없다면 이상하지 않은가.

주름이라는 명예로운 훈장과 돋보기 안의 천리안이 가진 통찰을 찬양해야 할 때다. 중요한 것은 열정이 식지 않는 것이다. 그것이 젊음의 상징이다. 다시 말해 나이 들어도 누구나 젊음을 가질 수 있다. 이 표현이 코스메틱이나 건강 보조식품의 카피로 활용된다면 그것은 짝퉁이다.

049

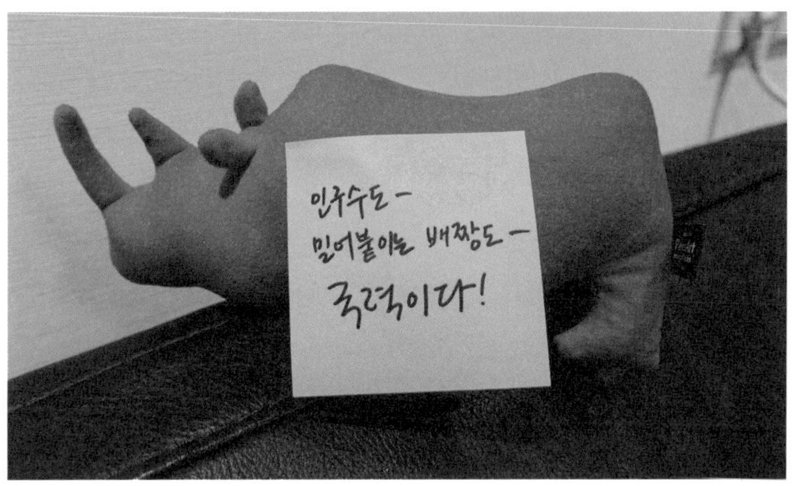

파워 브랜드 중국

브랜드 컨설팅 전문업체인 인터브랜드가 발표한 2014년 세계 100대 브랜드에 자랑스런 우리 대한민국 브랜드 세 개가 들어 있었다. 삼성 7위, 현대자동차 40위, 기아자동차 74위. 중국은 화웨이Huawei 하나만이 94위에 올라 있었다. 그러나 재미있는 현상이 있었다. 새로이 100위권에 진입한 브랜드 중에 DHL(81위)과 페덱스(92위)의 순위 진입이 바로 중국 덕분이기 때문이다. 중국 내 해외 직구가 늘면서 운송업체의 비즈니스가 폭증했다는 것이다. 정말 놀라운 사실이다. 그것이 가능하냐고 반문할 수도 있지만, 지나가는 사람 넷 중 하나가 중국인이란 생각을 해 본다면 정말 가능한 일이란 생각이 바로 든다. 중국의 인구는 전 세계 인구의 거의 1/4을 차지한다. 결국 중국은 자국 브랜드는 100위권에 하나만 진입시켰지만, 다른 나라의 두 브랜드를 100위권에 진입시키는 데 혁혁한 공을 세운 것이다.

중국은 모바일 쇼핑 비율이 53%(2014년)로 세계 1위다. 이들의 구매력은 가히 수퍼 파워급이다. 모바일 보급률이 다른 선진국에 비해 비교적 낮음에도 모바일 활용 생태계에는 누구보다 빠르게 진입하고 있다. 샤오미의 낮은 가격 판매가 가능한 것은 제조 공장의 인건비가 싸다는 이유도 있지만, 알다시피 오프라인 샵을 없애고 유통 및 판매를 온라인으로 일원화한 이유가 크다. 한국에서라면 상상도 할 수 없는 일이다. 오프라인 매장을 없애다니! 그러나 그들은 과감히 새로운 생태계를 도입했다. 엄청난 배짱이다. 결과는 대성공. 중국은 온라인에서 휴대폰을 구입하고, 그 휴대폰으로 온라인 구매를 생활화하고 있는 것이다. 이러한 생태계가 보다 많은 중국인 사이에 퍼져 간다면 샤오미가 곧 100대 브랜드에 진입하는 것은 물론, DHL과 페덱스가 50위권, 아니 10위권 안으로 진입하는 것도 가능하다고 볼 수 있다. 인구수도 국력이다. 밀어붙이는 배짱도 국력이다.

050

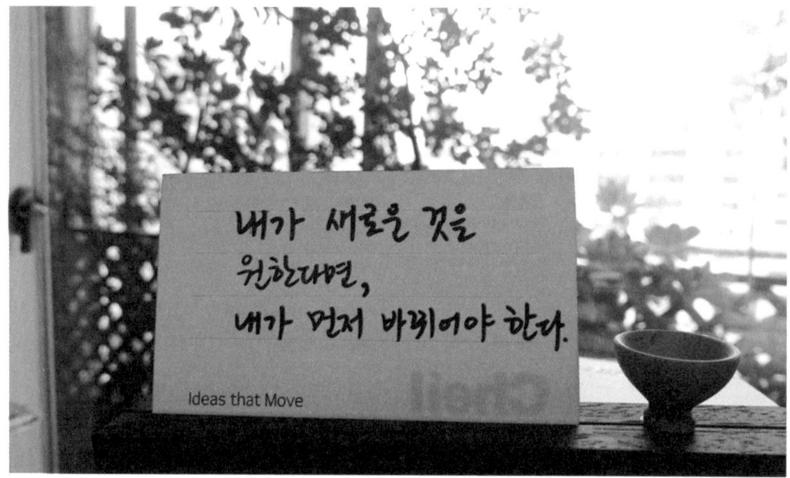

사람이 변해야
세상이 변한다

크리에이티브가 새롭지 않다고 판단될 때, 기대한 만큼의 성과가 나오지 않을 때 워크숍을 통해 대안책을 마련하곤 한다. 늘 있어 오던 일이다. 그런데 문제는 새롭게 도출되었다는 해결책이 10년 전 것과 조금도 다를 바 없다는 데 있다. 늘 있어 오던 문제에 대한 늘 있던 해결책을 만난다. 이상하다. 왜 같은 일이 반복될까?

효과적인 대중 커뮤니케이션이 이뤄지기 위해선 다음과 같은 네 가지 단계가 필요하다.

Speaker→Message→Channel→Audience.

말 그대로 화자Speaker가 원하는 메시지Message를 효과적인 미디어Channel를 통해 오디언스[15]에게 전달하는 것이다. 여기서 우리는 색다른 메시지를 새로운 미디어 채널을 통해 전달하여 오디언스에게 아주 새로운 감흥을 주려 한다. 다시 말해 메시지를 바꾸고, 미디어를 바꾸고, 그 결과 오디언스의 반응까지 바꾸려 하는 것이다. 그런데 문제는 스피커는 바뀌지 않는다

15 Audience, 시청자, 청취자, 독자 등등 매스컴의 메시지를 받아들이는 수신자.

는 것이다. 결국 메시지를 만드는 자가 바뀌지 않는데 무엇이 바뀌겠는가. 나는 정말 여러 번 이런 현상을 목격했다. 늘 새로운 것을 원한다면서 정작 본인은 바뀌지 않는 것이다. 아무리 좋은 조직을 만들어 주고, 아무리 좋은 시스템을 갖춰도 세상을 바꾸는 건 결국 사람이다.

새로운 시도를 하려고 할 때, 그것을 위해 도출된 방안을 판단하는 잣대는 당연히 그것이 충분히 새로운 것인가에 맞춰져야 한다. 그러나 안타깝게도 내가 목격한 상당수의 의사결정권자는 새로운 시도에 내포된 위험성 때문에 부정적인 반응이 손톱 끝의 때만큼이라도 나오면 어떻게 할 것인가에 대한 우려를 표명했다. 대체 새로운 것 치고 위험을 무릅쓰지 않는 것이 어디 있던가. 새로운 것은 당연히 이전에 못 보던 것이기에 익숙지 않고 거부감이 들 수 있다. 그러나 반대로 그 때문에 빨리 전파되고 충격을 줄 수 있다. 그리고 그 새로움마저도 곧 익숙해진다. 새로운 것이 탄생하고 그것이 여러 분야에 영향을 주면서 새로운 패러다임의 지평을 넓히고 그러면서 사회가 발전하고 그것이 상식이 되어 하나의 매뉴얼로 정착되고, 또 다른 새로움이 탄생하고…. 그것이 인류의 역사 아니던가.

내가 새로운 것을 원한다면, 내가 먼저 바뀌어야 한다. 입으로는 새로운 것을 원하면서 생각은 낡은 것에 머물러 있는데 뭐가 이루어지겠는가? 그 머리에서 나올 수 있는 거라곤 늘 해오던 낡은 방식을 새로운 해결책이라고 제시하는 것이다. 10년 전 본 것의 데자뷰 현상이 나타난다. 데자뷰가 느껴지면 그건 새로운 게 아니다. 네버씬비포Never Seen Before가 느껴져야 한다. 너무 당연한 얘기를 지금 하고 있다. 그러나 그 당연한 얘기가 현실화되지 않는다. 사람이 바뀌지 않기 때문이다.

051

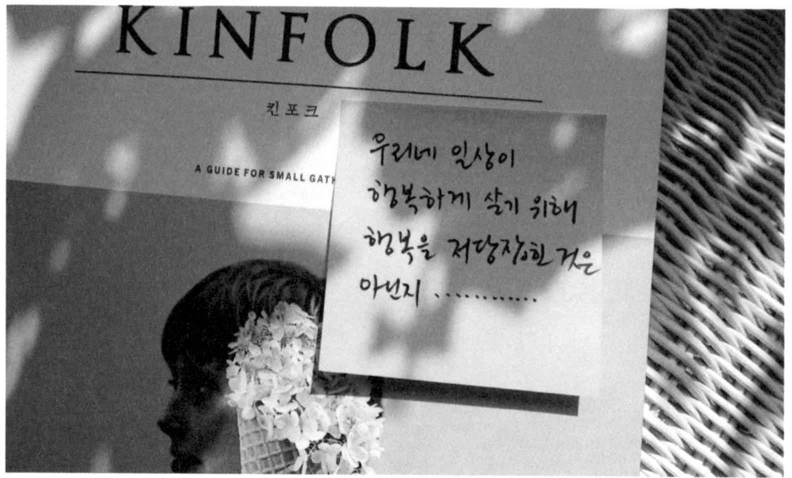

Thank God It's Monday

러시아 출장 당시 월요일 오전에 강연을 하는데 조크랍시고 "Thank god it's monday."라는 말로 시작했다가 아주 싸늘한 반응을 받았다. 전부 '저 놈 미친 거 아냐?'라는 투로 날 바라보고 있었다. 그때 느꼈다. 월요일이 싫은 건 동서를 막론하고 똑같구나. 일요일 저녁부터 페이스북엔 월요일 출근이 죽기보다 싫다는 내용이 눈에 많이 띈다. 왜 아니겠는가. 더구나 달콤한 이틀간의 휴일을 보내고 났다면 말이다. 그런데 그 싫음의 강도가 좀 심해 보여 걱정이 된다. 대한민국 직장인들이 참으로 하기 싫은 일을 하며 일주일을 채우고 있다는 생각이 들어서다.

광고 회사를 예로 든다면, 이전에도 야근이 많기는 했지만 지금처럼 심하지는 않았고 경쟁 피티가 있지 않다면 주말은 거의 쉬곤 했다. 예측이 가능한 업무들이었다. 대부분 TV나 신문광고였고 이미 매체 부킹이 되어 있는 상태에서 정해진 순서에 따라 준비를 하면 되었다. 월요일이 좋진 않았지만, 죽을 만큼 싫지도 않았다. 그러나 커뮤니케이션 환경이 혁명적으로 바뀐 이 시대엔 광고주에게 제시해야 할 보따리가 훨씬 커졌다. 또한 광고주 쪽에서도 집행할 가능성이 그리 커 보이지 않은데, 종합 패키지를 요구하는 게 일반화되었다. 투입되는 맨파워에 비해 손실이 너무 큰 것이다. 게다가 요즘엔 프로젝트 자체가 무산되는 경우도 많고, 수요일에 오티[16]를 주고 토요일에 온에어[17]를 시켜달라는 황당한 요구도 발생한다. 더욱 가혹한 것은 일 년 치 경쟁 피티가 아니라 프로젝트별로 경쟁 피티를 붙이는 나쁜 문화가 슬그머니 자리 잡은 것이다. 서비스가 좋아질 거라고 생각한다면? 큰 오산이다.

월요일 출근을 헬게이트가 열리는 것으로 표현하는 심정이 너무 이해된다. 그러나 이러한 업무 환경이 쉽게 변할 것 같지는 않다. 일단은 각자가 자신의 마인드 컨트롤을 잘하는 수밖에 없다. 각자의 정신건강을 잘 챙겨야 한다. 행복하게 살기 위해 행복을 저당 잡힌 것은 아닌지 걱정되기 때문이다. 이런 상황이 나아지게 할 방법이 있을까? 나는 월요일에 뭔가 이벤트를 만든다. 거창한 건 아니다. 오랫동안 못 본 사람과 점심 약속을 하기도 하고, 저녁에 공연이나 영화를 보러 가기도 한다. 읽고 싶은 책 50페이지는 꼭 읽겠다고 나와 약속하기도 한다. 이벤트는 만들기 나름이다. 그리고 그것을 월요일의 축제로 생각하는 것이다.

---

16 OT, Orientation. 프로젝트를 시작하기에 앞서 행하는 해당 프로젝트에 대한 설명.

17 On the Air, 방송국에서 프로그램이 방송 중임을 알리는 말.

우리는 행복해질 권리가 있다. 그러나 그 행복은 우리가 만들어야지, 환경에 의해서 주어지기를 바라는 것은 너무 수동적인 태도이고 있을 수도 없는 일이다. 나는 정말 대한민국 샐러리맨들이 행복해지기 위해 행복을 저당 잡히지 않았으면 좋겠다. 1년 365일 행복할 순 없겠지만, 적어도 월요일 출근이 목줄에 매여 가고 싶지 않은 곳으로 끌려가는 개의 모습이 아니었으면 좋겠다. 진심으로.

052

사물 인터넷

2007년 나이키 플러스가 처음 탄생했을 때, 그것은 아이팟이란 MP3기기가 탄생했을 때만큼이나 쇼킹했다. 당시엔 사물인터넷[18]이란 용어가 쓰이지 않을 때여서 그랬지만, 알고 보면 나이키 플러스는 소비자들이 큰 혜택을 느낄 수 있는 본격 사물인터넷의 효시라고 볼 수 있다. 나이키 플러스는 헬스장 트레드밀에서 뛸 때는 뛴 시간 및 거리, 칼로리 소모, 태운 지방지수 등등 자신의 운동기록을 알 수 있지만, 야외에서 뛸 때는 그 기록을 알 수 없다는 인사이트에서 출발한 획기적인 상품이었다. 특히 미국인들은 야외에서 달리는 것을 무척 선호하지 않던가.

바야흐로 사물인터넷 시대에 접어들었다. 사물인터넷이 미래의 먹거리라며 사물인터넷의 생태계를 익히기에 분주하다. 도대체 사물인터넷이 얼마나 큰 시장을 형성할 것이기에 이리 호들갑일까? 인터브랜드에 따르면 2020년까지 사물인터넷은 약 9조 달러의 시장을 형성할 것이라 한다. 9조 원도 아니고 9조 달러라니! 이것이 사실이라면 모든 IT비즈니스와 전자제품 제조업체는 이 길로 나서야 할 판이다. 특히 사물인터넷의 발달로 가장

18 IoT, Internet of Things. 인터넷을 기반으로 생활 속 모든 사물을 연결하여 사람과 사물, 사물과 사물 간 정보를 상호 소통하는 기술

활성화될 산업 분야가 스마트 홈, 스마트 오피스, 스마트 카, 디지털 헬스케어라고 점쳐지기 때문이다. 이미 구글과 아마존의 행보는 눈부시다. 먹잇감의 냄새를 맡은 표범의 자태다.

세상이 늘 빠르게 변해왔다고들 하지만 지금처럼 하루하루가 혁명처럼 치달은 때는 없었던 것 같다. 계속적으로 새로운 프로토타입이 만들어지고, 베타 버전이 나돈다. 이전에 베타 버전이라 함은 미완성의 기기나 소프트웨어의 느낌으로 비춰졌지만, 이제 베타 버전이라 함은 '그래, 당신 멋져, 기다려줄게!'의 느낌이 강하다. 그만큼 시도되지 않은 새로운 프로토타입을 계속적으로 만들어 내고 그것을 시장에서 테스트해가며 완성된 디바이스나 소프트웨어가 탄생하기를 기꺼이 기다려주는 멋진 신세계가 도래한 것이다.

달리 말해 지금의 화두는 'Make'다. 이 모든 변화는 물론 인간 생활의 편리함을 향한 것이다. 사물이 지들끼리 알아서 대화와 정보를 주고받으며 우리 앞에 한 상 떡 차려내는 시대에 돌입한 것이다.

그러나 편리하다는 것이 곧 '좋다'는 가치를 담보하는 것은 아니다. 인간은 그만큼 참을성이 없어질 것이고 인간의 모든 감각은 과학과 기술에 의해 재단될 것이기 때문이다. 또 그러한 디지털 디바이스를 적극 활용하여 이득을 얻는 사람과 그렇지 못한 사람의 디지털 빈부 격차도 훨씬 심해질 것이다. 사물인터넷이 주요 산업으로 등장할수록 디지털 디톡스Digital Detox와 디지털 민주주의의 개념도 동시에 부각될 것임이 틀림없다.

053

피를 팔아 피를 번다

비즈니스 환경이 바뀌다 보니 서비스를 제공하고 대가를 받는 방법도 달라지고 있다. TV로 대변되는 전통 매체이자 대중매체를 활용해 광고를 할 때는 수수료 기반으로 돈을 벌었다. 한 편의 TV광고를 만들기까지는 수많은 난관을 겪지만, 일단 완성되어 소재가 방송국으로 넘어가면 한 번 온에어될 때마다 광고 회사는 매체비의 17.65%를 수수료로 받았다. 우리는 손을 털고 앉아서 매번 광고가 나올 때마다 17.65%를 챙겼던 것이다. 전문용어로 '미터기가 돌아간다'고 했다. 건물 하나 지어 놓고 임대 내어 월세를 챙기듯이, 한 번 방영될 때마다 수수료를 챙겼던 것이다. '번세'라고나 할까? 그래서 매체비를 많이 쓰는, 달리 말해 TV광고를 많이 내보내는 광고주가 파트너인 경우 행복했었다.

그러나 상업적 커뮤니케이션의 생태계가 완전히 달라지면서, 우리는 새로운 프레임의 서비스를 광고주에게 제공하게 되었는데, 이때 TV광고처럼 수수료를 책정할 방법을 찾을 수 없게 되었다. 자연히 프로젝트당 '몸값 Fee'을 받게 되었다. 프로 선수들이 1년 경기를 뛰는 조건으로 몸값을 받는 꼴이다. 그런데 문제는 수수료를 받을 때만큼 수익이 안정적이지 못한 반면, 업무 강도는 몇 배 강해졌다는 점이다. 한 프로젝트에 100% 묶이는 계약이 성사되면 그 사람은 다른 프로젝트에 눈길을 돌릴 수도 없을뿐더러, 한국적 상황에서는 거의 24시간 노동력을 투여해야 하는 상황이 발생한다. 사람들은 자조적으로 노예계약이라고 말하기도 한다. 충분히 이해가 가는 표현이다. 게다가 2년 정도 소요되는 큰 프로젝트를 따냈을 경우 광고주로부터 인원 40명을 요구받았는데, 2년 후 그 프로젝트가 없어지면 그 인력들을 달리 활용할 용도가 없어지기에 할 수 없이 계약직으로 사람을 뽑게 된다. 비정규직이 늘어난다는 부정적 언급이 쏟아지지만 어쩔 수 없는 일이다. 환경이 그렇게 만드는 것이니까. 이는 비단 광고 회사만의 생태계가 아니다. 대부분의 업종에서 이런 현상이 나타나고 있다.

나는 더욱 열악해진 이러한 근무상황을 '피Blood를 팔아서 피Fee를 번다'고 표현하고 싶다. 피를 팔아 생계를 유지하는 위화余華의 소설 『허삼관매혈기許三觀賣血記』의 상황을 그대로 겪고 있는 것이다. 중소기업에 발주가 나갈 때 상황은 더욱 열악하다. 겨우 목숨을 부지하는 그들이 계속 일이 돌아가야 한다는 강박 때문에 손해를 보면서도 일을 수주하는 상황을 여러 번 보았다. 문제는 대한민국에서 육체 근로와 지적 서비스에 대한 대가가 OECD 국가라고 볼 수 없을 만큼 형편없는 수준이라는 점이다. 결국 이러한 현상이 해소되기 위해서는 '이번 한 번만 이렇게 해 보자, 다음에 밀어 줄게' 식의 정리에 얽힐 것이 아니라 법에 의해 강제가 되어야 한다. 정부가 적극적으로 개입해야 한다고 본다. 대한민국에서 시장 논리에 의한 자율 생태계의 형성으로는 도저히 답을 낼 수 없다고 본다.

많은 중소기업이 일한 만큼 합당한 대가를 받기만 한다면, 그들은 노예 서비스를 할 용의가 있다고 본다. 그곳이 지옥일지라도 즐거운 지옥이라 생각할 거라 믿는다. 적어도 내 피로 피를 받는다는 생각은 하지 않을 것이다. 중소기업들이 피를 팔지 않고 지낼 수 있어야 한다. 돌려막고 돌려막다 건물 옥상으로 올라가는 일이 없어져야 한다.

054

우리의
소원은

북한 평양에서도 일반 가정집을 방문할 수 있다고 한다. 물론 과시용으로 준비해 놓은 집들이다. 들어가 보면 냉장고, TV, 에어컨 모두 갖춰져 있다 한다. 그러나 있으면 뭐 하나, 전기가 없는데. 2014년엔 극도의 가뭄으로 수력발전이 제대로 이루어지지 않아 수도인 평양에도 하루 전기 공급이 채 30분도 안 됐다고 한다. 평양이 이 정도면 다른 지역은 어떨지 가히 짐작이 간다. 한반도의 밤을 촬영한 인공위성 사진에서도 남한은 휘황찬란한 빛을 발하고 있는데, 북한은 말 그대로 시커먼 암흑에 휩싸여 있음을 볼 수 있었다. 북한은 1%의 못된 위정자들이 자신의 권력을 유지하기 위해 99%의 국민을 꼭두각시처럼 부리고 있다. 아이들은 영양실조로 신체 발육이 더딜 뿐만 아니라 두뇌에 단백질이 공급되지 않아 지능도 떨어진다고 한다. 여전히 굶어 죽는 아이들이 있다. 아프리카 얘기가 아니다.

최근 스코틀랜드는 영국으로부터의 독립을 묻는 국민투표를 치렀고, 바르셀로나가 중심이 된 카탈루냐에서도 분리 독립을 위한 국민투표를 고려하고 있다. 중국에서도 소수민족들이 독립을 요구하며 크고 작은 소요가 계속 있었다. 그들은 다른 민족들이 원치 않게 합병된 경우로 그들 고유의 정체성을 찾고 독립국가를 세우려고 한다. 그러나 그와 반대로 우리는 같은 민족인데 원치 않게 갈린 경우다. 미국과 소련, 두 강대국의 패권주의를 만족시키기 위해 강제로 나뉜 우리는 지금도 갈라져서 살고 있다. 말이 안 되는 얘기다. 우리는 당연히 통일을 갈구하고 그것을 위해 움직여야 한다. 스코틀랜드가, 바르셀로나가, 소수민족이 분리를 주장하듯 우리는 강력하게 통일을 주장해야 한다.

통일은 우리의 사명이다. 물론 섣부른 흡수 통일은 많은 문제를 야기할 것이다. 그렇기에 점진적인 문호개방을 통해 서로에게 충격을 최소화하는 방법으로 하나가 되어야 할 것이다. 그러나 어쨌든 어느 정도의 혼돈은 각오해야 한다. 공장을 짓고, 농공복합단지를 조성하고, 나진·선봉 무역항의 지위를 더욱 공고히 하고, 신의주 개발을 통해 중국과의 교류를 더욱 쉽고 돈독하게 하면서 북한 경제가 자립할 수 있게 유도해야 한다. 그러면서 무엇보다 중요한 마음의 간격, 생각의 간격도 좁혀가야 한다.

통일은 북한의 1% 위정자와의 정치적 밀당에 초점이 맞춰져서는 안 된다. 통일은 나머지 99%를 위한 것이다. 저들의 1%만 상대하는 정치적 관점에서의 아젠다에 국민이 묶여 있어서는 안 된다. 통일에 대한 좀 더 구체적이고 실질적인 교육과 정책을 통해 국민은 지금처럼 막연히 통일을 생각하는 것이 아니라 손님을 맞이하듯 통일을 맞을 준비를 해야 한다. 통일은 오는 것이고, 대비해야만 하는 것이기 때문이다.

통일이 되면 할 일은 정말 많아진다. 제로 베이스에서 모든 것을 세워야 하기 때문이다. 새로운 나라를 하나 건국하는 것이나 마찬가지다. 지금의 젊은 세대들이 자신의 비전을 통일에 두어야 하는 것도 그 이유다. 도로를 건설해야 하며, 공장·병원·학교 주거지를 지어야 하고, 직업교육을 시켜야 하며, 공공 디자인도 해야 하고, 누군가는 지방자치장이 되어 정책을 수립해야 한다. 그러면서 우리의 힘은 더욱 커질 것이다. 우리는 천연자원을 얻고, 인적 자원을 얻고, 새로운 땅을 얻고, 더 큰 소비 시장을 얻고, 무엇보다 대륙으로의 진출 교두보를 얻기 때문이다. 통일은 단순히 남북이 물리적으로 합쳐지는 것이 아니다. 통일은 우리를 살리는 길이고, 우리의 미래다.

055

위화도
진군

'고려 말 이성계 장군이 군사를 몰고 위화도에서 돌아오지 않고 만주 벌판으로 진격했으면 어땠을까?'라는 생각을 해 본다. 물론 역사의 가정은 의미가 없는 것이지만, 당시만 해도 만주벌은 깃대만 꽂으면 영토화할 수 있는 지역이었다. 중국 단둥에 가서 압록강 너머 중국 땅을 바라본다면 이런 가설이 설득력 있음을 금세 알아차릴 수 있다. 영토를 넓힐 수 있는 절호의 기회를 놓친 것이다. 영토뿐만 아니다. 중화사상으로 뭉친 중국과의 관계에서 유리하게 협상할 기회 역시 놓친 셈이다. 중화사상이란 한마디로 '형님이 봐 줄 테니 그냥 조용히 있어! 조공이나 바치면서'이다. 만약 그때 만주 벌판으로 진격했다면 늘 지배만 받아왔던 중국에 본때를 보여줄 수 있었을 것이다.

단둥에서 위화도와 나란히 위치해 있는 엄청나게 기름진 땅 황금평을 바라보면 저 곳을 중국과의 교두보로 활용하면 정말 좋겠다는 생각이 든다. 그곳은 말 그대로 접경지 프리미엄을 한껏 얻을 수 있는 지리적 위치이기 때문이다. 위화도에서 돌아오는 것이 아니라 그 너머 중국으로 우리의 진출로를 확장하는 것이다.

사람의 사고는 지리적 환경에서 많은 영향을 받는다. 유럽의 국가들은 국경 너머 자유롭게 넘나들 수 있기에 오픈된 마음을 갖기 쉽다. 동남아시아 역시 거의 한 나라나 다름없다. 우리는 동쪽 끄트머리 반도에 위치한 데다 그나마 절반이 공고한 폐쇄구역으로 문을 닫고 있으니, 도무지 대륙으로 진출할 틈을 낼 수가 없다. 우리의 사고도 자연히 갇히게 된다. 단일민족을 자처하며 좁은 울타리 안에서 뭔가 꼼지락거리고 있다. 대다수의 한국 사람들은 비즈니스를 할 때 국내 시장만 생각하지 처음부터 국외 시장을 겨냥하는 경우는 그리 많지 않다. 마음속에 세계가 들어와 있지 않은 것이다.

북한이 뻥 뚫려야 한다. 중국까지, 중국 너머 몽골, 러시아, 유럽까지 기차로 버스로 사람과 물건을 실어 나를 수 있어야 한다. 한 번도 경험해 보지 못한 '대륙을 꿈꾼다'는 표현을 체회할 수 있는 그 날이 반드시 와야 한다고 믿는다. 더 이상 위화도 회군이 되풀이되어서는 안 되는 것이다.

056

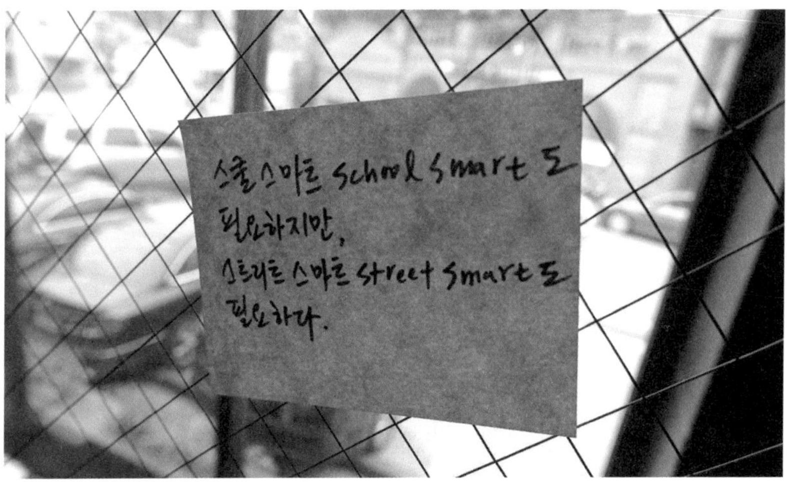

Wonderful Tonight

나는 에릭 클랩튼을 좋아한다. 기타를 잘 치기 때문이다. 나는 기타를 잘 치는 사람은 다 좋아한다. 나는 또한 그가 불후의 명곡 '원더풀 투나잇 Wonderful Tonight'을 남겼기 때문에 좋아한다. 대학 시절 원더풀 투나잇은 블루스를 대변하는 명곡 중 명곡이었다. 디스코텍이 지금의 클럽이었던 시절 모두 신 나게 몸을 흔들다 원더풀 투나잇이 흘러나오면 연인끼리, 짝없는 남자 청춘은 재빨리 임자 없는 여자 청춘을 낚아채서 블루스를 췄다. 원더풀 투나잇에 몸을 맡기면 어느덧 콩닥대는 가슴이 밀착되고 영혼이 밀착되었다. 두 남녀의 눈엔 하트가 뿅뿅 솟았고, 테스토스테론과 에스트로겐이 죽죽 분비되었다. 조명 아래 상대방을 바라다보면 가사 그대로 'You are wonderful tonight～'이 되어 버렸다. 바야흐로 사랑의 감정이 뭉클뭉클 쏟아지기 시작하는 것이었다.

나는 에릭 클랩튼이야말로 최고의 중매쟁이라 생각한다. '사랑해 듀오'가 그를 따를 수 없다. 나의 청춘 시절에도 여자대학의 졸업앨범이 마담뚜의 손에서 돌고 돌았지만, 조건을 보고 만난다 해서 모두 커플로 성사되는 것은 아니었다. 혹 성사되었더라도 그것은 마담뚜의 능력이 아니라 원더풀 투나잇 때문이었다고 자신한다.

사실 이런 것이 리얼 인사이트다. 사람이 이성적 피조물이라 하여 조건을 따진다지만, 동시에 사람은 야성적 동물이기도 하다. 암컷, 수컷이 동물적 본능으로 끌리는 것은 마담뚜의 경험적 매칭 데이터 때문이 아니라 원더풀 투나잇의 선율에 나도 모르게 누군가의 품에 안겨 있는 뿅 간 상황 때문이다. 마케팅에서도 실제로 퍼포먼스를 내는 것은 이론에서 뽑아내는 인사이트 덕분일 수도 있겠지만, 결정타는 이처럼 실제 생활 속에서 찾아내는 인사이트를 통해 튀어나온다. 그런 이유로 스쿨 스마트School Smart도 필요하지만 스트리트 스마트도 필요하다.

여자에 대해 조사해오라고 하면 누군가는 도서관에서 백과사전을 뒤질 것이고, 누군가는 가로수길에 나가 여자를 꼬실 것이다. 전자는 여자란 생물학적 존재에 빠삭한 선생이 될 것이고, 후자는 어떻게 여자를 효과적으로 넘어가게 만들 것인가에 빠삭한 선수가 될 것이다. 선생도 필요하고 선수도 필요하다. 다만, 선수의 얘기가 더 솔깃할 때가 많다. 에릭 클랩튼은 선수다.

057

뮤지션을 구해줘

2014년 10월 27일, 마왕 신해철이 하늘나라로 갔다. 46세의 나이로. 이제 한창인데… 아티스트 중에서도 유독 뮤지션들이 가지고 태어난 수명을 다 누리지 못하고 일찍 인생을 졸업하는 것 같다. 김광석이 그랬고, 김현식이 그랬고, 유재하가 그랬고, 에이미 와인하우스Amy Winehouse가 그랬고, 마이클 잭슨Michael Jackson이 그랬고, 존 레논John Lennon이 그랬고, 프레디 머큐리Freddie Mercury가 그랬고, 커트 코베인Kurt Cobain이 그랬고, 짐 모리슨James Douglas Morrison이 그랬고, 존 본햄John Bonham이 그랬고, 밥 말리Bob Marley가 그랬고, 지미 헨드릭스Jimi Hendrix가 그랬고, 재니스 조플린Janis Joplin이 그랬다. 이들은 약물 때문에, 질병 때문에, 사고로 인해 또는 우울증 때문에 이런저런 때문에 때문에 숨이 끊겼다. 이들 중 유재하, 에이미 와인하우스, 커트 코베인, 짐 모리슨, 지미 헨드릭스, 재니스 조플린은 20대에 세상을 등졌다. 너무 빨리 꽃을 피운 후 잎을 하나씩 떨군 것이 아니라 봉오리째 툭 떨어진 것이다.

조사에 의하면 미국의 가수들은 남녀 할 것 없이 평균수명보다 20년 먼저 세상을 등졌다고 한다. 왜 뮤지션들은 죽음에 일찍 노출되는 것일까? 세상을 버티기가 힘든 것일까? 그들이 다른 아티스트보다 각성제나 술, 마약을 가까이 한다는 이유도 있겠지만, 아마도 음악이 인간의 감수성과 정서를 쥐락펴락하는 힘이 강하기 때문이 아닐까 생각한다. 음악을 듣고 자살한 사람은 있어도, 빈센트 반 고흐Vincent van Gogh나 에드바르트 뭉크Edvard Munch의 그림을 보고 자살한 사람은 없다. 그만큼 음악은 사람의 감정을 들었다 놨다 한다. 오죽하면 음악을 공인된 마약이라고까지 할까.

대한민국의 30대, 40대가 신해철의 죽음을 슬퍼하는 것도 그들이 한창 감수성이 예민할 10대, 20대에 그의 노래를 듣고 슬퍼하고, 분노하고, 용기를 얻었기 때문이다. 10대 땐 그처럼 노래 부르고 싶었고, 20대엔 그처럼 살고 싶었다는 어느 팬의 고백처럼. 음악을 듣는 사람의 입장이 그럴 진데, 그런 음악을 다루는 사람들은 극도로 예민하고 여리다. 겉으론 카리스마가 철철 넘치고 위풍당당하지만, 사실 알고 보면 약하고 수줍고 깨지기 쉽다. 그들은 유리 심장을 가졌다.

그래서 그들은 세상의 희로애락에, 생로병사에 민감하다. 그들이 작은 불의에도 불같이 화를 내고, 슬픔에 깊이 공감하며, 사회·정치적 발언을 하는 데 거리낌 없는 이유도 그런 심성을 갖고 있기 때문이다. 그래서 그들을 바라볼 때는 늘 아슬아슬하다. 깊은 늪에 빠져 허우적댈까 봐 불안하고 그 예민함이 그들의 삶을 갉아먹지는 않을지 걱정이 된다. 결국 그들은 하느님이 통장에 넣어준 일생을 너무 빨리 털어 한순간에 불태우고 홀연히 사라지는 것은 아닌가 하는 생각이 들기도 한다. 빨리 잔고가 바닥 난 뮤지션 모두에게 경배를 보낸다. 편히 쉬시라. 짧은 시간이나마 그대들이 있어 고달픈 우리의 인생이 행복했으니….

058

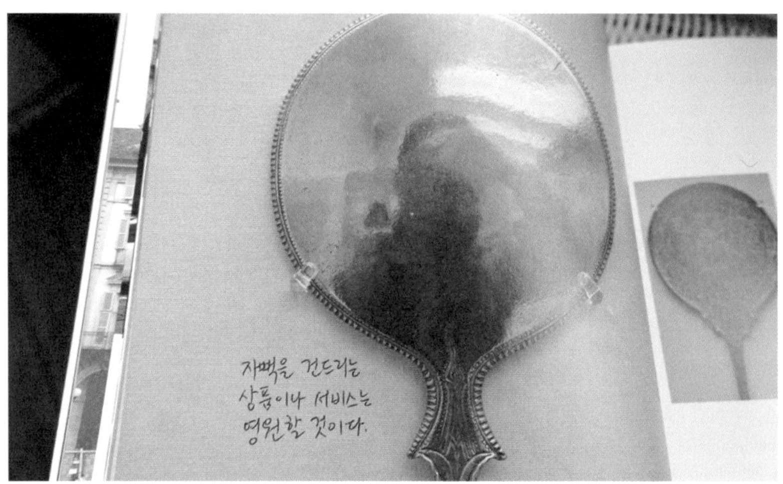

셀카봉

여름 휴가를 맞아 터키에 갔었다. 물론 필수 코스인 카파도키아에서의 열기구 탑승도 했다. 탑승객의 대부분이 한국 사람이라는 사실도 놀라웠지만, 그 높은 창공에서 셀카봉을 꺼내 낚싯대 드리우듯 허공에 척~하고 투척한 뒤 사진을 찍는 모습을 보고 '참 대단한 대한민국인이다.'란 생각이 들었다. 열기구에서뿐만 아니라 절벽 위에서도, 다리 위에서도, 성전에서도 그 어디에서도 셀카봉을 들고 있는 사람은 한국인이었다.

셀카 또는 셀피Selfie는 이제 일상이다. 필름카메라 시대에 사진을 찍는다는 것은 남을 찍어주는 것이지 자기를 찍는 것은 아니었다. 그러나 카메라가 디지털화되고 아름다움을 극대화해 주는 앱이 개발되면서 셀카를 찍는 것이 일상화되었다. 셀카 각도란 것이 생겨나고, 너무 교묘하게 아름다움을 창조(또는 날조)하는 촬영기술이 발달하면서 A의 진짜 모습을 보려면 그의 페이스북에 들어간 후 A의 친구 B를 타고 들어가 B가 올린 단체 사진 속에서 A를 찾아봐야 한다는 설이 나돌 정도다. 어쨌든 셀카문화는 가족사진을 찍어도 아내나 남편보다, 엄마나 아빠보다 심지어 자신의 아이보다 자신을 먼저 찾아본다는 자기애의 심리가 새로운 형태로 드러난 것이라 보면 된다.

나르시시즘의 발로發露, 그것을 셀피보다 더 극명하게 드러내는 것이 있을까? 누가 뭐래도 인간은 자기 잘난 맛에 산다. 이 세상에 거울이 없으면 안 되는 이유는 그것이 자뻑을 부추기는 장치이기 때문이다. 거울이 발명되면서 사람들이 더더욱 자신을 의식하고 남의 시선을 의식하게 되었음은 틀림없다. 셀카봉이란 장치를 활용해서라도 자신의 아름다운 자뻑 사진을 찍어야 할 만큼 인간의 자기애는 각별하다. 고로 화장품, 패션, 피트니스, 다이어트 등등 자뻑을 건드리는 상품이나 서비스는 영원할 것이다. 도전해 보시라. 셀카봉과 같은 또 다른 자뻑상품은 없는지….

059

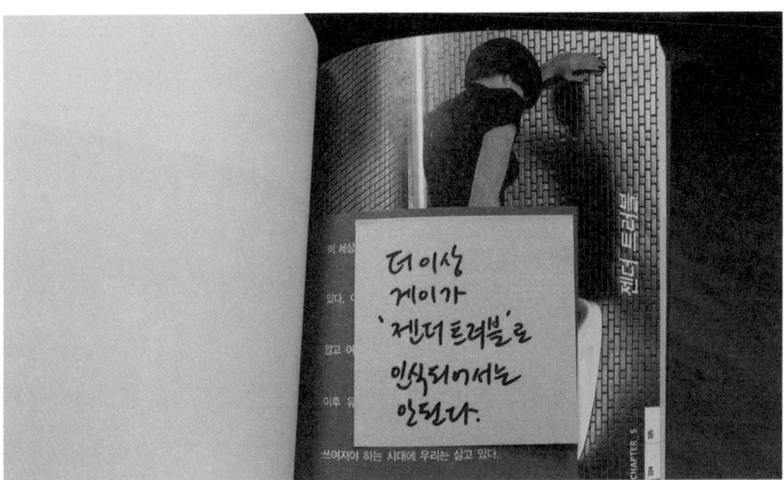
더 이상
게이가
'젠더 트러블'로
인식되어서는
안된다.
젠더 트러블
쓰여져야 하는 시대에 우리는 살고 있다.
CHAPTER 5

커밍아웃

세상에서 가장 불행한 여자가 뉴욕에 사는 여자라고 한다. 잘생기고, 몸매 좋고, 전문직이고, 게다가 돈 많이 버는 남자들은 거의 게이라는 것. 그림의 떡인 게다. 뉴욕에서 일할 때 내가 만난 패션 피플이나 스타일리스트는 거의 게이였다. 요약하면, 괜찮고 크리에이티브한 남자들은 게이라는 것.

팀 쿡Tim Cook이 커밍아웃했다. 게이임을 공표하는 것이 이제 새삼스러울 것은 없지만, 그 사람이 현재 전 세계 IT를 대변하는 애플의 CEO란 점에서 뉴스거리가 되고 있다. 게이임을 공표하는 것은 사실 "난 브랜디보다는 싱글 몰트 위스키를 좋아해."라고 말하는 것과 다르지 않다. 개인적인 취향이기 때문이다. 그러나 지금까진 게이를 젠더 트러블로 취급해 왔다. 특히 종교적인 관점에선 (물론 기독교적 입장) 용납할 수 없는 일이었기 때문이다. 더욱이 이 세상을 쥐락펴락하는 와스프[19] 입장에서는 더더욱 용납할 수 없는 일이었다.

리처드 도킨스Richard Dawkins의 저서 『만들어진 신The God Delusion』을 보면

19 WASP, White Anglo-Saxon Protestant. 미국으로 초기에 이민 간 사람들의 자손들로 미국 사회의 주류를 이루어 왔다.

재미있는 사실을 발견할 수 있다. 1999년 미국에서 마이너리티를 공직자로 뽑을 때 누구에게 표를 주겠냐는 조사를 했는데, 여성-가톨릭 신자-유대인-흑인-모르몬교도[20]-동성애자-무신론자 순이었다고 한다. 기독교인 입장에선 무신론자는 논외의 대상이니 실질적으론 게이가 꼴찌를 한 것이다. 게이 역시 무신론자처럼 사람 취급 못 받기는 도찐개찐이었던 것이다.

더 이상 게이가 젠더 트러블로 인식되면 안 된다. 오히려 더 적합한 젠더의 정체성을 찾은 것이라 봐야 한다. 그리고 그들이 범법자처럼 취급되어서는 안 된다. 사회적 단죄는 공적으로 해악을 주는 행위들에 적용되어야 한다. 테러, 살인, 강도, 강간, 마약… 이 중 게이가 우리에게 해악을 끼친 것이 있을까? 혹자는 보는 것만으로도 혐오감이 들고 그것이 곧 해악이라고 주장하는 사람도 있겠지만, 그렇게 주장하는 사람은 태어나 한 번도 남에게 혐오감을 준 적이 없는지 물어보고 싶다. 거짓말한 적은 없나? 동료를 왕따시킨 적은 없나? 공금을 횡령한 적은 없나? 인종차별을 한 적은 없나? 남녀노소가 있듯이 게이는 그저 게이일 뿐이다. '다름'을 인정하지 못하는 사회는 미성숙한 사회다. 인정하지 못하겠으면 차라리 무관심하시라.

20 그리스도교의 한 교파인 모르몬교를 믿는 사람 혹은 무리.

060

28 & 29 APRIL 2015
SPEAKER
스타트업은
규모의 문제가 아니라
정신의 문제다.
THOMAS HONG-TACK

새로운 먹거리

급변하는 시대에 대기업이건 중소기업이건 이 세상에서 앞으로 뭘 먹고살아야 할지를 고민한다. 오늘도 중소기업 대표와 이런저런 얘기를 나누었는데, 앞으로의 먹거리 개척에 노심초사였다. 그는 기존의 효자종목은 잘 굴러가도록 관리하면서 새로운 분야의 무언가를 찾는 데 골몰하고 있었다. CEO라면 당연히 부딪히는 문제다.

그런데 그 새로운 분야를 찾는 과정에서 '왜 우리가 그것을 해야 하는가?'라는 질문에 크게 봉착하는 것을 보았다. 물론 업의 정체성이 중요한 것이니 그 부분을 쉽게 넘어갈 수는 없겠지만, 개인적인 생각으로는 그 문제에 그리 심각하게 몰입해 있을 필요는 없다고 본다. 물론 자신의 회사가 가진 장점을 잘 응용할 수 있는 신수종 사업을 펼치는 것이 위험도 덜하고 비교적 안정적으로 확장의 길을 걷는 것이겠지만, 사실 그러한 생각 자체가 이젠 낡은 패러다임이 되었다고 본다.

거칠게 요약하면 아이디어만 있다면 뭐든지 가능하고, 뭐든지 시도해 볼만한 환경이 조성됐다. 기존의 굴뚝 사업이 중심일 때는 정해진 섹터에서 만들고 공급하는 것이 중요했다. 그러나 소프트웨어가 중심이고 사람의 생각으로 비즈니스를 하는 이 시대엔 꼭 정해진 섹터에서 같은 생각과 시스템을 찍어낼 필요는 없다.

가령 웹에이전시가 부동산업을 할 수도 있다. 그것이 새로운 주거 형태를 제시하는 것이라면 얼마든지 성공할 수 있다. 광고 회사가 교육사업을 할 수도 있다. 그것이 정말 훌륭한 대안 교육이 된다면 한국 사회에서는 대박을 터트릴 것이다. 출판사에서 사물인터넷 비즈니스를 할 수도 있다. 사실 아마존도 온라인 책방으로 시작해서 "뭐든지 다 할거야!"를 외치는 회사로 성장했다. 에어비앤비가 숙박업을 하던 사람이 만든 것이 아니고, 우버 역시 택시 회사가 고안한 서비스가 아니다. 문제는 우리가 일상에서 불편을 느꼈던 부분에 대한 솔루션을 찾는 것이고, 틈새를 뚫고 존재하지 않던 새로운 영역을 찾아내는 일이다. 결국 아이디어가 세상을 바꾸는 것이다.

사람들은 자신이 배워온 그리고 경험해온 환경에 자칫 발목 잡히기 쉽다. 아는 것이 알아야 할 것을 가리는 것이다. 그것은 달리 말해 매너리즘에 빠지기 쉽다는 것이다. 우리가 충격을 받고, 새로운 인사이트를 얻는 것은 오히려 우리가 친숙하지 않았던 환경으로부터다. 생각의 지평을 넓힐 필요가 있다. 적어도 새로운 사업으로 새로운 먹거리를 창출하고 싶다면 말이다. 새롭게 시작하는 젊은 회사만 스타트업이 아니다. 기존의 큰 회사도 새로운 먹거리를 찾을 때는 스타트업의 정신을 추구해야 한다. 스타트업은 규모의 문제가 아니라 정신의 문제다.

061

브랜드
파워

알다시피 홍콩은 일찍 서구에 문을 열어 비교적 아시아에서 선진화된 국가로 알려져 있다. 지금은 상하이로 많이 이동하고 있지만, 금융과 무역의 아시아 헤드쿼터가 주로 이곳에 있었고, 여전히 홍콩은 아시아의 허브로 자리하고 있다. 홍콩의 전형적인 모습은 주룽(구룡)에서 바라보는 홍콩 섬의 모습이다. 마치 뉴저지의 에지워터에서 맨해튼을 바라보는 것과 매우 유사한. 홍콩의 거리 생태계도 뉴욕의 맨해튼과 비슷하다. 그래서 나는 홍콩에 오면 아시아의 뉴욕에 온 것 같다는 생각을 늘 해왔다.

주룽에서 바라본 홍콩 섬의 풍경은 늘 바뀐다. 그러잖아도 치솟은 건물들로 하늘이 빽빽한데 높은 건물들이 계속 들어서고 있다. 홍콩은 바다를 매립해서 더 많은 땅을 확보했고 그 위에 계속 마천루를 세우고 있다. 그리고 무엇보다 놀라운 풍경의 변화는 밤하늘을 수놓는 네온사인 빌보드의 주인이 바뀐다는 것이다. 지금 소니, 산요, 필립스는 찾아볼 수 없다. 대신 중국의 잘 모르는 기업들의 이름이 들어섰다. 홍콩의 브랜드 네온사인은 그 자체가 세계 경제의 부침을 생생하게 보여주는 비주얼 지표인 것이다. 한눈에 자본주의의 생태계가 일목요연하게 들어온다.

다행히 삼성은 홍콩의 한가운데 자리 잡고 로고 사인의 파란빛을 발하고 있다. 얼마나 다행인지 모른다. 전 세계적으로 백 년 가는 기업이 그리 흔치 않은 데다 워낙 기업의 생태계가 빠르게 바뀌다 보니 어느 한순간 벼랑에 몰리지 않는다는 보장을 할 수 없다. 홍콩의 네온사인에서 소니가 사라질 줄 누가 알았겠는가. 나에겐 워크맨으로 영원히 기억되는 그 소니가.

한국의 IT기업의 로고가 홍콩의 밤하늘을 수놓았으면 하는 바람을 가져본다. 땅덩어리는 좁고, 자원은 부족하고, 그나마 사람의 두뇌가 국가 발전의 전부인 대한민국에서 앞으로 세계를 상대로 비즈니스를 창출할 수 있는 것은 이러한 IT기업이 아니겠는가. 부디 어렵더라도 비즈니스를 전 세계로 확장했으면 좋겠다. 이국땅에서 느끼는 이런 소박한 애국심이 정말로 구현되었으면 좋겠다.

기업의 운명은 사람의 운명과 비슷하다는 생각을 자주 하게 된다. 사람이 한순간의 실수로 쌓아 놓은 부와 명예를 잃을 수 있듯이 기업도 그러하다. 꾸준히 자신을 잘 관리하는 사람이 롱런하듯 기업도 그렇다. 앞을 내다보고 미리 준비하는 사람이 계속 전진하듯 기업도 그렇다. 결국 사람도 기업도 브랜드 관리의 전쟁터에서 하루하루를 보내고 있는 것이다. 홍콩에서 명예의 계급장을 뗀 브랜드들이 하나둘씩 생겨나고 있다. 새롭게 장군이 된 브랜드도 보인다. 번쩍일 때는 화려하지만, 안 보일 때는 쓸쓸하다. 인생도 그렇고 기업도 그렇다.

062

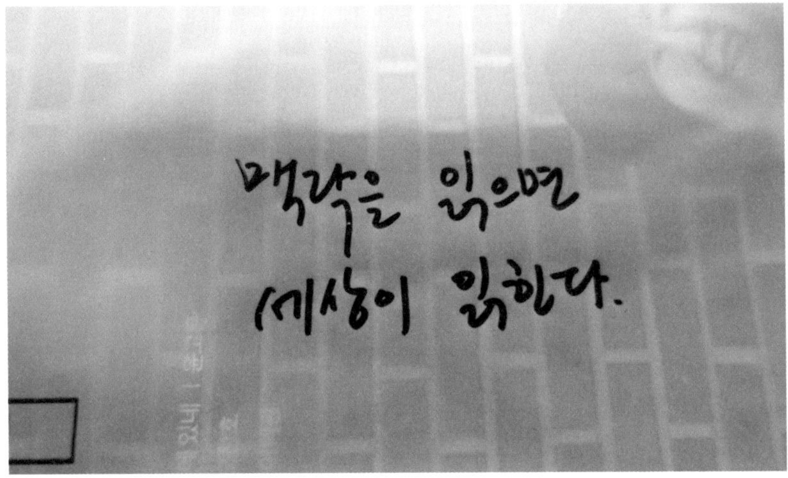

맥락독서

나에겐 이상한 독서 습관이 있다. 책 한 권을 구입해 읽기 시작하면 본문 내용 중에 또는 각주에 영감 받은 책이나 인용한 책이 등장하는데, 그러면 나는 그 책이 궁금해서 견딜 수가 없다. 그래서 책 한 권을 끝내기 전에 저자가 참조했던 책을 사다 놓고 같이 읽기 시작한다. 특히 인용된 부분이 있으면, 그 부분을 펼쳐서 두 책이 어떤 영향을 주고받았는지 살펴본다. 이러한 독서 습관은 20대와 30대 중반까지 내가 아주 열정적으로 책을 읽을 시기에 자연스럽게 몸에 배었는데, 그렇게 하다 보니 놀랍게도 맥락을 읽는 힘이 생겼다. 책을 쓴다는 것은 어쨌든 장구한 인간의 역사 속에서 과거의 지적·문화적·사회적 전통으로부터의 영향을 인지하고 그 흐름을 이어가며 전체 맥락에서 또 하나의 부분을 구성하고 완성하는 것이다. 하여 이러한 독서법은 한 사람의 저자를 이해하는 방법도 되었지만, 하나의 텍스트가 사회문화적 컨텍스트 속에서 어떤 관계를 형성하는지를 이해하는 방법이 되기도 했다. 나는 이 이상한 방법을 '맥락독서'라고 부른다.

그런데 재미있는 것은 이러한 훈련이 세상 관계를 이해하는 데 도움을 주더라는 것이다. 특히 회사와 같은 이해관계가 복잡하게 얽힌 조직 사회에서. 드러난 현상만 보는 게 아니라 그것이 수면 위로 돌출된 배경을 보는 훈련을 해왔기 때문이다. 이제 미아리 고개에 즐비한 점집 하나 정도는 꿰찰 수 있을 정도의 수준은 되었다. 때로는 사람들의 태도에서 어떤 의도로 내게 접근하는지가 너무 보여 괴로울 때도 있지만, 이해해 버리면 그만이니 그것도 사실 문제될 것이 없다. 그래서 나는 사람들이 말하기 어려운 사정이 있더라도 그 내용을 그대로 솔직히 얘기하면서 도움을 청할 때가 좋다. 뻔히 보이는데도 나름 꾀를 쓰는 친구들을 보면 속으로 혀를 찬다.

한 부분에서 도통하면 다른 부분에서도 모두 통한다는 옛말이 있다. 맞는 말이다. 맥락독서에서 비롯된 나의 맥락 읽기가 이제 세상살이의 맥락 읽기로 확장된 것처럼. 그래서 하나의 좋은 습관을 기르는 것이 중요하다. 그것이 다른 방향으로도 산불처럼 번져나가기 때문이다. 나의 독서 방법을 권유하고 싶지는 않지만, 궁금하시다면 해 보시길. 한두 번으로 원하는 것을 얻을 수 없다는 사실도 병기해 둔다. 중요한 건 습관이다.

063

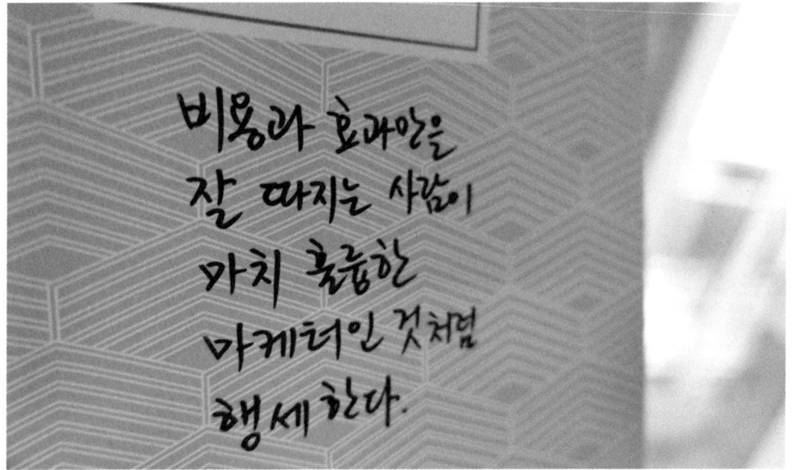

봉숭아
학당

공공기관을 대상으로 피티[21]를 했다. CEO는 CEO답게 내용을 제대로 파악하고 맥을 짚었으며 빨리 진행하자고 했다. 그런데 대표가 나간 뒤 기획이사가 말도 안 되는 갑질을 하기 시작했다. 내부에서 커뮤니케이션이 안 된 걸 가지고 오늘 미팅은 이런 걸 기대한 게 아니었다는 입방구를 날렸다. 이사가 나가고 대민협력실 간부는 해야 할지 말아야 할지 내부에서 결정하겠다고 했다. 애당초 CEO의 말씀은 안중에도 없었단 얘기? 비전실 간부는 자기가 할 일은 다했으니 이제 실무진끼리 알아서 하라며 발을 뺐다. 홍보실장은 그 와중에 똥인지 된장인지 모를 알쏭달쏭한 말들을 늘어놓았다. 참 오래 광고 일을 해왔지만, 그런 버라이어티 콩가루는 또 처음이었다.

모두는 아니지만 정부기관이나 공공기관에서 이런 상황을 겪는 경우가 좀 있다. 특징은 다음과 같다. 1)자기 부서 이외의 일이면 손가락 끝도 안 담그려 한다. 그래서 업무가 애매한 경우 그 소재를 따지는 데 시간을 다 보낸다. 2)대표의 말이 잘 먹히지 않는다. 어차피 길어야 3년 있다 나갈 사람이니, 앞에선 예스를 외치고 뒤에선 자신이 편한 방향으로 일을 전개한다. 3)웬만한 일은 외부 전문가를 불러 아이디어를 받고 자문받으려 한다. 윗

21 PT, Presentation. 광고 대리업자가 광고주를 대상으로 광고 계획서나 창작물 등을 제출하는 활동.

선에는 이런 전문가를 모시고 빈틈없이 처리했노라고 보고한다. 한마디로 그 누구도 책임지려 하지 않고, 그 누구도 아이디어로 성과를 내려 하지 않는다. 기존의 내려오던 족보를 들춰 때마다 조금씩 변형하면 그만이다.

오늘도 참으로 가슴이 먹먹해져 나왔다. 일을 제대로 처리하려면 딱 세 가지에만 몰두하면 된다. 1)문제의 명확한 정의, 2)실질적인 솔루션 찾기, 3)실행의 퀄리티 컨트롤. 어찌 보면 너무 쉽다고 할 수 있다. 그러나 많은 미팅에서 이러한 본질은 제쳐둔 채 비용과 효과를 앞세운, 그저 자신이 하고 싶은 말만 쏟아내기에 정신이 없다. 비용과 효과를 잘 따지는 사람이 마치 훌륭한 사람인 것처럼 행세한다. 아이디어의 본질도 파악 못한 채…. 오늘 미팅은 클라이언트 쪽에서 모두 딴생각으로 무슨 일이 벌어지고 있는지 파악조차 못한 경우였다. 나야 이들과 일을 안 하면 그만이지만, 이런 일이 계속 반복될 걸 생각하면 가슴이 무너진다. 모두 국민의 세금으로 벌이는 일 아니던가. 기업은 돈을 벌기 위해 안간힘을 쓰지만 이런 공공기관은 돈을 쓰는 부서다. 돈을 효과적으로 쓰는 것이 돈을 힘들게 버는 수고를 덜어줄 수 있다. 제대로 쓰는 것도 돈을 버는 일이다.

064

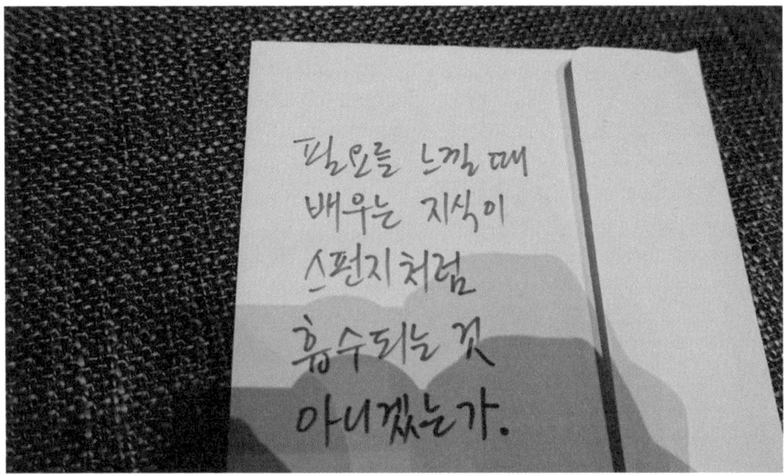

대학은
선택이다

수능 시험이 있는 날이었다. 출근 시간도 늦춰지고, 비행기도 지나갈 수 없었다. 한마디로 특권받은 행사다. 우리나라 학벌 사회의 권위를 여지없이 보여준다. 압축해서 말한다면 수험생들은 오직 이날 하루를 위해 태어나서 시험 당일까지 살아온 것이라 할 수 있다. 그만큼 대학을 간다는 것은 대한민국에선 크나큰 대역사다. 나 역시 대학 가면 모든 게 해결될 것 같았던 시대에 살았다.

그러나 곰곰이 생각해 보면 대학은 인생의 역사에 있어도 되고 없어도 되는 경력이다. 나는 정말 자신 있게 그렇다고 말할 수 있다. 대학은 그저 필요성을 느끼면 가보는 곳이 되어야 한다. 우리네처럼 대학이 절대 필수이고 없어서는 안 될 존재가 되어서는 안 된다. 그러나 우리 사회는 사회교육 제도가 잘 갖춰져 있다는 서구 사회와는 달리 고등학교만 졸업해서는 자영업을 하지 않는 한 사회 조직에 속할 가능성이 거의 없다. 취직도 어렵고, 결혼도 어렵다. 남자라면 그나마 갈 수 있는 곳이 군대다. 그런 사회 상황이 더더욱 대학을 가게 만든다. 오히려 나의 고등학교 시절엔 서울공고, 덕수상고, 서울여상 등을 졸업하면 좋은 직장에 취업이 되었다. 그런 면에서 교육 시스템은 오히려 퇴보했다.

대학도 이제 구조조정이 되어야 할 조직이다. 지금 코세라, 에덱스, 유다시티로 대변되는, 온라인에서 얼마든지 고급 강의를 받을 수 있는 MOOCMassive Open Online Course 시스템이 전 세계에서 각광을 받고 있다. 학교에 갈 필요 없이 무료로 하버드 대학의 강의를 받을 수 있다. 원하는 것, 필요한 것을 골라 언제 어디서든 고급 지식을 공급받을 수 있는 것이다. 이처럼 다양한 기회가 존재하는데 굳이 낡은 시스템을 고집할 이유는 없다. 현재의 대학 시스템이 긍정적인 측면도 많은 반면 인생에서 4년이란 기간을 저당 잡히는 부작용도 있다. 별로 얻는 것 없이 4년을 보내는 것은 정말 허송세월이다. 더욱이 휴학을 거듭하며 대학에 머무는 기간이 5년을 넘고 있는 지금, 게다가 대학을 나와도 취업이 순조롭지 않은 지금, 정말 대학이 이 세상에 순기능을 하고 있는지는 되새겨 보아야 할 일이다.

대학 4년이라는 특별 교육 기간을 설정하기보다는 평생 교육을 위한 장을 마련하는 것이 중요하다고 생각한다. 실무 교육이 핵심이 되는 인스티튜트가 더 많아져야 한다. 아주 다양하고 세분화된 인스티튜트가 많아진다면, 그 누구나 필요성을 느낄 때 지식을 습득할 수 있다. 필요를 느낄 때 배우는 지식이 스펀지처럼 흡수되는 것 아니겠는가. 대학 4년이 모든 것을 책임지지는 않는다. 세상은 빠르게 변한다. 습득할 것은 그만큼 많아진다. 대부분의 사람은 대학 4년 졸업장 하나로 평생을 때우려 하고 지금까진 어느 정도 먹혔다. 그 오래된 지식으로 독재자처럼 군림하려 했다. 그러나 대학 4년 졸업장 하나가 평생을 보장해 주는 보증서가 되어서는 안 되고 될 수도 없다. 시대가 변했다. 교육도 변해야 한다.

065

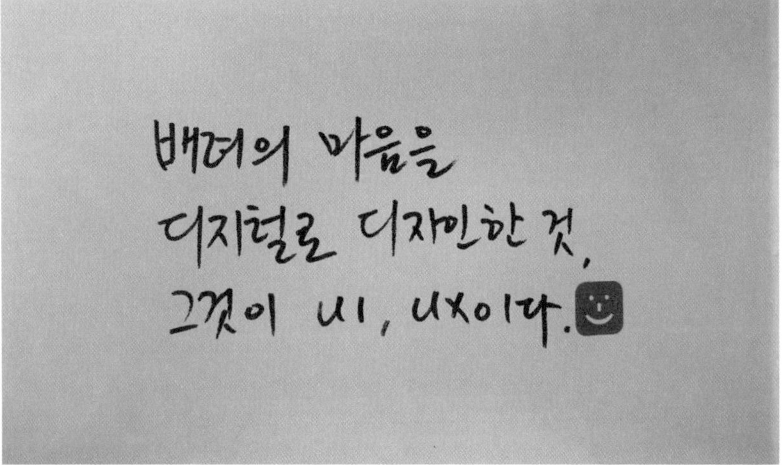

배려하는 마음의 디자인

신문광고를 제법 했을 때는 종류별로 종이신문을 구독했었다. 아침에 출근하면 인턴이나 신입사원이 책상 위에 대여섯 개의 신문을 올려놓는데, 그 방법을 보면 떡잎을 알아볼 수 있었다. 첫 번째, 그냥 차곡차곡 쌓아 올려놓는 경우. 두 번째, 신문 제호가 보이게끔 카드패 펼치듯 배열해 놓는 경우. 세 번째, 신문 속 전단지를 다 빼버린 후 내가 즐겨 보는 신문을 맨 위로 해서 카드패 나열하듯 배열해 놓는 경우.

물론 세 번째 경우가 제일 예쁘고 칭찬해 주고 싶은 유형이다. 별 것 아닌 것 같지만 신문을 배열하는 것만 보아도 상대방을 얼마만큼 배려하는지가 훤히 보인다. 세 번째 유형의 친구들은 다른 업무에서도 같은 태도를 보였다. 서비스를 받을 사람의 입장을 세세하게 고려하는 것이다. 이런 사람들은 파트너십이 중요한 비즈니스뿐만 아니라 친구와의 관계, 동료와의 관계에서도 늘 박수를 받는다.

외부 미팅 장소를 문자로 알려주는 경우에도 여러 유형이 있다. 첫 번째, 주소만 틱 던져 놓는 경우. 두 번째, 지도와 함께 자가 이용과 대중교통을 이용하는 두 가지 방법 모두를 알려주는 경우. 세 번째, 자가 이용의 경우지하 주차장 입구를 찾아오는 세세한 방법과 지하 진입 후 몇 번 블록에 세우면 엘리베이터가 훨씬 가깝다는 정보까지 제공하는 경우.

사실 잘 모르는 건물을 방문할 때 차를 세우고 원하는 층으로 이동하기까지 꽤 우여곡절을 겪는다. 초청하는 본인이야 익숙하겠지만 건물마다 드나듦의 구조가 다르기 때문에 방문자 대부분은 애를 먹는다. 심지어는 차를 가지고 갔는데, 차 댈 때가 없어 문의해 보면 근처 공영주차장에 대야 한다는 얘길 그때야 해 주는 사람도 있다. 비교적 큰 행사의 세미나에서도 제대로 된 프로토콜[22]을 제시하지 않아 애를 먹는 경우가 허다하다.

서비스받는 사람 또는 초대받은 사람을 대하는 태도를 보면 그 조직이나 사람의 됨됨이를 알 수 있다. 그리고 그 하나로 이 소식이 잘 뻗어나갈지, 이 사람이 단단하게 성장할지에 대한 판단까지 내릴 수 있게 된다.

22 Protocol, 의전. 조직이나 국가 간 공식의례 에티켓.

요즘 늘 얘기하는 UI[23], UX[24] 역시 같은 구조에 근거를 둔다. UI, UX가 단순히 모바일이나 스마트 디바이스에서 또는 오프라인 디지털 플랫폼에서 이뤄지는 소비자 가이드를 의미하는 것은 아니다. 제대로 된 UI, UX는 바로 이러한 소비자의, 유저의, 초대받은 자의 몸과 마음을 편안하게 해 줄 수 있는 배려의 정신에서 시작된다. 배려의 마음을 디지털로 디자인한 것이다. 결국은 배려의 마음이 관건이다. 그것이 없다면 영혼 없는 형식만 남는다.

23 User Interface, 사용자 인터페이스. 디지털 기기를 작동시키는 명령어나 기법을 포함하는 사용자 환경.

24 User Experience, 사용자 경험. 사용자가 어떤 시스템, 제품, 서비스를 이용하면서 느끼고 생각하게 되는 지각, 반응, 행동 등의 총체적 경험.

066

때론 시위문화도 국가의 저력을 표출한다

인간은 정치적 동물이다. 그래서 자기에게 뭔가 불이익이 올 것 같으면 적극적으로 반응한다. 우리가 흔히 "저 사람은 정치적이야."라고 말할 땐 그 사람은 '모든 상황을 자기에게 유리하게 만들어 간다'라는 의미와 '권력자에게 잘 빌붙어 있다'와 같은 의미가 뭉쳐 있다. 그것은 본능이다. 특히 정부 주도로 민생에 관련된 법안을 국회에서 통과시키려 하면 불이익을 당할 가능성이 있는 개인이나 단체들은 시위 등을 통해 격한 반대 의사를 표출한다. 꽤 오래된 역사다. 이때 그 시위의 양상들을 보면 그 국가의 저력을 알 수 있다.

미국에서 포르노 배우들이 펼친 유니크한 시위가 있다. 이들은 옷을 완전히 벗은 채로 카메라 앞에 서서 망 중립성Net Neutrality에 대해 얘기한다. 정치인이나 전문가들이 나와서 얘기할 법한 국가정책에 관한 얘기를 포르노 배우들이 하고 있는 것이다. 다음은 〈허핑턴 포스트 코리아〉에 실린 기사의 일부다.

"망 중립성 원칙이 지켜지지 않는다면 인터넷 서비스 업체ISP, Internet Service Provider들은 돈을 더 지불할 의향이 있는 콘텐츠 공급자CP, Contents Provider

들을 위해 '급행차선Fast Lane'을 만들 수 있게 되죠. 스트리밍이 느려지고, SNS도 느려지고 포르노도 느려진다는 뜻이에요!"

"망 중립성은 모든 웹사이트가 동등하게 취급돼야 한다는 뜻이죠. 다행스럽게도 오바마 대통령은 망 중립성 원칙에 대해 '강하고', '분명한' 입장을 밝혔죠. 제가 이해하기로는 오바마 대통령은 이런 말을 한 셈이죠. '돈 없는 사람들도 부자들과 마찬가지로 빠른 속도로 포르노를 볼 수 있어야 합니다!'"

와우~! '포르노도 느려진다는 뜻이에요!', '돈 없는 사람들도 부자들과 마찬가지로 빠른 속도로 포르노를 볼 수 있어야 합니다!' 이 얼마나 귀에 쏙쏙 들어오는 표현인가! 그 어느 정치인보다도 그 어느 전문가보다도 이들은 그들의 직업을 빗대어 망 중립성의 필요성을 아주 쉽게 효과적으로 설파하고 있는 것이다. 현재 미국은 망 중립성의 아젠다가 급부상하면서 의료 체제에 드리워졌던 부익부 빈익빈이라는 악마주의의 망령이 인터넷 활용 시스템에도 드리울까 봐 우려하고 있다.

이에 대해 일종의 마이너리티라 할 수 있는 포르노 배우들이 아주 크리에이티브한 방식과 담론으로 국가정책에 대해 얘기할 수 있다는 것, 나는 그것이 여전히 미국이 미국일 수 있게 지탱하는 힘이라 생각한다. 리먼 브라더스 사태 이후 미국은 진정한 강국으로서의 체면을 구기고 젊은이들은 집단 멘붕 상태에 빠졌다. 그러나 마이너리티를 배려하고, 다양성을 존중하며, 표현의 자유를 지지하는 이들을 보면 이것이 미국의 진정한 힘이 아닌가 생각된다. 그러한 풍토에서 '창의력+모험심'이 나오고, 그것이 새로운 비즈니스나 문화를 창출하면서 많은 추종자를 양산하고 수많은 사람을 먹여 살린다. 그것이 국가의 저력이라고 생각한다.

067

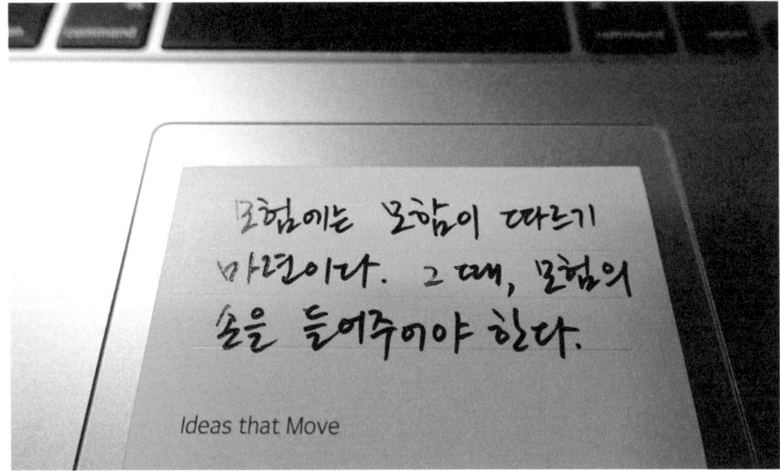

스타트업 정신

작금의 가장 뜨거운 키워드를 꼽으라면 단연 스타트업일 것이다. 특히 젊은 친구들은 자신만의 스타트업을 시작해 큰 기업으로 일구거나, 큰 기업에 회사를 팔아 돈과 명예를 한꺼번에 얻는 꿈을 꾼다. 구글을 비롯한 IT 기업들이 3, 4명이 운영하는 작은 기술 회사를 몇천억 원에 사들였다는 보도가 종종 나오는데 고무되지 않을 수 없다. 그러나 알고 보면 스타트업이란 용어를 사용하지 않았을 뿐이지 이전에도 대기업에 취직하지 않고 자신만의 회사를 차려 크게 성공한 사례는 많았다. 작은 오퍼상으로 시작해 거대 기업으로 성장한 대우가 좋은 예다.

디지털 기술이 핵심인 데다가 그 기술의 적용 분야가 다양해지다 보니 스타트업의 숫자가 많아졌다. 게다가 이전보다 사업화를 도와줄 인프라도 튼실해졌다. 정부 주관의 교육 및 투자 프로그램도 많아졌고, 아예 교육과 투자를 통해 스타트업 기업으로 발전시키는 액셀러레이팅 회사도 생겨났다. 이전보다 기술과 아이디어를 통해 기업가의 꿈을 실현할 확률이 더욱 높아진 것이다.

그러나 스타트업에서 중요한 건 '스타트업 정신'이라 생각한다. 지금 내가 대기업에 속해 있더라도 그 내부에서 스타트업이란 생각을 하지 않는다면, 나는 조직 논리에 함몰되고 영원한 부품 역할을 할 수밖에 없다. 한 달에 한 번 월급이라는 주사를 맞고 또 한 달을 버텨내는 꼴이 된다. 그 스타트업의 정신이 새로운 퍼포먼스를 창출하고 기업 내 새로운 생태계와 먹거리를 창출한다. 그런 고로 기업들도 내부에 진취적이고 모험심에 가득 찬 직원이 있다면 격려하고 그의 계획을 성사시키게끔 도와주어야 한다. 그러나 알다시피 대부분의 대한민국 대기업은 그 부분에 자신이 없다. 더욱이 경제 상황이 안 좋을 때는 성공했을 때의 이득보다 실패했을 때의 후폭풍을 더 두려워한다.

스타트업 정신은 달리 말해 스타트업을 일구려는 사람들의 DNA는 리스크 테이킹[25]이다. 이 세상에 위험을 무릅쓰지 않고 이뤄진 혁신은 없다. 너무나 당연하고 지당한 얘기다. 한국에 현존하는 대기업들도 처음에는 작은 사무실 하나로 시작했다. 그때는 모두 리스크 테이킹의 스타트업 정신에 충만했다. 그 초심을 잃지 않았으면 좋겠다. 아무리 거대한 조직으로 성장

25 Risk Taking, 위험을 무릅쓰고 행동하여 사태를 극복하는 일.

했을지라도 그 조직이 낡지 않고 계속 구동될 수 있는 원동력은 결국 모험을 무릅쓰는 정신이다. 지금 팽배해 있는 "그게 되겠어?"와 "그거 해서 3개월 후 얼마 버는데?"라는 부정적이고 근시안적인 잣대로는 스타트업 정신은 기업에 존재할 수 없다. 모험에는 모함이 따르기 마련이다. 그때, 모험의 손을 들어주어야 한다.

068

FEDERAL
RESERVE NOTE
JF 50467785 C
F6
TEN
HAMILTON
돈은 축적해야할
존재라기보단
언젠간
팽개쳐야 할 존재다.

땅따먹기

땅따먹기란 놀이가 있었다. 땅 위에 자기 뼘으로 반원을 그려 나의 땅으로 정한 후 작은 돌멩이를 손가락으로 쳐서 세 번 만에 그 반원 안으로 들어오면 그 면적만큼 내 땅을 넓히는 놀이였다. 골목길에서 땅따먹기를 하다가 저녁 어스름이 몰려올 때쯤 엄마가 밥 먹으러 들어오라고 부르면, 나는 손을 툭툭 털고 어렵게 키워놓은 땅을 버리고 집으로 향했다. 어차피 그것은 내 땅이 아니었으니까.

인생도 마찬가지일 거란 생각이 든다. 악착같이 재산을 모으기 위해 하루하루를 고생하다가 어느 날 하느님이 "얘야, 이제 올라올 때가 되었구나~!"라고 부르시면 우리는 모두 팽개쳐 놓고 엄마를 향해 집으로 달려가듯 그렇게 가야 한다. 어차피 그것은 내 돈이 아니었으니까.

우리의 미래에 확실한 것은 단 하나도 없다. 언젠간 하느님이 부르신다는 것을 제외하곤. 확실히 아는 그것 하나를 위해 대비해야 한다. 언제든지 팽개칠 준비를 해야 한다. 돈은 중요하다. 없으면 힘들어지기 때문이다. 그러나 인간으로 태어나서 돈 때문에 불행하단 것만큼 슬픈 일이 어디 있겠는가. 돈의 속박에서 벗어나는 길은 돈에 대한 개념을 달리 갖는 일이다. 돈은 벌어서 축적해야 할 존재라기보단 언젠간 팽개쳐야 할 존재다. 그러니 많이 쌓은 사람들은 부지런히 나누자. 별로 쌓지 못한 사람들은 지혜롭게 쓰자. 쉽지 않은 일이다. 쉽지 않기에 도전해 볼 만한 일이다.

069

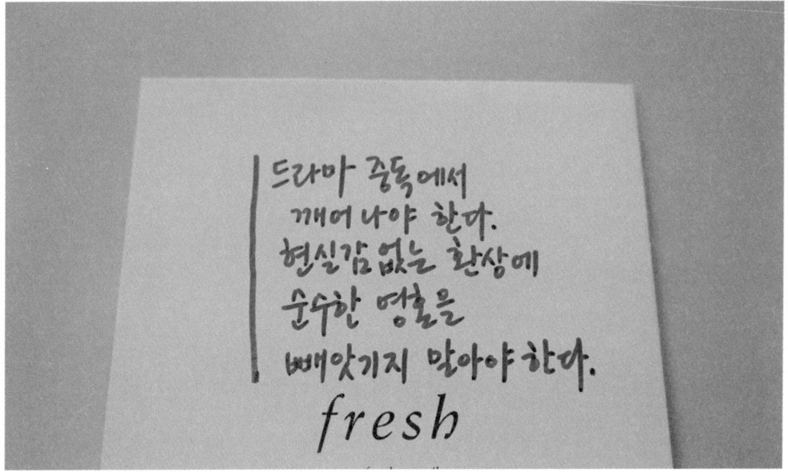

싹쓸이
드라마

대한민국은 드라마 천국이다. 아침 드라마, 주초 드라마, 주중 드라마, 주말 드라마…. 내용은 독하다. 쌍욕은 물론이고 아침부터 따귀를 올린다. 실제로 중국인 친구가 "정말로 너희 나라는 암으로 그렇게 많이 죽냐? 출생의 비밀이 그렇게 많냐?"라고 물은 적이 있다. 떠돌던 얘기를 실제로 경험해 보니, 좀 어이가 없어서 답을 바로 하지 못했다. 이렇듯 사람들은 드라마를 보면서 현실과 허구를 혼동하곤 한다.

이런 드라마를 양산하는 잘나가는 드라마 작가 5인방의 집필료를 듣고 깜짝 놀랐다. 편당 거의 1억 원이었다. 게다가 잘나가는 작가들을 입도선매하기 위해 100회분 단위로 계약하면서 선지급으로 100억 원을 통장에 꽂아준다는 얘길 들었다. 세상에…. 어떤 형태로든 글을 써서 먹고사는 사람이 1억 원을 손에 쥐기는 힘들다. 책을 써서 인세 1억 원을 손에 쥐려면 10만 부가 팔려야 한다. 1만부 팔리면 베스트셀러라 명명하는 출판 시장에서 작가가 글 써서 밥벌이하기란 낙타를 바늘구멍에 밀어 넣는 꼴이다. 그런데 100억 원을 선지급하다니…. 형평성이란 단어를 갖다 대기도 어쭙잖다.

그러다 보니 시청률을 높이기 위해 드라마는 나날이 독해질 수밖에 없다.

말도 안 되는 불륜과 출생 비화와 음모와 고부갈등과 재벌의 사생활과 도저히 개연성이라고는 찾아볼 수 없는 악성 바이러스 SF가 난무한다. 게다가 빅스타를 출연시켜야 하는데, 대부분의 경우 그들의 출연료 역시 편당 1억 원이다. 남녀 주인공 1명씩 빅스타로 구성하는 관례를 볼 때 드라마 1편당 작가료와 출연료만 합쳐도 3억 원이 소요된다. 그러니 20부작 정도를 구성했는데, 시청률이 형편없어 광고가 붙지 않으면 드라마국의 운명이 간당대는 게 아니라 방송국의 운명이 간당댈 지경에 몰린다.

드라마 제작 형식 면에서도 문제는 많다. 쪽대본을 받아든 연기자들은 그저 대본 발설하기에 급급하고, 그러다 보니 연출자의 역할은 극히 축소될 수밖에 없는 악순환이 되풀이된다. 한마디로 독한 대사와 말도 안 되는 스토리를 연기자의 연기발로 소화하면서 연명해 가는 것이다. 알바와 인턴을 동원한 수많은 스태프의 최저 인건비를 볼모로 진행되는 이런 드라마의 생산구조를 그냥 넋 놓고 앉아 박수를 쳐주어야 하는 것인지 모르겠다. 1:99의 양극화를 극명히 보여주는 현장이 바로 드라마가 아닐까 생각한다. 드라마 중독에서 깨어나야 한다. 현실감 없는 환상에 순수한 영혼을 빼앗기지 말아야 한다.

070

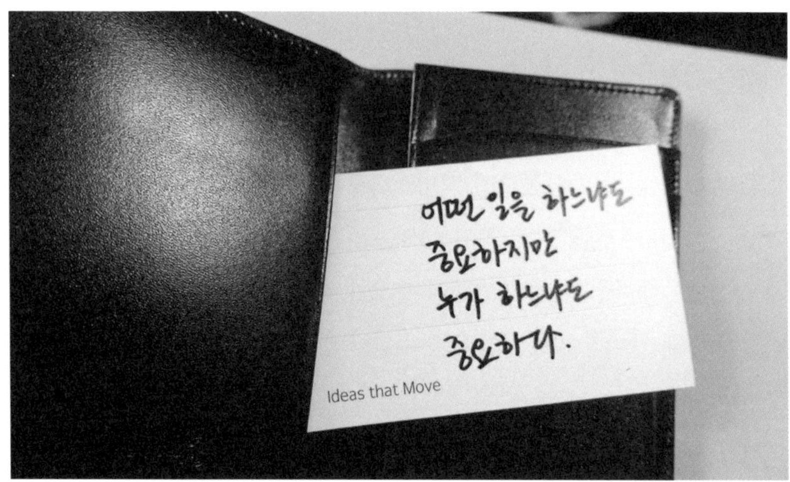

큰 일 낸
벤처 아이돌

다음 카카오 김범수 의장을 만나 이런저런 얘기를 나눈 적이 있다. 본래 말이 없고 경청하길 즐기는 그가 크게 반응했던 부분이 딱 하나 있었으니, 빌 게이츠Bill Gates와 칸 국제광고제 CEO 필립 토마스Philip Thomas가 공동 운영하는 '칸 키메라Cannes Chimera' 프로젝트였다. 칸 키메라는 저개발국가의 발전과 건강, 기아 문제를 해결하기 위해 전 세계 사람들로부터 아이디어를 받는 프로젝트다. 최종 선발된 아이디어 제공자는 빌게이츠 재단으로부터 100만 달러를 지원받고 그 프로젝트를 진행하게 된다. 2012년 1회 행사 때 아이디어 선발 심사위원으로 참가했던 나는 당시 일어났던 일을 김범수 의장에게 상세하게 얘기해 주었다. 과묵했던 그도 "칸 키메라, 그런 거 한국에서 하고 싶다."는 말을 몇 번 되뇌었다.

김범수 의장을 필두로 대한민국의 대표 벤처 5인이 자금을 출연하여 벤처투자 방식의 사회참여 활동을 하겠다는 출사표를 던졌다. 창의성과 도전정신으로 사회변화를 이끌어 내는 과학자와 기업, 단체를 후원한다는 내용이다. 첫 수혜자로 글로벌 NGO인 내셔널 지오그래픽 소사이어티NGS가 선정됐다. 그들의 아시아 기금을 서울에 설립하기 위해 5년간 500억 원을 지원한다고 한다.

훌륭한 일이기도 하고 당연한 일이기도 하다. 이로써 또 하나의 새로운 생태계가 만들어졌다. 기술과 아이디어와 뜻이 있는 그러나 자금이 없는 많은 사람이 우후죽순처럼 생겨나 미래의 일거리와 먹거리를 창출할 수 있는 놀이터가 제공된 것이다. 이 단체에 거는 기대가 큰 이유는 이들이 기업을 운영해 봤기에 사회공헌 활동도 조직적이고 과학적으로 할 것이라 믿기 때문이다.

IT가 중요하다 보니 정부 주도하에 스타트업에 대한 엄청난 투자가 이루어지고 있다. 그런데 담당자의 얘기를 들어 보니 지원금으로 한번 시도해 보고 안 되면 또 다른 루트로 갈아타 지원금을 받는 악순환도 이뤄지고 있다고 한다. 헝그리 정신이 없는 것이다. 타이트한 관리가 되지 않으니 정부의 도움을 그냥 봉으로 생각하는 경우도 있단 얘기다. 좋은 일을 하는 데도 규율과 잣대가 필요하다.

그런 관점에서 이번의 빅뱅은 우리의 산업 생태계에 아주 큰 영향을 미치리라 본다. 이런 움직임들이 터져 나와야만 정체 상태에 머물러 있던 사회조직에 새로운 살이 돋고 새로운 패러다임이 도출된다. 어떤 일을 하느냐도 중요하지만 누가 하느냐도 중요하다. 이미 IT벤처업계의 아이돌인 이들이 꾸려가는 생태계는 그들의 네임밸류에 못지않은 사회공헌의 진정성과 그에 대한 팬심이 맞물려 그 누가 주도하는 프로그램보다 훨씬 큰 반응과 호응을 이끌어 낼 것이다. 나는 'C 프로그램'이라 명명된 이 기업이 와이콤비네이터와 같은 역할을 해 줄 수 있기를 진심으로 바란다. 비 오는 금요일 아침 단비와 같은 소식에 마음이 부르다.

071

기계 미학

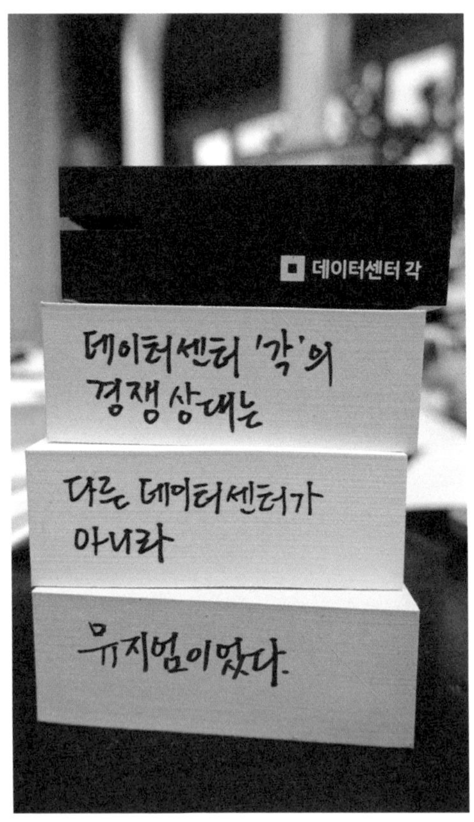

기계를 보고 섹시하다고 느끼는 사람이 있을까? 그러나 잘 들여다보면 기계가 가진 육중함이 보여주는 색다른 매력이 있음을 알게 된다. 그래서 조선소나 공장에서 기계를 주로 찍는 사진작가들이 있다. 그들은 기계만이 줄 수 있는 거친 매력에 매료된 것이다.

네이버 데이터센터인 '각閣'을 방문했다. 춘천의 언덕에 위치한 이곳은 공학적으로나 미학적으로 잘 디자인된 건축물로 이미 정평이 나 있다. 많은 사람이 이곳 투어를 신청하는 것도 새로운 지평을 연 데이터센터의 모습을 보기 위함이다. 지금까지 서버를 두는 곳은 대개 복합건물로서, 일부는 서버를 두는 공간으로 쓰고 나머지는 사무 공간으로 쓰는 것이 상례였다. 그러나 '각'은 작정하고 서버를 두는 공간에 대한 새로운 생태계를 창조하려 한 곳이다. 규장각처럼 역사를 보관하는 곳이라는 의미의 '각'이라는 이름부터 특별하다. 이곳을 개인의 데이터를, 다시 말해 개인의 역사를 보관하는 장소로 각인시키려 한 것이다. 이름에서 스토리가 느껴진다.

서버가 있는 공간을 둘러보니 과연 이곳이 기계를 두고 있는 곳인지 기계를 전시해 놓은 곳인지 분간이 안 갈 정도로 기계의 배치와 주변 환경이 예술적으로 어우러져 있음을 알 수 있었다. 마치 전시 공간에 들어온 느낌이었다. 서버만큼 별 감흥을 주지 못하는 기계가 또 있을까? 그것은 그저 직사각형의 셉톱박스 형태일 뿐이다. 그러나 이곳에 있는 기계들은 섹시하게 느껴졌다. 서버의 배치뿐만 아니라 외부의 공기를 끌어들여서 그것으로 자연스럽게 서버를 쿨링시키고, 거기서 얻어진 열을 온실을 덥히는 에너지로 활용하는 시스템 자체가 충분히 아름다웠다. 그곳 온실에서 자라는 화초들은 사람들에게 분양되고, 방문객들은 허브 잎이나 과실들을 따 먹고 가는 즐거움도 경험한다.

서버 보관소를 마치 전시장 투어하듯 방문하게 될 줄이야…. 다시 한번 느끼게 되는 것이지만 사람들은 새로운 것에만 흥미를 느낀다. 그 무엇이 됐든 간에 새롭지 않으면 사람들의 시선을 끌 수 없다. 너무 자명한 이치인데 새로운 도전을 선보이지도 않으면서 세상이 관심을 가져주지 않는다고 불만하는 사람이 많다. 결국 네이버 각의 경쟁 상대는 다른 데이터센터가 아니었다. 네이버 각의 경쟁 상대는 뮤지엄이었던 것이다. 경쟁의 장을 달리했기에 크리에이티브한 공간을 창출할 수 있었다.

072

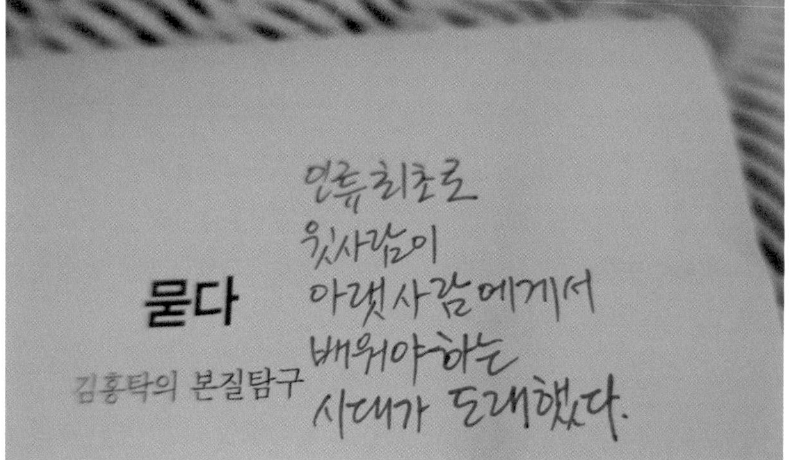

프로는
민증을
까지 않는다

"민증 까 봐!" 우리에게 너무나 익숙한, 나이를 통한 서열 정리의 대표적인 표현이다. 그런데 그놈의 서열이 아무 데나 등장한다는 것이 문제다. 자동차 접촉사고가 나서 말싸움이 벌어지면 나이드신 분은 십중팔구 "너 몇 살이야? 머리에 피도 안 마른 놈이!"라는 레퍼토리를 선보인다. 내가 보기엔 이미 피가 바짝 마른 청년임에도 말이다. 이렇듯 어른을 공경해야 한다는 장유유서 문화는 사리를 따져서 옳고 그름을 판단해야 하는 이성적인 문제에도 감정적으로 개입해왔다.

어른이 내리는 판단은 다 옳고, 어른은 늘 바른 행동만 하는 것이 아님에도 우리는 이 같은 수직적 위계질서에 익숙해 있었다. 집안, 학교, 군대, 직장이 모두 그랬다. 일하는 방식에서도 예외는 아니었다. 갑을관계는 거의 주인과 노예의 관계다. 우리는 하청업체가 엄청난 성과를 내도록 쥐어짜서 싼값에 질 좋은 서비스를 얻어내며 지금의 고도성장을 이루어 냈다고 볼 수 있다. 갑인 A가 하청업체인 B업체를 쪼면, B는 그 밑의 C업체를 쪼는 구조로 신속하게 서비스를 대량생산할 수 있었다. 오늘날의 선진 대한민국이 있게 된 데는 이러한 수직구조의 견고한 명령하달 복종체계의 힘이 컸다고 본다. 서양의 선진국들이 100년을 훨씬 넘어서야 이룩했던 산업화를 우리는 몇십 년 만에 이루어 내지 않았는가. 휴전협정이 이루어진 것이 1953년, 불과 60여 년 전에 우리는 폐허 위에 있었던 것이다.

그런데 본격적 디지털 시대로 돌입하면서 우리의 가치체계가 수직적 위계질서에서 수평적 관계구조로의 편입을 요구받게 되자 여기저기서 마찰이 생기는 것 같다. "청바지와 넥타이는 동등하다."라는 명제가 머리로만 이해되는 것이 아니라 몸에 배게 하는 것이 그리 쉬운 일은 아닐 것이다. 그런데 청바지가 넥타이와 동등할 수 있다는 징표는 여러 군데서 나타나고 있다.

고등학생이 스마트폰에 활용할 애플리케이션을 만들어 내는 세상이다. 휴대폰 제조사 사장님과 이동통신 서비스 사장님이 애플리케이션을 제공한 고등학생과 상생해야 하는 관계중심의 가치체계로의 전환이 필요한 시대가 되었다. 훈장님은 천자문에 통달한 마스터이고, 그 아래 학동들은 '하늘 천 따지'를 외우고 섬겨야 하는 시대는 지났다. 인류 최초로 윗사람이 아랫사람에게서도 배워야 하는 시대가 도래한 것이다. 나이 든 사람의 지식과 경험으로 모든 것을 해결할 수 있는 굿 올드 데이즈가 훌쩍 지나가 버렸다.

물론 우리의 수직적 가치체계가 모두 잘못되었다는 것은 아니다. 하지만 수평적 패러다임에서 성과를 내야 하는 조직에선 그 수직적 체계가 문제가 될 수 있음이 여러 경로를 통해 밝혀진 바 있다.

말콤 글래드웰Malcolm Gladwell은 그의 책 『아웃라이어Outliers』에서 대한항공의 성공 사례에 무려 한 장章을 할애하고 있다. 그 책에 의하면 괌에서의 추락 사고 이후 대한항공이 취한 조처는 기장과 부기장 그리고 기관사 사이에 영어를 쓰게 함으로써 상하관계의 경직됨을 없애고, 자신의 의사를 빠르고 정확하게 전달하는 풍토를 만든 것이었다고 한다. 한국어를 쓸 경우 경어를 통한 엄격한 상하관계가 존속하지만, 영어를 쓸 경우 서로의 이름을 부르며 보다 자유롭게 의견 교환을 하게 된다는 것이다. 위기의 순간 빠르게 올바른 판단을 내려야 하는 조종실에서 모든 걸 기장의 권위에 맡겨 버리고 부기장과 기관사가 할 말을 제대로 못 하거나 완곡한 표현으로 말해서는 안 된다는 판단을 내린 것이다. 이 예는 수직적 주종관계의 한국 문화를 수평적 관계구조로 바꾸어서 문제해결에 성공한 경우에 속한다.

수평관계의 또 다른 예는 내가 겪은 글로벌 업무에서도 확인할 수 있었다. 해외 스태프들과 일할 경험이 많았던 나는 그들이 전문가들끼리의 수평적 협력관계를 유지하는 경우를 많이 보았다. 한 예로 30대 후반의 감독은 60이 넘은 DOP[26]와 40대 후반의 조감독으로 팀을 짜서 프로젝트를 진행했는데, 이는 자신보다 경력이 많은 사람들의 귀중한 경험을 통해 프로젝트를 안전하고 확실하게 완수하기 위함이었다. 그러나 한국에선 대부분의 감독이 나이든 DOP와 일하기를 꺼린다. 손윗사람이기에 다루기 껄끄럽다고 느끼는 것이다. 광고 회사도 마찬가지다. 젊은 CD들은 경험 많은 나이든 감독보다는 자기보다 어리거나 비슷하여 통제하기 쉬운 감독을 선택하려는 경향이 짙다. 전문성보다는 나이를 통한 위계질서를 더 염두에 두고 있는 것이다.

이 시대가 원하는 것은 윈윈하는 수평적 질서의 관계망을 형성하는 것이다. 그 가치관에 마음이 동하지 않으면 초 단위로 바뀌는 이 세상의 그 어떤 것도 움직일 수 없을 것이다.

26 Director Of Photography, 촬영 감독.

073

런던 올림픽 성화,
참여와 나눔의 가치를
표현하다

회를 거듭할수록 올림픽 개막식의 퍼포먼스는 진화되고 있다. 2012년 제30회 런던 올림픽의 너무나 독창적인 개막식을 지켜본 한 지인은 감동한 나머지 다음번 브라질 올림픽의 개막식 감독은 골치 꽤나 썩겠다는 말을 전하기도 했다.

개막식 행사 중에서도 성화 점화식은 내겐 늘 최대의 관심사다. 올림픽의 정신을 상징으로 보여주는 점화식의 콘셉트가 결국은 주최국의 올림픽을 해석하는 지적·예술적 능력을 보여준다고 믿기 때문이다. 개막식을 연출하는 총감독 역시 개막식을 준비할 때 식의 하이라이트인 성화 점화를 어떤 식으로 표현할 것인지를 가장 많이 신경 쓸 것이라고 생각한다. 특히 런던 하계 올림픽에선 문화·예술·기술의 방면에서 창의력의 본산지라는 자부심이 하늘을 찌르는 영국이 성화 점화식을 어떤 아이디어에 담아낼 것인지가 궁금하지 않을 수 없었다.

성화 점화식을 지켜보던 나는 템스 강을 거슬러 올라오는 보트 한 척에서부터 서서히 흥미가 돋기 시작했다. 말끔하게 성장하고 나온 꽃미남 축구 선수 데이비드 베컴David Beckham의 등장은 충분한 엔터테인먼트 요소였고,

거기까진 어느 정도 예상되는 퍼포먼스로 제법 머릴 썼네! 정도의 감흥을 일으킬 수 있는 수준이었다. 그러나 10대 유망주 7명이 각각의 손에 쥔 성화를 꽃봉오리 형태의 조형물에 점화시키고 참가국 수를 상징하는 205개의 꽃대가 일어서면서 마치 함께 어우러져 핀 수국 꽃다발을 연상케 하는 대형 성화로 형상화되는 순간 소름이 쫙 끼쳤다. 거실에 혼자 앉아 그 장면을 지켜보던 나는 나도 모르게 "와우~!" 하는 탄성을 질렀다. 현장에서 그 감동을 느끼는 사람들은 어떠했을까?

나를 사로잡은 것은 예술적인 퍼포먼스의 독창성과 완성도 때문만은 아니었다. 바로 그 성화의 디자인이 함께 협업해서 하나의 큰 성과를 만들어 내는 이 시대의 키워드를 형상화한 것 같았기 때문이다. 뭐 눈에는 뭐만 보인다고 나는 그 성화를 보면서 집단 지성, 콜라보레이션Collaboration, 쉐어링Sharing과 같은 단어를 직관적으로 떠올렸다.

무엇보다 런던 올림픽의 성화는 다른 올림픽에서처럼 영구 보존되는 것이 아니라 올림픽 후 해체되어 참가국으로 분배된다는 아나운서의 얘길 들었을 때 이번 성화의 아이디어야말로 소유보다는 공유가, 정보와 자원의 독식보다는 나눔이 미덕이 되는 이 시대의 패러다임을 잘 보여주는 예라고 생각했다.

런던 올림픽 성화를 보고 있으니 런던 올림픽 글로벌 경쟁 피티 때가 떠올랐다. 당시 우리 팀은 런던 올림픽을 '소셜 미디어 시대의 최초의 올림픽'으로 포지셔닝하고 각국의 국민이 그 나라의 무명 스포츠 선수들을 응원하는 다양한 콘텐츠를 만들어 내면서, 그들을 새로운 영웅으로 탄생시키는 'Unknown Heros' 아이디어를 제시하였고, 그 결과 치열했던 경쟁 피티를 이길 수 있었다. 당시 우리의 아이디어가 참여와 나눔이라는 시대정신을 잘 반영했기 때문이다. 다시 말해 집단지성을 활용한 공유의 플랫폼이 이 시대의 흐름에 보조를 맞출 수 있는 적확한 커뮤니케이션의 형태라고 인정받았던 것이다.

이처럼 여러 개의 불꽃이 모여 하나의 커다란 성화를 만들어 내는 메커니즘은 같은 해 칸 국제광고제에서도 주된 흐름으로 나타났다. 이른바 착한 프로젝트가 2012 칸에서의 가장 큰 경향 중 하나였는데, 일반 대중을 참여시켜 공유할 만한 가치를 만들어 내는 데 집중한 아이디어들이 큰 주목을 끌었다. 수상의 영예는 물론 관심을 한몸에 받았던 아멕스AMEX 카드의 소상인을 돕기 위한 'Small Business Saturday' 프로젝트, 건강한 먹거리를 추구하는 치뽈레Chipolet의 '초심으로 돌아가자Back to the Start' 캠페인, Help Remedies Bandages의 골수 기증을 쉽게 조직화하기 위한 'Help I Want to Save a Life' 캠페인 등은 이미 소셜 미디어가 형성해낸 나눔과 공유의 미덕이 전반적으로 퍼져 나가고 있다는 방증인 동시에 CSVCreating Shared Value라고 하는 가치공유의 시대에 본격적으로 진입했다는 것을 알리는 신호탄이었다.

이제 기업이나 브랜드가 판매를 올리는 데만 집중하고 그를 통해 얻게 된 부를 간간이 사회에 환원하던 시대의 구습은 사라지고 있다. 적극적으로 소비자를 참여시켜 사회적 가치를 창출해내고, 그 결과 브랜드도 칭찬받고 사람들도 뿌듯함을 느끼게 하는 패러다임이 확고하게 자리 잡은 것이다. 빌 게이츠가 칸 국제광고제와 손잡고 칸 키메라의 프로젝트를 시작한 것이나, 칸 세미나에 전 미국 대통령의 자격으로서가 아니라 기부문화를 선도하고 있는 클린턴 재단의 대표로서 빌 클린턴Bill Clinton이 초청되어 그의 생각을 공유한 일 등은 우연의 일치가 아니라 이 시대를 이끄는 아젠다의 중요성을 설파하기 위한 우리 사회의 필연적 요청이었던 것이다.

모여서 가치를 만들어 내고 그 가치를 공유하는 트렌드가 이제 전 세계에 산불처럼 번져 가고 있다. 가치 나눔의 불꽃을 피우며 17일 동안 203개국 12,000여 명의 선수와 그들을 응원하는 각국 국민의 마음속에서 활활 타올랐던 런던 올림픽의 성화처럼.

074

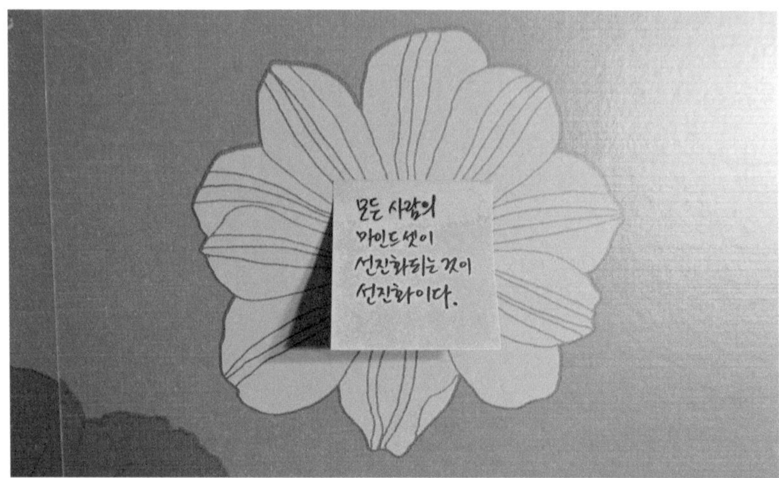

매뉴얼 부족

나는 공군 장교로 복무할 때 번역업무를 했다. 모든 항공기를 수입하다 보니 그에 따라 오는 비행, 정비, 무장교범들이 전부 영어로 되어 있기 때문이었다. 이전에는 정비와 무장을 담당하는 부사관, 사병들이 기술학교에서 배운 지식과 선배들 어깨너머 배워왔던 경험을 바탕으로 정비·무장 일을 해왔으나 항공기에 첨단 전자장비가 많이 도입됨에 따라 정확한 업무지침이 필요하여 매뉴얼을 번역하게 되었던 것이다.

3년 내내 골방에 갇혀 번역을 하면서 느낀 것은 매뉴얼의 중요성이었다. 사실 F14, F15, F16, F18과 같은 고성능 전투기는 사람의 신체가 반응하지 못해 모두 활용하지 못할 정도로 다양한 기능과 성능이 탑재되어 있다. 콕핏 계기판에 있는 수많은 스위치와 컨트롤러를 한눈에 파악하고 마치 자동차 운전하듯 거의 동물적 감각으로 그 모든 것을 조종하기란 쉬운 일이 아니다. 그러므로 항공교범은 크리스천이 늘 옆에 두고 반복해 읽고 되새기는 성경 같은 존재다. 정비교범과 무장교범도 마찬가지다. 볼트 하나 조일 때도 시계방향으로 몇 토크-인치로 조이라는 상세한 내용이 매뉴얼에는 나와 있다. 언제나 그 매뉴얼을 바탕으로 정비하고 무장하기 때문에 대형사고로 번질 수 있는 확률을 줄일 수 있는 것이다.

2014년은 참 사건, 사고가 잦았던 한 해였다. 그 아픔을 겪으면서 느낀 것은 대한민국은 매뉴얼이 부족한 국가라는 것이었다. 그리고 있다 하더라도 매뉴얼의 중요성에 대한 불감증이 만연한 사회라는 것이다. 특히 사고가 발생할 개연성이 있는 항공, 선박, 건설, 토목과 같은 분야에서는 상세한 매뉴얼이 당연히 있어야 하고, 또 그 매뉴얼은 당연히 지켜져야 한다. 세월호 사건에서는 그 어디서도 매뉴얼을 준수한 흔적이 보이지 않는다. 아니 매뉴얼이란 것 자체가 존재했는지 의심스럽기도 하다.

전쟁 후 초토화된 나라에서 단기간에 산업화를 이룩해야 했던, 그래서 가난으로부터 빨리 벗어나야 했던 우리가 이 정도로 잘살게 된 것은 신속하게 부수고, 짓고, 쌓는 속도 경쟁을 통해 이룬 것일 수 있다. 그 과정에서 규정이 준수되지 않았을 가능성이 크다. 그리고 그러한 생각이 제도를 운용하는 측면에도 그대로 흘러들어왔을 가능성이 크다.

선진화를 정의하는 잣대가 여러 가지겠지만, 나는 모든 사람의 마인드셋이 선진화되는 것이 선진화라고 생각한다. 아무리 훌륭한 매뉴얼이 있더라도 그것을 지키겠다는 마음이 없다면 매뉴얼은 존재하지 않는 것이다. 정치,

경제, 사회, 문화 모든 부문에서 이해할 수준의 매뉴얼이 존재하고 그것을 지키는 국가와 국민이 되었으면 좋겠다. 배가 가라앉으면 수칙 1, 2, 3, 4에 따라 딱딱 대처 행동요령이 지시되고 준수되는 그런 사회가 되었으면 좋겠다. 언제까지 사고 나면 당하고 망연자실할 것인가. 매뉴얼은 모든 시스템의 기본이다. 세월호 사건이 터졌을 때 "그거 북한에서 일어난 거지?"라고 문자를 보내온 외국 친구에게 한없이 부끄러웠던 2014년이었다.

075

행복하십니까?

행복해지기가 그리 쉽지는 않다. "언제 행복하냐?"라는 질문을 던진다면 그리 많지 않은 구체적이지 않은 답들이 나올 것이다. 가족과 외식할 때, 가족에게 좋은 일이 생겼을 때, 친구들과 수다 떨 때, 승진했을 때, 득템했을 때 등등.

그러나 "언제 두려우냐?"라고 묻는다면 그 대답의 리스트는 훨씬 길 것이며 더욱 구체적일 것이다. 계속 취업에 실패할 때, 직장에서 구조조정설이 돌 때, 병원 검진 후 결과를 기다릴 때, 내일이 시험인데 준비가 덜 되었을 때, 경쟁 피티 후 예감이 안 좋을 때, 여친이 좀 변한 것 같을 때, 크리스마스가 다가오는데 남친이 안 생길 때, 입영 전야, 입원 전야, 돈이 필요한데 빌릴 때가 없을 때, 외제차를 들이받았을 때, 예상치 못한 곳에서 음주운전 단속반을 만났을 때 등등.

사실 인간은 매우 불완전하고 상처 입기 쉬운 존재다. 따지고 보면 행복할 때보다 두려울 때가 더 많다. 행복해지기 위해 행복을 저당 잡히고 사는 이 아이러니! 더구나 그 어느 나라보다 경쟁이 치열하다는 대한민국은 그만큼 두려움도 클 수밖에 없다.

오늘 대만인 친구와 점심을 먹다가 비즈니스가 잘되는 것 같은데 좀 확장할 생각은 없냐고 물었다. 그러자 그가 대답했다. “I'm not an ambitious person.” 야망이 커지면 두려움도 커진다는 것을 그는 알고 있었다. 그는 지금 상태에서 큰 사고 나지 않고, 큰 부침 겪지 않고 마음 편하게 살고 싶다 했다. 다시 그에게 물었다. 행복할 때가 많으냐 불행하다고 느낄 때가 많으냐? “Most time I'm happy. Sometimes a little bit unhappy.” 대부분 행복하다는 그의 일상은 욕심보다는 평상심을 택했기 때문에 가능한 것이라 생각됐다. 그가 부러워졌다.

20대 때 불알친구에게 “행복이 뭔 거 같니?”라 물었을 때 주저하지 않고 “아프지 않고 조금만 고민하며 사는 것.”이라 답했던 것이 문득 떠올랐다. 명답이다. 인간이 느끼는 가장 큰 두려움 두 가지를 딱 집다니…. 그러나 그 두 가지를 갖춘다는 것은 얼마나 어려운 일인가!

언제 행복을 느끼냐는 질문에 대한 답의 가짓수가 훨씬 많은 대한민국이 되었으면 좋겠다. 경기는 점점 더 안 좋아진다고 한다. 들어본 적도 없는 바이러스들이 생겨나 세기말의 분위기를 조성한다. 우리를 둘러싼 환경은 당분간 좋은 소식을 줄 것 같지 않다. 그러니 더더욱, 우선 아프지 말자. 그리고 조금만 고민하도록 해 보자. 그러기 위해 욕망도 좀 내려놓고, 손해도 좀 볼 생각하고, 더불어 사는 방법에 대해 고민 좀 해 보자. 생존보다는 공존이 키워드가 되어야 할 시점이다.

076

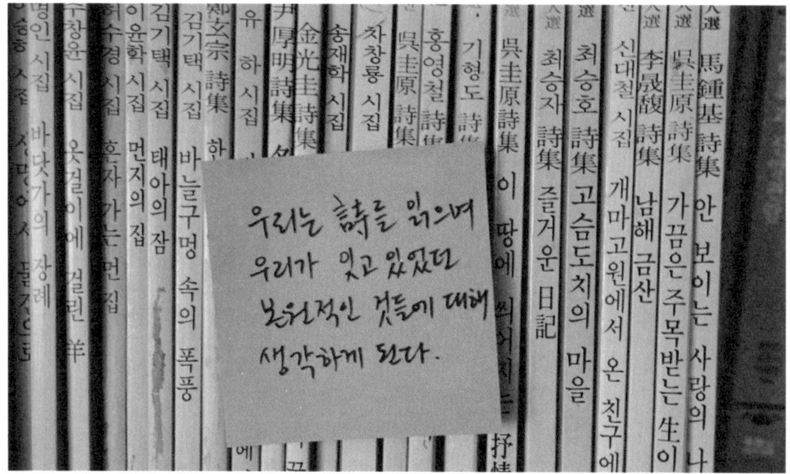

시를
읽지 않는
사회

시를 읽지 않는 사회가 되었다. 가장 오래된 문학 형식인 시가 천덕꾸러기 취급을 받고 있다. 대한민국에서 시집은 여전히 만 원을 넘지 않는다. 대한민국에서 책값은 두께에 비례한다. 그 안에 어떤 내용이 담겨 있는지는 논외다. 우리의 영혼을 살찌울 양식은 헐값에도 안 팔리고 영어 성적 올리는 데 도움을 주는 토익은 항상 베스트셀러다. 우리가 상당히 실용적인 국민처럼 느껴지기도 한다. 그런가? 하지만 우리는 실용적이지 않다. 여전히 체면을 중시한다.

시를 왜 읽어야 하는가? 그것이 토익처럼 쓸모 있지 않기 때문이다. 시는 쓸모 있지 않기에, 온갖 쓸모 있는 척 행세하는 것들에 대해 일갈할 수 있다. 인간을 억압하는 그 모든 것에 대해 자유롭고 당당하게 얘기할 수 있다. 토익은 그런 얘기를 할 수 없다.

그래서 우리는 시를 읽으며 우리가 잊고 있었던 본원적인 것들에 대해 생각하게 된다. 생명을 가진 모든 것에 대한 애정과 배려, 정의로움, 당당함, 자존감 등등 그러면서 문득 제대로 살고 있는지에 대해 스스로 질문할 기회를 제공한다. "너 잘 살고 있니…?"

문득 내가 7살 때부터 아침 일찍 일어나 어딘가로 출근하고 있었다는 사실을 깨닫게 되었다. 평생 쉬어 본 적이 없다. 학교로, 군대로, 직장으로, 해외 출장으로…. 나는 늘 어딘가로 가고 있었다. 내가 겪은 그 대부분의 환경은 사랑과 나눔과 베풂의 장이기도 했지만 주로 경쟁을 강조하는 훈련소였다. 시를 읽기보다는 토익을 펼치길 원했다. 사람들은 모르는 것 같다. 토익이 점수를 올릴 수는 있지만 영혼을 울릴 수는 없다는 것을. 죽어서 관에 묻힐 때 시집은 함께 묻힐 가능성이 있지만 토익은 가능성 제로라는 것을.

시는 시한부 생을 사는 것 같은 절박함으로 쓰인다. 누구는 피를 찍어 쓴다고도 표현한다. 그 시 속에 경쟁과 이득과 멸시와 전쟁을 찬양하는 구절은 없다. 시는 우리가 복원해야 할 가치를 되새기게 만든다.

시를 읽자. 시처럼 살아보자.

077

토마 피케티
THOMAS PIKETTY
장경덕 외 옮김 | 이강국 감수
다양성을 존중하는
시대로 이미 돌입했지만,
여전히 1등이 중요하고
여전히 법대·상대·의대
이다.

개천에 용 없다

『21세기 자본Capital in the Twenty-First Century』의 저자 토마 피케티 교수가 내한해 돌풍을 일으켰다. 알다시피 그의 관점은 자본증식률이 경제성장률을 훨씬 웃돌고 있다는 사실을 설파하는 것이다. 쉽게 말하면 자본을 가진 자들은 더욱 빠르게 자본을 증식하는 반면 대다수의 사람은 늘 쥐꼬리만큼 오르는 봉급 또는 영업수익을 가지고 근근이 버틴다는 것이다. 이를 통해 부익부 빈익빈이 심화된다는 것. 그에 의하면 미국의 경우 1980년부터 2010년대까지 총 성장의 70%를 상위 10%가 가져갔다. 그리고 이러한 불균형에 덧붙여 21세기 경제성장률은 1.5%를 넘기기 힘들다고 한다. 지금과 같은 구조가 지속된다면 인구 1%가 99%를 지배한다는 1:99의 체제가 깨지기 어렵다는 것이다.

우리에게도 한때 '개천에서 용 난다'는 속담이 먹힐 때가 있었다. 해방과 전쟁을 겪은 후 국민은 모두 못살았고, 그러다 보니 공부 열심히 해서 고시를 패스하거나 의사가 되어서 열심히 노력하다 보면 용이 될 수 있었다. 그러나 지금 개천에선 악취만 날 뿐이다. 태어나 보니 아버지가 재벌이더라가 평생의 운명을 좌우하는 시대가 되었다. 신분 상승이 쉽지 않다. 그러면 어쩔 것인가.

이에 대해 그가 내놓은 해결책은 교육이다. 질 좋은 공교육을 통해 기술과 지식을 익히고 늘리면서 빈부의 격차를 극복하자는 것이다. 한국의 사교육은 너무나 터무니없는 고가 시장을 형성하고 있고, 그리로 많은 자본이 흘러들어가며 등골 브레이커를 양산하고 있는 것이 사실이다. 그렇다면 한국에서 질 좋은 공교육의 성립이 가능할까?

모든 교육제도는 사회가 만들어 낸 산물일 뿐이다. 집에서 홈스쿨링이 가능함에도 우리는 당연히 학교에 가야 하는 것으로 알고 있다. 대한민국의 모든 학생이 가장 열심히 읽는 책은 수능문제집 아니겠는가. 사회가 바뀌면 가장 빨리 바뀌어야 할 것이 교육제도라고 생각한다. 바뀐 사회에 적응할 사람들을 길러내는 것이 교육이니까.

그러나 내가 다니던 고등학교 시절이나 지금이나 그리 큰 차이가 없는 교육 시스템에서 현재를 사는 아이들이 구석기 시대 이론을 배우고 있다. 같이 협업하고, 같이 잘 살아야 하는 협동조합의 사회에서 혼자 잘나가야 하는 교육 시스템을 주입시킨다. 여전히 1등이 중요하고 여전히 법대·상대·의대다.

지금의 1:99 시스템을 단기간에 바꿀 수는 없다고 본다. 그러나 점진적인 개혁을 통해 적어도 궁지에 내몰린 사람들이 자살하지 않고, 우울증에 시달리지 않고, 노숙자로 몰리지 않으며 먹고살 수 있는 길은 여전히 교육에 있다는 덴 동의한다. 어떻게 할 것인가? 지금의 교육제도는 깜깜하고 깝깝하다. 지금까지 해왔던 대로 교육제도를 조금씩 수정해 봤자, 그에 따른 사교육 시스템이 금세 자리 잡을 것이다. 프레젠테이션을 수능 과목에 넣는다면 효과적인 프레젠테이션을 강의하는 학원이 난립할 것이며 그런 교재들이 베스트셀러를 차지할 것이다.

온몸의 피를 바꾸듯 교육제도를 완전히 뒤바꿔야 한다. 그것은 국가가 앞으로 어떤 인재가 필요한지, 국가 산업의 역량을 어디에 투여할 것인지에 관한 청사진이 있어야 가능한 일이라 생각한다. 그에 따라 기술, 정보, 예술, 비즈니스, 엔터테인먼트, 스포츠 등등 세분화된 그리고 특화된 교육 시스템을 만들 수 있을 것이다. 축구 신동은 유소년 클럽에서 자라나야 하고, 엔지니어링 센스가 있는 녀석들은 코딩하고 이상한 발명품을 만들며 놀아야 한다. 여기에 죄 안 짓고, 남 배려할 줄 아는 인성 교육만 플러스되면 된다.

이도 저도 아닌 평준화된, 그저 바보 이상의 사람들을 양산하는 이 사회에서 1지망은 대기업이고, 2지망은 공기업인 이 사회에서 1:99의 퍼센티지를 바꾸는 것은 쉽지 않을 것이다. 0.5:99.5가 되지 않을까 염려스럽다. 지혜를 모을 때다. 공론의 장이 형성되어야 한다. 그리고 바뀌어야 한다.

078

복제되는 새도 매저키즘

우리나라처럼 방송 예능 프로그램이 흘러넘치는 나라도 또 없을 것이다. 무슨 요일이 됐든 TV채널을 돌리다 보면 예능 프로그램 하나는 걸려들게 마련이다. 일주일 내내 예능은 내달린다. 이들 프로그램의 특징은 가수, 연기자, 개그맨을 비롯한 이른바 뜬다는 연예인들이 주인공 또는 패널로 등장하여 프로그램 내내 끝없는 수다와 개인기를 통해 시청자들의 시선을 붙들어 맨다는 것이다. 그러나 자세히 들여다보면 때때로 그들이 타인의 약점을 볼모로 화제를 유발하거나 웃음거리를 만들어 낸다는 것을 알 수 있다. 이혼이나 성형과 같은 알리고 싶지 않은 과거사를 굳이 들춰내 상대방을 곤경에 처하게 만드는가 하면 외모와 신체의 결함을 꼬집어 희화해서 웃음의 대상으로 만들기도 한다.

우리는 이미 그러한 화제 유발 패턴에 익숙해지고 무감각해져서 웃고 넘기지만, 조금만 객관적으로 바라보면 이는 참으로 심각한 상황이 아닐 수 없다. 그런 예능 프로그램이 가짓수도 많은 데다가 시청률도 높다 보니 알게 모르게 우리가 타인에 대한 배려를 무시하는 분위기에 휩쓸리고 있지는 않은지 우려된다. 실제로 각종 모임에서 한 사람을 바보로 만들어 좌중을 웃기려 드는 바로 그 예능 프로그램의 상황을 복제하고 있기도 하다.

예능 프로그램에서의 인신공격은 언어로 이루어지는 폭력이다. 그것은 육신에 해를 가하지는 않지만 정신에 트라우마를 남긴다. 당사자뿐만 아니라 그 프로그램을 시청하는 모든 사람을 가랑비에 옷 젖듯 비정상적인 인간으로 만들어 간다. 그것은 결코 건강한 사회가 지녀야 할 모습이 아니다.

초등학교 때부터 바른 어린이가 되라고 아무리 가르쳐 봐야 소용이 없다. 학교보다 훨씬 영향력이 큰 미디어에서 그것도 아이들과 청소년의 시청률이 어마어마하게 높은 예능 프로그램에서 남을 비하하고 업신여기는 멘트를 계속 날리는 한 기본 인성 교육은 물거품이 되고 만다. 그뿐이랴, 바로 그 다음날 학교에 가서 약점을 가진 친구에게 어제 TV에서 본 내용을 그대로 적용해 볼 것이다. 그런 학습은 시키지 않아도 너무나 자발적으로 이루어진다. 일진을 양성하는 아주 좋은 교보재가 제공되는 것이다.

한국 사람들을 웃기고 흥겹게 만들기는 쉽지 않다. 별다른 여가선용 방법 없이 TV를 통해 여흥을 즐기는 대부분의 한국 사람에게 웬만한 약발로는 흥미를 유발하기가 힘들어졌다. 막장 드라마란 용어가 등장할 정도로 흥미 유발의 강도는 점점 세지고 있다. 자극은 증폭되고 엔트로피는 증가한다.

우리 사회가 도덕 교과서에 나오는 성인군자의 어록으로 가득 차길 원하진 않는다. 그러나 남을 놀리면서 희열을 느끼는 변태가 득실거리는 것은 더더욱 원치 않는다.

079

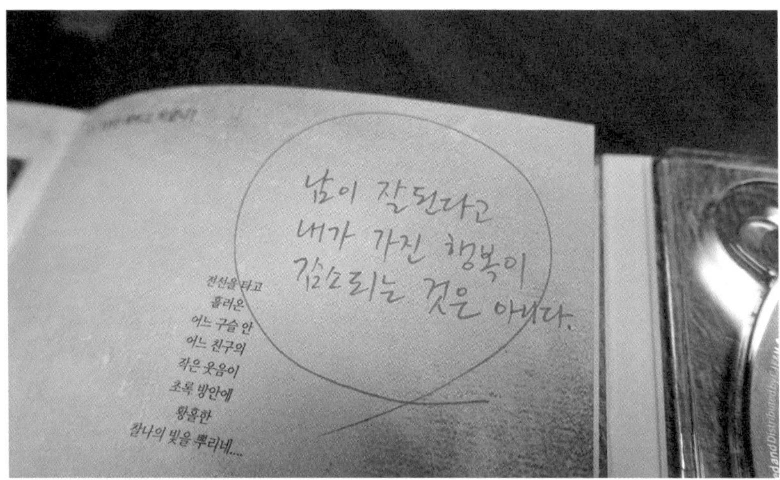
남이 잘된다고
내가 가진 행복이
감소되는 것은 아니다.
전선을 타고
흘러온
어느 구슬 안
어느 친구의
작은 웃음이
초록 방안에
황홀한
찰나의 빛을 뿌리네....

톨레랑스

내가 스포츠를 좋아하는 이유는 순수하게 열정 하나로 승부에 올인한다는 것도 있지만 승패가 명쾌하게 갈리기 때문이다. 때론 심판 판정에 대해 운운하기도 하지만, 어떤 종목은 많은 골수나 적은 타수로 또 어떤 종목은 앞서 들어온 순서로 명백하게 승부가 갈리기 때문이다. 실력 있는 자가 객관적인 결과를 통해 승자가 되기 때문에 마음속에 앙금이 생길 수가 없다. 적어도 "내 아이디어가 훨씬 좋은데 의사결정권자의 주관적인 판단에 따라 다른 게 팔렸어."라는 변명은 통할 수 없단 것이다. 우리네 광고 현업에서 늘 일어나는 일처럼 말이다.

그러나 스포츠가 진정으로 아름다운 것은 경기가 끝난 후 서로에 대한 인정과 배려의 마무리가 이루어지기 때문이다. 승패가 갈리는 아픔의 순간을 아름답게 봉합하는 화합의 순간 역시 존재한다. 선수들은 유니폼을 바꿔 입고 눈물을 흘리는 선수를 감싸 안으며 언제 적군으로 대했냐는 듯이 한 형제처럼 되어 버린다. 전투적인 훈련을 통한 고된 과거의 모습이 상대방에게도 투영되기 때문이리라. 결국 진 선수는 이긴 선수의 실력을 인정하고 이긴 선수 역시 진 선수의 땀과 노력에 대한 경의를 표하는 것이다. 겉으로 볼 땐 피도 눈물도 없는 승자 싹쓸이의 세계로 비춰지지만 사실 이면

엔 그 어느 분야보다 서로에 대한 관용과 배려의 정신이 깊게 배어 있는 것이 바로 스포츠라고 생각한다.

언제부터인지 톨레랑스Tolérance란 단어가 우리 주위에 나돌기 시작했다. 우리말로 번역한다면 '관용' 정도가 될 터다. 흔히 우리에게 관용은 가진 자 또는 윗사람이 못 가진 자나 아랫사람에게 베푸는 일방통행식 배려라는 의미로 각인되어 있다. 그러나 톨레랑스의 원조국 프랑스에서의 의미는 조금 다르다.

그들에 따르면 톨레랑스는 "다른 사람의 의견이나 사고방식 혹은 이데올로기 그리고 행동의 자유를 존중한다."는 뜻이다. 자유·평등·박애를 국가의 철학으로 삼은 나라에서 나올 법한 얘기다. 다시 말해 타자를 열등한 존재로 상정하고 자신을 중심에 두는 게 아닌, 대등한 관계에서 서로의 입장을 충분히 배려하는 행위라 보면 될 것이다. 그런 관점에서 본다면 상호배려라는 단어가 더 어울릴 법도 하다. 그리고 그것이 진정한 파트너십을 쌓기 위해 기본적으로 갖추어야 할 자질이자 소양이라 생각한다.

나는 지금 한국 사회에서 가장 필요한 덕목 중 하나가 바로 이 톨레랑스의 정신이 아닌가 한다. 알다시피 정치권을 필두로 집단 이익을 대변한다는 명목 아래 대립 일변도의 궤도를 달려온 것이 근대 대한민국의 모습이었다. 이러한 양상은 개인의 내면에 복제되고 구조화되어 피에르 부르디외Pierre Bourdieu가 말하는 대립의 아비투스를 형성했다. 우리의 광고 환경도 예외는 아니다. 우리네 일상은 마치 스포츠 선수들처럼 상대편 선수와의 끊임없는 경쟁으로 점철되어 있다. 그 상대편은 경쟁 피티에서 만나게 될 다른 대행사가 될 수도 있고, 회사 내 다른 팀이 될 수도 있고, 또는 같은 팀 내 연차가 비슷한 동료일 수도 있다.

이렇게 온통 경쟁에 둘러싸여 있다 보니 자칫 잘못하면 내 떡만 챙기기 쉽고, 이기기 위해서 꼼수를 쓰게 되고, 남이 잘되는 모습에 질투의 화신이 강림하기도 한다. 심지어 그런 상황이 누군가를 신경쇠약으로 몰고 가기도 한다. 우리는 대부분의 경우 남의 행복을 나의 불행으로 느끼는 경향이 있다. 그러나 오판하지 말자. 남이 잘된다고 내가 가진 행복이 줄어드는 것은 아니다.

아마도 내가 제일 잘났다는 생각이 그런 불화를 키우는 것 같다. 나만 잘났으니 남의 것은 늘 초라해 보인다. 남의 아이디어가 선택되거나 나의 아이디어를 알아주지 못하면 그 사실 자체를 견딜 수 없게 된다. 동료가 나보다 일 년 먼저 특진하면 세상이 꺼질 것 같기도 하다. 우리가 사무실이라는 그 조그만 골방에서 상대의 말을 귀담아 들으려 하지 않고 상대방을 이해하려 하지 않는데 국가의 정책이 환호를 받고 계층 간 갈등이 해소될 수 있겠는가? 왜 작은 감방에 갇혀 그곳에 왕국을 건설하려 하는 걸까? 분명한 것은 자기가 속한 조직을 벗어나 보면 이 세상엔 잘난 사람이 널려 있고 배워야 할 것도 너무 많다는 점이다.

톨레랑스를 실천한다는 것은 참 어려운 일이다. 톨레랑스의 정신을 갖기 위해선 그 단어의 어원에서 유추되는 인내가 요구되기 때문이다. 그 인내를 바탕으로 상대방의 입장을 헤아려 보고 나아가 그 상황을 존중할 수 있는 경지에 이르러야 비로소 톨레랑스라는 말에 값할 수 있다.

많은 것을 바라지는 말자. 그러나 적어도 지금 우리에겐 상호존중까지는 아니더라도 상대방을 이해하려는 상호믿음의 자세가 꼭 필요하다. 우리는 알게 모르게 멸시와 몰이해의 문화에 너무 익숙해져 있다. 광고를 만드는 우리가 전쟁터에서의 전사인 것은 의문의 여지가 없다. 전장에 나간 이상 이기는 것이 목적이다. 그러나 졌을 땐 이긴 자에게 박수를 보내는 용기도 필요하다. 톨레랑스는 진 자에게 베푸는 관용이자 이긴 자에게 보내는 존중의 마음이다.

080

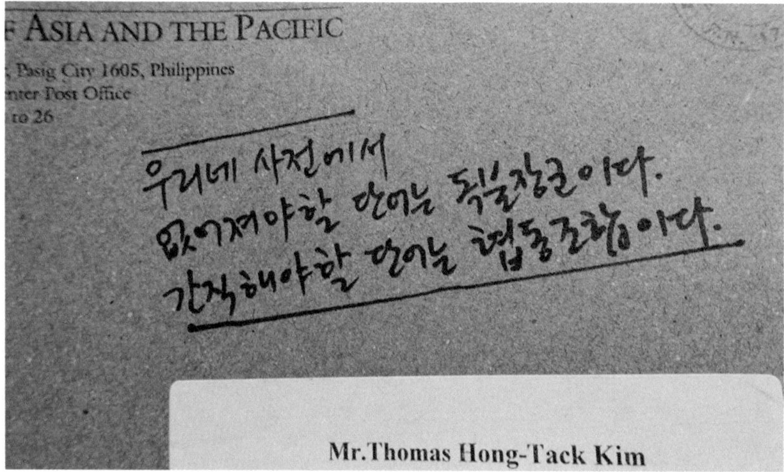
ASIA AND THE PACIFIC
Pasig City 1605, Philippines
Post Office
to 26
우리네 사전에서
없어져야할 단어는 독불장군이다.
간직해야할 단어는 협동조합이다.
Mr.Thomas Hong-Tack Kim

협동조합의 시대

근래 2, 3년간 업무를 보면서 가장 자주 듣게 되는 용어가 콜라보레이션 Collaboration, 즉 협업이다. 그러면 이전에는 협업의 형태가 없었을까? 아니다. 특히 여러 사람의 노동력이 투입되어야 하는 광고계에서 협업은 꼭 필요한 상황이었다. 그럼 왜 갑자기 이렇게 협업을 강조하게 된 걸까?

무엇보다 소비자의 참여를 통해 브랜드에 대한 진정한 흥미나 가치를 느낄 수 있는 고객 중심의 새로운 콘텐츠를 생산해야 하기 때문이다. 쉬운 예로 이제 광고 회사에서 커뮤니케이션 플랫폼으로 모바일 게임 아이디어를 제시하는 것은 드문 일이 아니다. 광고 회사는 주로 TVC[27]만을 제작한다고 생각되던 것에 비하면 엄청난 변화다. 그러나 광고 회사에 게임 개발자는 없다. 광고 회사의 주 업무는 솔루션을 제공하는 것이기에 경우에 따라 게임 콘텐츠가 하나의 강력한 솔루션이 된다고 판단하고 그 얼개를 짜지만 실질적인 게임 콘텐츠 제작은 개발자의 몫이다. 우리는 게임 개발자와 협업을 해야 한다. 그것은 상대방의 전문성을 100% 존중하고 이뤄지는 수평적 관계의 협업이다. 때에 따라선 콜라보레이션보다는 코-크리에이션이란 용어가 더 적확하다.

27 TV CF, 방송 광고의 줄임말.

그럼 이전의 협업은 수평적 관계가 아니었을까? TVC 제작이 광고 회사의 주업무이던 시절 TVC 한 편을 만들기 위해 감독, DOP, Gaffer[28], 편집/2D/3D 기술자, 오디오 PD 등과의 협업은 필수였다. 그러나 이때의 협업은 다분히 수직적 관계의 협업 양태를 띠었다. 광고 회사의 CD가 모든 걸 관장하는데, 제작물의 완성도를 높이기 위해 이 모든 스태프를 고용하는 형태다. 그리고 전 공정의 90% 이상을 꿰차고 있기 때문에 CD의 독불장군식 업무가 진행되곤 했다. CD의 생각이 절대적인 것. 그러다 보니 CD가 잘못 판단하는 경우엔 배가 산으로도 가고 하늘로도 간다.

그러나 작금의 상황에선 이런 독불장군식 업무가 불가능하다. 근래 나는 몇몇 프로젝트를 완성하기 위해 3D프린팅 전문가, 소셜 미디어 전문가, 전시 설치 전문가, 아티스트, 큐레이터, 온·오프라인 이벤트 전문가, 게임 개발자, 바이럴 비디오 전문가, 스포츠 마케팅 전문가, 디지털 애니메이터, 프로토타입 개발자 등을 만나고 다녔다. 업무 프로세스가 바뀌는 정도가 아니라 판 자체가 바뀌고 있는 것이다.

---

28 조명 감독.

나는 이들의 전문 지식을 완벽하게 알 수 없다. 그들을 믿고 함께 공동창작을 이뤄낼 뿐이다. 완벽한 수평 구조의 협업이 이루어지는 것이다. 나의 역할은 새로운 플랫폼을 구성하고 그 플랫폼을 완성하는 데 필요한 전문가를 수소문하여 찾아내고 그들과 긴밀하게 협업하여 여태껏 보지 못한 결과물을 만들어 내는 것이다. 그렇기 때문에 종종 해외 전문가들과 협업을 하기도 한다. 스태프를 구성하는 기준의 첫 번째는 그 분야 최고의 전문가를 뽑는 것이기 때문이다. 미국의 MIT 미디어랩MIT Media Labs이나 영국의 바이스 미디어Vice Media와 협업했던 사례도 바로 그러한 이유 때문이었다.

이러한 상황이 비단 광고계에서만 일어나는 것은 아니다. 제품 및 서비스 개발에도, TV 프로그램 개발에도, 학계에서 연구 프로젝트를 진행할 때도 발생한다. 기타 어느 곳에서든 전문성을 필요로 하는 곳이라면 이러한 형태의 협업이 이뤄진다. IDEO 같은 서비스 디자인 회사에서는 심리학자, 마케터, 엔지니어, 디자이너 등이 함께 모여 서로 생각을 공유하고 솔루션을 찾는 딥다이브Deep Dive 방식을 활용하고 있다. 말 그대로 각각의 전문성이 하나로 수렴되어 강력한 솔루션을 찾을 때까지 파고 또 파고든다는 것이다. 가히 협동조합의 시대에 돌입했다고 말할 수 있겠다.

하이드리브 조직, 직종 간 크로스 오버…. 요즘 조직 구성을 할 때 가장 많이 오가는 얘기다. 문제는 하이브리드 조직체계가 갖추어져 있더라도 개개인 구성원의 마음이 열려 있지 않으면 어떤 성과도 이뤄낼 수 없다는 것이다. 오랜 경험으로 볼 때 아쉽게도 우리에겐 마음의 문을 여는 훈련이 미비한 것 같다. 아마도 몸에 배어 있는 독불장군식 업무 스타일을 쉽게 버리지 못하기 때문일 것이다.

우리나라는 단기간에 경제성장을 이뤄야 했다. 이를 위해 일부 전문성을 가진 선구자들의 밀어붙이는 스타일을 통해 경제를 일궈온 현상이 지금까지 존재했다. 일단은 일정 수준의 규모의 경제를 만들어 내야 했기 때문이다. 그리고 그러한 단선적인 업무 관행이 먹혔던 것도 사실이다. 군대식 명령체계라고나 할까. 그러한 문화는 팀별로 이루어지는 성과 만들기라는 형식을 낳았다. 팀별로는 잘 뭉치지만 이웃집에서 무슨 일이 일어나는지는 관심도 없고, 또 솔직히 이웃집이 잘되는 것을 배 아파했다. 또한 오랜 기간 반도 맨 끝에 고립되어 있었던 지리적 환경 탓도 있으리라 생각된다. 알다시피 유럽이나 동남아시아는 거의 하나의 공동체를 형성하고 있다고 봐도 무방하다. 미국은 멜팅 팟[29]이라 불릴 만큼 다문화 국가의 양상을 띠고 있다. 경험상 이들은 훨씬 개방적이고 협업에 적극적이다.

이제 대한민국은 누구나 우러러보는 경제 대국이다. 서양인들이 예의상 그렇게 생각해 주는 것이 아니라 진심으로 우리를 부러워하는 모습을 목격할 수 있다. 그러나 업무 관행에선 그에 걸맞은 옷을 입고 있는지에 대해 100% 동의하기가 쉽지 않다. 이제 우리네 사전에서 없어져야 할 단어는 독불장군이다. 꼭 간직해야 할 키워드는 단연코 협동조합이다.

29 Melting Pot, 인종이나 문화 등등 여러 요소가 하나로 동화되는 현상.

081

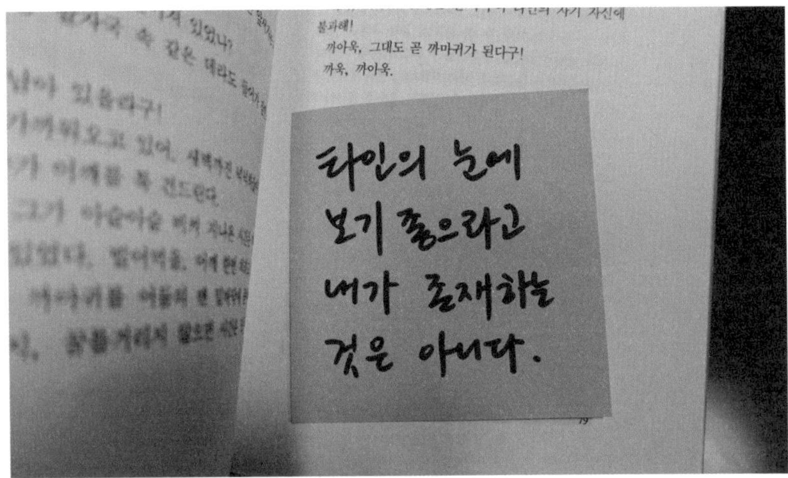

우리 모두는 원본으로 태어났다

〈공부하는 인간〉이라는 다큐멘터리를 보았다. 왜 아시아 사람들이 공부에 목매고 명문대학 입학을 최고의 목표로 삼는지에 대한 문화인류학적인 접근이었다. 경험보다는 많은 책을 읽고 많은 정보를 암기하는 것이 동양, 특히 극동에 위치한 한국·중국·일본의 특징이다. 그리고 그것을 공부라고 부른다. 이러한 공부의 개념을 널리 퍼트린 것은 중국이었는데 이는 과거시험이란 범국가적 행사를 통해 절정을 이루었다. 그 DNA가 오늘날 대학 입시로 고스란히 전수되고 있다. 참으로 오랜 기간 끈질기게 내려온 전통이다. 그 결과 대부분의 사람은 여전히 서울대, 베이징대, 도쿄대 등등 최고의 대학에 들어가는 것을 가문의 명예라 생각하고 자랑스러워한다.

그리고 이러한 배경에는 실력 좋은 선생님의 지도와 부모의 희생이라는 전제가 깔려 있다. 결국 동양적인 관점에서 성공이란 부모의 희생 아래 잘 가르치는 선생님을 만나 열심히 읽고 암기하여 좋은 성적은 얻어서 명문대학에 진학하는 것 그 자체다. 도무지 명문대학 진학 이후의 진로에 대해서는 뚜렷한 비전이나 꿈이 보이지 않는다. '뭐라도 되어 있겠지.' 정도의 심정이다. 무엇보다 공부의 요체인 발로 뛰고 몸과 마음으로 체득하는 경험은 동양인들이 생각하는 공부가 아니다.

그 프로그램에서 중국 시골의 한 초등학교를 찾아가는 대목이 나온다. 진행자가 대학에 가고 싶은 사람은 손을 들어보라 하니 한 명도 예외 없이 손을 들었다. 그리고 왜 대학에 가고 싶냐고 물으니 새끼 제비 같이 작은 입을 쩍쩍 벌리면서 한결같이 '부모님의 은혜에 보답하기 위해서'라고 답했다. 초등학교 1, 2학년 아이들이 이 세상을 얼마나 알고 그런 대답을 했나 싶지만, 아무튼 자기 자신보다는 주변을 먼저 생각하는 관계망적 사고가 널리 퍼져 있음을 보여주는 사례였다. 결국 좋은 대학 가서 부모님의 은혜에 보답하는 것이 지상의 목표인 것이다. 대견하기도 했지만 안쓰럽기도 했다.

서양인들과는 달리 동양인들이 자기가 아닌 관계를 중심으로 세상을 바라본다는 것은 이미 여러 경로를 통해 밝혀진 바 있다. 동양인에게 자기소개를 하라 하면 형제는 몇이고, 몇 남매의 몇째이고 부모님은 뭘 하시고 등등 가족 얘기를 먼저 꺼낸다. 그러나 서양인들은 자신이 피아노를 잘 치고 수영을 즐기며 동물을 사랑한다 등등 알려주고 싶은 자기 얘기를 꺼낸다.

부모와 형제, 그리고 국가를 먼저 생각하는 관계망 속 사고에는 분명 덕목이 있다. 그만큼 행동 하나에도 관계를 고려하여 공동체 지향적인 사고를 할 수 있단 얘기다. 중국인들이 그런 관계망을 잘 활용하여 똘똘 뭉쳐 세계 경제를 잠식하고 있다는 것은 잘 알려진 사실이다. 세계 어느 나라에 가도 차이나타운이 형성되어 있고 그 누구도 무시할 수 없는 상권을 형성하고 있다.

그러나 이러한 관계망적인 사고를 바탕으로 암기하는 공부 일변도의 문화에는 두 가지 문제점이 있다. 하나는 체면이다. 잘 암기한 결과 좋은 성적으로 명문대학에 진학하면 그것은 가문의 영광이다. 자기가 원하는 것을 얻었다는 만족감보다는 체면을 세웠다는 것이 더욱 부각된다. 체면이란 끊임없이 남을 의식한다는 의미다. 영어로도 체면을 Face라 표현하는 것을 보았다. 우리가 창피한 일을 저지르고 '얼굴을 들 수 없다'라 말하는 것도 체면의 문화에서 나온 표현이다.

결국 남에게 잘 보이기 위해 공부하는 것이다. 주위에 면 세우기 위한 공부가 우선시되었기에 어쩌다 작은 실패라도 하게 되면 객관적으로 상황을 분석하기보단 자괴감에 먼저 빠지고 '남 창피해서 어떻게 사느냐'와 같은 표현을 입에 달게 되는 것이다. 부모의 은혜에 보답하기 위해 공부하는 것도 중요하지만 이젠 자기가 좋아서 공부하고 자기가 좋아하는 것을 공부할 수 있는 시대가 되었으면 좋겠다.

나머지 또 하나의 문제점은 교사 또는 멘토에 대한 과도한 의존이다. 경험은 무시되고 주입식 암기 공부가 주가 되다 보니 일방적으로 도움을 받는 공부 관행이 저변을 형성한다. 자기가 좋아하는 것을 찾아다니면서 스스로 깨우치고 거기서 자신만의 생각과 관점을 기를 수 있는, 다시 말해 자신의 경험을 통해 세상의 이치를 알아가는 과정도 분명 필요하다. 그렇지 못한 경우 성년이 되어서도 문제가 계속될 수 있다. 대학 강의 시간표 짜는 것까지 엄마가 해 준다는 것은 개그가 아니라 현실이다.

그러다 보니 지금처럼 경제 상황이 좋지 않고 취업도 안 될 때 멘토라는 단어가 키워드로 떠오르는 것은 어쩌면 당연한 일인지도 모르겠다. 물론 훌륭한 멘토를 만나 인생의 올바른 길을 인도받는 것은 복에 겨운 일이다. 그러나 그것도 자신만의 경험과 체험에 의한 줏대가 서 있을 때 가능한 일이다. 준비가 안 된 사람이 세계 석학에게 지도를 받는다고 개과천선이 되겠는가? 이 얘기 저 얘기에 귀가 솔깃해 갈팡질팡하게 될 뿐이다. 어느 광고 카피에도 나오지만 스스로 멘토가 되어야 한다. 자기 스스로 이 세상과 맞부딪쳐 깨달음을 얻지 않고는 늘 매뉴얼대로 살게 될 수밖에 없다. 유니타스브랜드의 권민 대표가 쓴 책『자기다움』에 나오는 구절처럼 '원본으로 태어나 복사본으로 죽는' 것이다.

남을 의식하지 않을 때 자유로워진다. 내가 누구인지가 중요하지 남 창피해서 어떻게 사느냐는 결코 중요하지 않다. 내 두 발로 뛰어 얻은 교훈이 피가 되고 살이 되지 주위의 모든 사람과 함께 똑같이 교육받은 내용은 레퍼런스일 뿐이다. 타인의 눈에 보기 좋으라고 내가 존재하는 것은 아니다. 남과 같아야 마음이 놓이는 건 잘못된 습관이다. 어느 누구도 우리 인생에 해법을 줄 수는 없다. 우리 모두는 이 세상에 유일자로 태어났다.

082

벤치마킹에서 벤처마켓으로

벤치마킹Benchmarking이란 단어가 화두일 때가 있었다. 남의 것을 연구하고 배워서 우리 것에 쓸모 있게 접목하자는 의미였다. 2000년대 초반부터 대한민국 기업들이 본격적인 글로벌 기업으로 성장하면서 모든 업무 프로세스가 글로벌 스탠다드를 지향해야 할 필요성이 대두되었고, 산업군별로 이른바 해외에서 잘나간다는 기업과 부서를 연구하기에 바빴다.

광고계에서도 새로운 크리에이티브로 트렌드를 이끌던 CP&B, Weiden& Kennedy, 오길비Ogilvy, TBWA, BBDO 같은 글로벌 대행사의 시스템을 연구하기 시작했다. 360도 브랜드 스튜어드십[30]이니 Disruption[31]이니 하는 글로벌 대행사들의 철학이 암송해야 할 키워드로 부상했다. '어디서 무슨 광고를 만들었어!'라는 소문이 뜨거운 뉴스였고 실체 이상으로 그들의 작업이 대단한 것인양 부풀려지기도 했다.

이와 함께 외국인들의 국내 취업도 늘기 시작했다. 그러나 엄격히 말해 함량 미달인 사람들이 꽤 되었다. 황인종이 아니고 영어를 잘 구사하며 글로

30 360 Degree Brand Stewardship, 오길비의 통합 마케팅 커뮤니케이션 활용 지침.
31 TBWA의 경영 철학. 파괴라는 뜻으로 생각을 뒤집는 '틀 깨기'를 실천하자는 의미.

벌 대행사의 경력이 좀 있는 사람이라면 그리 어렵지 않게 일자리를 구해 들어올 수 있었다. 단숨에 글로벌화가 이루어지는 것이 아니기 때문에 어느 정도 감수해야 하는 수순이라는 말도 주변에 나돌곤 했다. 글로벌이란 수능 고득점 대비를 하듯 밑줄 치고 외워야 하는 것처럼 생각되던 시절이었다. 그러한 양상은 우리가 세계 유수의 광고제에서 수상 실적도 미미했고 전략과 크리에이티브가 기준점을 밑돌 때의 패러다임이었다.

그러나 상황이 급변하기 시작했다. 불과 3, 4년 사이에 대한민국 광고계는 그라운드를 누비는 선수를 응원하러 경기장에 가는 것이 아니라 선수로 뛰기 위해 경기장에 들어서는 횟수가 잦아졌다. 글로벌 대행사들과의 경쟁 피티에서 맞붙기도 하고 칸과 같은 국제광고제에서 일본을 앞지르는 수상 실적을 보이며 숨겨진 영웅본색의 카리스마를 드러내기 시작했다. 월드컵 축구 우승이 빠를까 칸 국제광고제 그랑프리 수상이 먼저일까를 점친다면 월드컵 우승이 먼저일 거라는 사실에 쉽게 동의하던 분위기가 한 번에 역전되었다.

그러나 여전히 글로벌 스탠다드를 위한 저변은 약한 편이며 해외의 명망 있는 선수들과 어깨를 맞댈 기회를 얻는 것도 일부 광고사에 한정되는 경우가 많다. 그러다 보니 여전히 벤치마킹이란 단어가 주변에서 맴돌고 있다. 언급되는 대행사만 구글크리에이티브랩Google Creative Lab, R/GA, Droga5, 72 and Sunny, AKQA 등등 디지털 분야에 전문성을 갖추고 비관습적인 접근법에 능한 신흥 광고사로 바뀌었을 뿐 그들을 배우고 익혀야 한다는 논조에는 변함이 없다. 관습에 젖은 탓이라고 치부하기엔 작금의 상황은 여유를 허락하지 않는다. 그런 말을 여전히 쏟아 놓는다는 것은 상황이 얼마나 촉박한지를, 작금의 광고 환경이 얼마나 빠르게 변하고 있는지를 모른다는 것을 방증하는 예일 뿐이다.

이젠 10년이 아니라 1년이면 강산이 변한다. 한때 유행했던 QR코드도 이젠 낡은 기술로 치부되고 있다. 새로운 디지털 기술의 개발과 일상생활로의 접목이 빠른 속도로 이루어짐에 따라 듣지도 보지도 못한 커뮤니케이션 플랫폼들이 해마다 쏟아져 나온다. 벤치마킹만 하다간 뭐 하나 제대로 이뤄보지도 못하고 머리가 하얗게 셀 것이다.

지금 현업에선 위에 언급된 신흥강호들과 글로벌 피치Global Pitch를 하고 있다. 그들을 배워야 하는 게 아니라 그들을 무찌를 필살기를 준비해야 하는 시점에 있다. 지금이야말로 전략에서, 크리에이티브에서 그들을 능가할 벤처 정신에 충만해 있어야 한다. 벤처열풍이 불어 새로운 아이디어로 새로운 형태의 기업을 설립하겠다는 야망이 넘치던 시절에도 광고산업은 페이드 미디어[32]에 광고 콘텐츠를 실어 나르는 스테레오 타입만 반복했었다.

이제 그 벤처 정신이 광고계에 널리 퍼져야 할 때다. 우리는 광고대행사란 이름을 버리고 통합솔루션 컴퍼니The Integrated Solution Company로, 머천다이징 컴퍼니The Merchandising Company로 진화해야 한다. 모르는 바 아니다. 그러나 속도가 더디다. 광고대행사란 광고 제작 시스템을 갖추고 있지 못한 클라이언트가 주로 4대 매체를 중심으로 광고 제작만을 대행으로 맡기던 시절 얘기다. 그 패러다임에선 글로벌화를 위해 벤치마킹하는 것이 최선일 수 있었다. 그러나 이젠 벤치마킹의 낡은 패러다임은 버려야 한다. 우리 스스로 벤처가 되어야 한다. 벤처에 기반한 새로운 플랫폼들이 새로운 트렌드를 형성하게 하고, 이젠 다른 이들이 우리를 벤치마킹할 수 있도록 우리

32 Paid Media, 기업이 비용을 지불하고 신문, 방송, 온라인, SNS 등등 미디어 채널에서 하는 광고.

고유의 벤처마켓을 형성해야 한다. 아직 많이 모자라지만 우리는 그 정도에 값할 만큼은 성장했다.

이제 주변에서 '누구를 벤치마킹하자'라는 소리가 들리지 않았으면 좋겠다. 우리는 더 이상 한국의 AKQA도 R/GA도 아니다. 우리는 우리일 뿐이다. 우리만이 구현할 수 있는 높은 퀄리티의 플랫폼을 만들어야 한다. 그것을 필살기로 무림에 나서야 한다.

083

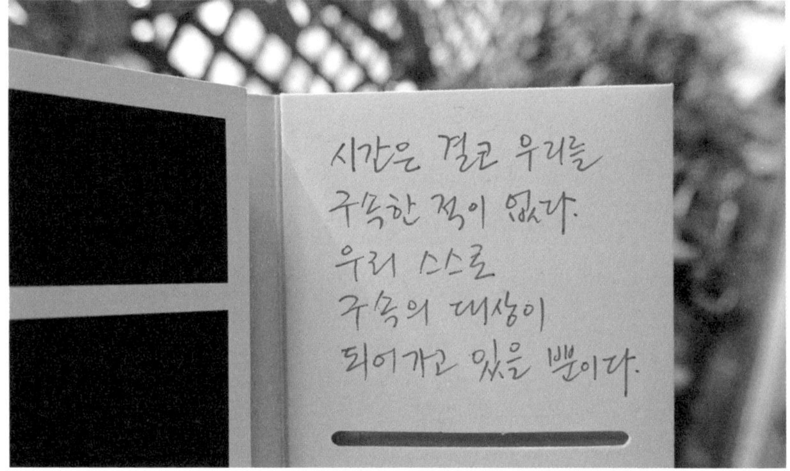

시간에서 벗어나기

출장 때면 늘 허겁지겁 인천 공항을 향해 내달린다. 언제나 출장 전엔 남은 일을 마무리해 놓고 가기 위해 목까지 찬 일에 켁켁 대다가 한숨 토해낼 틈도 없이 공항으로 달린다. 출장지에 가서도 사정은 마찬가지다. 도착하자마자 현지 미팅이 이루어진다. 파김치가 되어 호텔에 돌아오면 컨펌해야 할 일들이 이메일에서 우두둑 쏟아진다. 서울과의 통화가 끊임없이 이어지고…. 이후 모든 일정을 마치곤 다시 허둥지둥 짐을 싸서 서울행 비행기에 몸을 싣는다. 수많은 일이 또 나를 기다리고 있기 때문이다. 수없이 해외 출장을 다녔지만 상황은 여기에서 크게 벗어나지 않았다.

이러한 상황, 분명 문제가 없다고는 할 수 없다. 아마도 대부분의 직장인이 이처럼 살인적인 스케줄의 일상을 살아내고 있을 것이다. 왜 우리는 늘 시간에 쫓기며 이 같은 패턴을 반복해야 하는 걸까? 우리는 시간의 독재에서 풀려날 수 없는 걸까? 현대인들이 점점 더 시간에 쫓기며 여유 없는 일상생활을 영위한다는 사실을 뒷받침해 주는 재미있는 실험이 있었다. 같은 장소에서 20m를 걸어가는 사람들의 걸음 속도를 측정해 본 결과 2008년의 걸음 속도가 1998년보다 10% 빨라졌다는 것이다. 10년 전보다 10%만큼 더 시간의 압박을 느끼고 있다는 얘기다.

상황이 이렇다 보니 우리는 일상에서 '시간에 쫓긴다', '시간을 벌었다'와 같은 표현을 자연스럽게 쓴다. 그러나 이는 아주 우스꽝스러운 표현이다. 시간은 그저 의연하게 흘러가고 있을 뿐이다. 시간이 우리를 쫓은 적은 없다. 우리가 그렇게 느낄 뿐이다. 그리고 시간은 돈처럼 적립해 둘 수 있는 존재도 아니다. 이처럼 우리가 시간을 소유의 대상으로까지 표현한 것은 본격적인 산업화와 자본주의사회가 도래하면서 이루어진 현상이다. 짧은 시간에 많은 것을 생산해내고 교환시켜야 하다 보니 자연스럽게 시간을 의식하고 시간에 자신을 맞춰 살게 된 것이다. 시간은 결코 우리를 구속한 적이 없다. 우리 스스로 구속의 대상이 되어가고 있을 뿐이다.

불과 150여 년 전만 해도 사람들은 시간에 얽매여 살지 않았다고 한다. 시계를 들여다보는 행위도 찾아보기 힘들었을 것이다. 해 뜨면 밭매고, 해 지면 허리 펴고 집에 돌아오는 자연의 섭리에 따라 생활했을 것이다. 1830년 영국의 한 공장에서는 공장 건물에 큰 시계를 달았는데, 노동자들이 시간이 영혼을 잠식한다고 부숴버렸다고 한다. 이제 그 공장의 큰 시계는 손목의 작은 시계로 대체됐고, 현대인들은 마치 편집증 환자처럼 더더욱 시간을 의식하는 삶을 살고 있다.

30대 중반까지 나는 마치 무엇에 홀린 듯 대한민국 구석구석을 여행 다녔다. 한때는 선사시대 암각화에 매혹되어 경남 울주에서 경북 고령 사이를 오갔고, 어떤 때는 공룡 발자국과 화석을 찾아 경남 고성과 전남 해남을 싸돌아다녔다. 태백에 있는 한강 발원지 검룡소를 찾아 몇십 리 길을 걸어 오지로 흘러들기도 했고, 백두대간이란 용어가 대중화되기 전에 백두대간을 타기 시작했다. 용늪, 왕등재늪, 천성산늪 등등 지구에서 가장 오래된 지형이라는 습지를 찾아 떠돌기도 했고, 야생화를 찾아 곰배령을 비롯한 여기저기를 기웃대기도 했다.

그렇게 오지를 떠돌 때마다 내가 부딪힌 것은 시간의 문제였다. 하루 사이에 나는 20세기와 공룡이 서식하던 6천5백만 년 전을 오고 갔던 것이다. 신석기시대의 추상문형과 신라시대 화랑들이 새긴 글귀가 나란히 박혀 있는 천전리 암각화 앞에서는 수평으로 흐르던 시간이 수직으로 멈춰 선 느낌을 받기도 했다. 시간이란 어딘가로부터 흘러와 어딘지 모르는 곳으로 흘러가다 잠시 나를 스치는 바람과 같은 존재처럼 느껴졌다. 결코 내가 소유할 수도, 나를 소유할 수도 없는 존재였던 것이다.

요즘 들어 슬로우 라이프Slow Life란 말이 회자되고 있다. 고속질주했던 삶에 저속기어를 넣어보자는 것이다. 특히 일 중독인 한국인들은 한 번쯤 되돌아봐야 할 덕목이 아닌가 생각된다. 고속질주 덕분에 목적지엔 빨리 왔지만 그 롤러코스터 속에서 우리는 너무 지치고 피곤했다. 빠른 경제성장과 고도의 산업화를 이루기 위해 어느 정도의 속도전은 필요하다. 그 속도전을 통해 오늘날 한강의 기적을 이루었다고 볼 수도 있다. 그러나 선진국의 호적에 등재되어 G20 정상회의와 같은 전 세계의 유지를 초대한 행사를 개최하는 주빈국으로서 이제는 삶의 질을 돌아볼 필요도 있다고 생각한다. 속도전을 통해 우리에게 익숙해진 '안 되면 되게 하라!'는 가치관으론 아이디어와 소프트웨어 중심의 무림에서 버텨내기 힘들 것이다.

요즘도 분 단위로 돌아가는 스케줄에 정신을 놓칠 때면 20여 년 전 강원도 임계의 산판길에서 마주쳤던 산 소년을 떠올리곤 한다. 원시의 햇빛을 온몸에 받아온 것처럼 느껴지던 그 소년은 24시간 중 어디에 속해 살고 있는 것일까? 아니 24시간이라는 인간이 재단해 놓은 시간 단위 자체가 의미있기나 한 걸까? 손목에서 시계를 풀어 서랍에 넣자.

084

룰 브레이커가 세상을 얻는다

2007년에 『머리 좀 굴려보시죠!Shake that Brain!』란 책을 번역하면서 다음과 같은 문장과 마주쳤다. "A와 B라는 두 선수를 생각해 보자. A선수는 세 번 등판할 때 한 번은 안타를 치고 두 번은 삼진아웃을 당한다. 이 선수의 타율은 3할3푼3리로 계산된다. 이와 대조적으로 B선수는 삼진아웃을 한 번 당하고 두 번은 포볼로 진루한다. 그러면 그의 타율은 0할0푼0리다. 분명히 B선수가 A선수보다 두 배의 진루율을 보였는데도 타율은 A선수의 것이 높다. 이러한 통계의 잘못, 즉 '오류'를 수정하기 위해 나는 이 경우 B선수에게 6할6푼6리의 진루율을 주는 식으로 두 선수의 타율을 나름대로 계산하곤 했다. 물론 메이저리그 야구는 받아들이지 않았지만 말이다."

이 부분을 번역할 때 나는 '왜 지금까지 야구 규칙에 대해 한 번도 의심해 본적이 없었지?'란 생각에 무릎을 탁 쳤던 기억이 난다. 데이터에 크게 의존하는 운동인 야구에서 기존의 데이터 분석 방법에 대한 무조건적 맹신이 다른 선택을 취할 기회를 빼앗기도 한다는 깨달음을 얻었던 것이다.

〈머니볼Moneyball〉이란 영화가 바로 이런 이론을 담고 있다. 메이저리그 만년 최하위에 그나마 실력 있는 선수들은 다른 구단에 모두 뺏겨버리고 감독, 스카우터를 비롯한 구단 운영자들은 해오던 관습대로 팀을 운영하려 하는 낡은 패러다임의 상징 '오클랜드 애슬레틱스'. 이 오합지졸팀에 새로운 단장으로 부임한 '빌리 빈'은 새로운 법칙으로 팀을 운영하지 않으면 살아날 수 없다는 생각에 예일대에서 경제학을 전공한 '피터'를 영입, 기존의 선수 선발 방식과는 전혀 다른 파격적인 '머니볼 이론'에 따라 새로운 도전을 한다. 그리고 기존의 경기 데이터 분석을 따랐을 때 저평가되었던 일부 선수들을 영입해 20연승이라는 경이적인 기록을 세운다. 그들은 사생활이 문란하거나, 부상이 잦거나, 나이가 많다는 이유로 다른 구단에서 철저하게 외면받던 짐 싸기 일보 직전의 선수들이었다.

정말 놀라운 결과다. 〈머니볼〉은 허구가 아니라 실화에 바탕을 둔 영화이기 때문이다. 여기서 우리가 얻을 수 있는 교훈은 법칙을 의심해 보라는 것이다. 사실 우리는 기존의 정답이라고 인정되어 왔던 것에 좀처럼 의심을 품지 않기에 관습이란 것에 찰싹 달라붙어 일을 해결하려고 한다. 그러나 법칙은 깨지라고 존재하는 것이다. 어느 조직이든 혁신을 이루기 위해선 그동안 의존해왔던 관행과 규칙에 대해 한 번쯤은 의심을 해 보아야 한다.

〈머니볼〉은 그런 관점에서 시사하는 바가 크다. 당시까지 금과옥조로 여겨져 왔던 야구 선수의 자질을 평가하는 규칙을 한 번도 시도해 보지 않았던 새로운 룰로 갈아치우는 데는 엄청난 용기가 필요했을 것이다. 그것은 거의 도박과 같은 것이다. 그러나 그 도박을 해 볼 만한 확신과 배짱을 갖지 못한다면 우리는 늘 재방송만 틀어 대는 방송에 채널을 맞추는 꼴이 된다.

또 하나 눈길을 끌었던 장면은 2부 리그 야구팀의 어느 선수에 관한 일화였다. 그 선수는 발이 느린 관계로 안타를 치고도 한 번도 2루를 밟아 본 적이 없었다. 늘 아웃당하던 아픈 기억이 있는 선수다. 그 날도 그는 안타를 치고는 1루를 밟고 2루를 향해 좀 뛰더니 다시 1루 베이스로 몸을 돌려 슬라이딩하면서 안도했다. 그러나 그때 그는 안타가 아니라 홈런을 쳤다. 두려움 때문에 공이 펜스를 넘어간 사실도 모르고 앞만 보고 뛰었던 것이다. 이 일화는 인간의 두려움이란 것이 얼마나 사람을 움츠러들게 만들고 안전 위주의 행보를 취하게 하는지를 잘 보여준다. 홈런을 쳤음에도 그는 빨리 뛰어야 한다는 강박에 공이 날아가는 것을 보지도 않고 1루를 향해 질주했고 아웃될 것이 겁나 더 이상 뛰는 것을 멈추었던 것이다.

이 영화에 등장했던 기존의 구단 운영자들은 2루를 밟을 생각을 못하는 이상심리의 소유자처럼 보였다. 만년 오합지졸의 불명예를 안고 있는 패배의식을 가진 자들이기에 그들의 마음속엔 혁신이란 단어가 떠오르지 않았으며, 혁신의 방법을 찾길 꺼려했던 것이다. 〈머니볼〉은 변화를 위해선 시도해 보지 않은 새로운 법칙을 적용해 보아야 한다는 것과 이를 위해선 의사결정권자의 통찰과 용기가 얼마나 중요한지를 잘 보여주는 영화였다.

경제학자 존 케네스 갈브레이스John Kenneth Galbraith도 그의 책 『풍요한 사회The Affluent Society』에서 사회적 통념에 사로잡힌 자들을 '바다 한가운데 뜬 뗏목에 딱 달라붙듯이 자신이 이해하고 있는 것을 대변하는 개념들을 꼭 붙들고 좀체로 놓지 않으려 한다'고 묘사했다. 망망대해 한가운데에서 뗏목에 자신의 목숨을 맡긴다는 것은 얼마나 위험하고 어리석은 확신인가!

법칙은 깨지기 위해 존재한다. 세상을 바꿔온 수많은 역사적 사건은 바로 기존의 법칙에 의문을 제기하고 새로운 방법을 찾은 데서 비롯됐다. 용기 있는 자가 미인뿐 아니라 세상을 얻는 것이다.

085

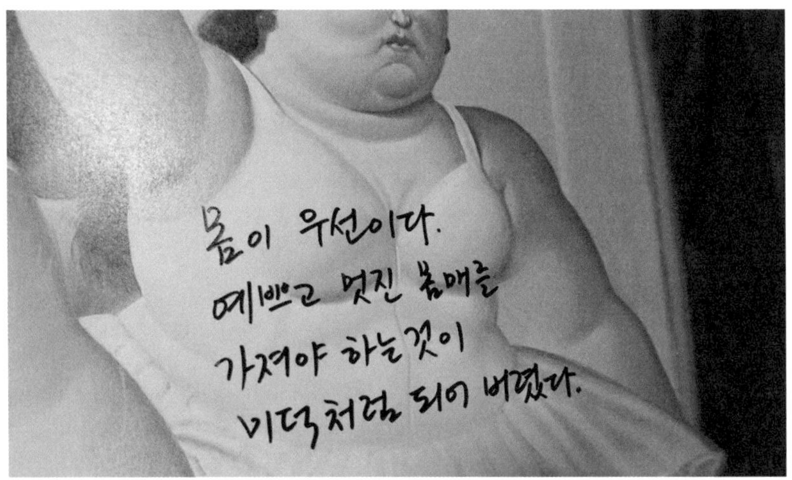

성형한다,
고로
존재한다

몇 년 전 아이돌 그룹과 프로젝트를 진행할 일이 있어서 소위 뜬다는 여성 아이돌을 바로 눈앞에서 볼 수 있는 횡재를 맞이했다. 워낙 규모가 크고 시일이 걸리는 프로젝트라서 그들을 접할 기회가 많다 보니 때론 화장기 하나 없는 쌩얼을 보기도 했다. 모두 앳된 얼굴이었다. 그러다 우연히 그중 한 명의 성형 전 얼굴을 인터넷에서 보고는 정말 놀라지 않을 수 없었다. 성형 전과 후의 얼굴이 같은 얼굴이라고 볼 수 없는 정도였기 때문이다.

궁금증이 생겼다. 그녀의 부모님은 자기 딸내미의 상전벽해 같은 변화에 만족했을까? 아무리 얼굴이 예뻐졌더라도 20여 년 익숙했던 얼굴이 아닌 다른 얼굴을 달고 나타난 자식을 보고 적응이 됐을까? 더더욱 궁금한 것은 본인의 경우 그토록 익숙했던 자신의 얼굴이 자신도 알아보지 못할 정도로 바뀌었는데 정체성의 혼란 같은 것은 없었을까 하는 점이었다. 거울을 쳐다볼 때마다 소스라치게 놀라지는 않았을까? 꿈속에서 자신의 본래 얼굴로 환원된 모습을 보고 가위에 눌리지는 않았을까?

쌍꺼풀을 만들고, 코를 좀 세우던 이전의 성형술이 이제는 부모도 자기 자식을 알아볼 수 없을 만큼 뜯어고치는 수준으로 발전했으니 세상이 좋아진 것인지 얄궂어진 것인지 모르겠다. 분명한 것은 불만이었던 부위를 예쁘게 고치면 타인과의 관계에서 자신감을 갖게 된다는 대부분의 성형예찬론자의 가설이 진리가 되어 버렸다는 것이다. 오죽하면 이제는 아이들 키만 크게 낳아 놓으라는 우스개도 돌고 있다. 현재의 기술로 얼굴은 얼마든지 뜯어고칠 수 있지만 아직 키까지 늘이는 성형술은 존재하지 않으니까. 하지만 이처럼 자기를 알아볼 수 없을 정도의 심각한 성형이 계속 이루어진다면 우리는 한 사람의 정체성을 어떻게 규정해야 하는 것일까?

그러나 이 문제는 트랜스젠더처럼 수술을 통해 아예 성을 바꾸는 경우에 비하면 애교에 가깝다. 미용 성형이 하늘이 내려준 자연성에 가해지는 약간의 애프터서비스라 친다면 성전환수술은 부품 교환에 가깝다. 우리는 이미 군대까지 갔다온 남자가 여자로 변한 모습을 목격하고 있지 않은가. 성형은 이제 단순한 뷰티의 문제를 떠나 젠더 트러블이란 주제에까지 깊숙이 관여되어 있는 것이다.

확실히 사람들의 관심사가 과도하게 몸에 집중되어 있다. 이미 우리는 상대방의 얼굴을 바라보고 도란도란 얘기를 나누며 마음을 열어 가던 시대에선 멀리 떠나 있다. 몸이 우선이다. 예쁜 몸매에 눈길이 먼저 가고 멋진 몸매를 가져야 하는 것이 미덕처럼 되어 버렸다. 여성의 경우 얼굴은 기본이고 가슴, 복부, 허벅지에 이뤄지는 성형의 일상화는 새로운 미의 기준을 알리는 생생한 예다. 비교적 몸에 관심이 덜했던 남성들 역시 몸매에 지대한 관심을 보이고 있다. 오죽하면 식스팩이라는 육체 부위의 신조어까지 생겨났을까. 젊은 남성들은 식스팩을 갖기 위해 헬스클럽을 찾는 것은 물론 성형 시술을 받기도 한다. 2001년 미국에서 개발되었다는 식스팩 시술은 간단한 수술로 올록볼록 복근을 만들어 주는 놀라운 비기가 아닐 수 없다. 이제 우리는 몇 시간만 수술대에 누워 있으면 예쁘고 탐스러운 가슴과 가는 허벅지 또는 여섯 칸으로 나뉜 복근을 소유할 수 있는 주문형 몸매 생산 시대에 살고 있는 것이다.

철학자들은 이러한 상황을 인간의 이성에만 눈길을 주던 근대 합리성의 시대에서 벗어나 비로소 몸에 스포트라이트를 비추게 된 것으로 해석한다. 인간을 이루는 두 요소인 정신과 육체 중 육체만큼은 주된 담론의 대상이 되지 못했다는 것이다. 그럴듯하다. 이 시대에 '당신의 호수 같은 눈망울에 푹 빠졌소' 따위의 연애소설은 읽히지 않는다. 각종 대중매체를 장식하는 핫팬츠 아래로 드러난 미끈한 허벅지나 탱탱하게 솟구친 가슴, 올라붙은 힙 라인에 푹 빠질 수는 있어도 말이다. 몸에 달라붙는 쫄티 바깥으로 튕겨나올 듯 드러난 갑빠와 식스팩에 반할 수는 있어도 말이다. 이쯤 되면 인간을 남성, 여성으로 부르기보다는 암컷, 수컷이라 칭하는 게 더 어울릴 듯싶다.

일상에서 '섹시하다'고 말하는 것은 외설스럽고 모욕적인 언행이었던 시절이 있었다. 그러나 지금은 '섹시하다'가 최고의 찬사다. 우리는 이전의 빅스타 신성일이 미남이어서 열광했지 그의 몸매에 열광했던 것은 아니었다. 그러나 비, 이병헌, 권상우, 송승헌을 비롯한 이 시대 대부분의 엔터테이너는 갑빠와 식스팩으로 어필한다. 신성일이 보고 싶은 남자였다면, 비는 소유하고 싶은 남자인 것이다. "성형한다, 고로 존재한다."의 시대에 살고 있는지도 모르겠다. 존재의 이유가 정신을 연마하는 것에서 멋진 몸을 가꾸는 것으로 바뀌고 있는 것은 아닌지. 갑빠도 없고 원팩 큰 거 하나 달고 사는 대부분의 남자는 자신의 몸매를 의식하지 않을 수 없는 시대다. 살기가 더 힘들어졌다.

086

멀리 가려면 함께 가라

'힐링'이 시대의 화두로 떠오르고 있다. 그도 그럴 것이 대한민국은 OECD 국가 중 출생률이 가장 낮고 자살률이 가장 높을 정도로 극도의 경쟁과 극심한 스트레스에 시달리고 있다. 출생률이 낮다는 것은 미래의 전망이 밝지 않다는 것이고 자살률이 높다는 것은 현실의 상황이 두렵단 의미다. 게다가 대한민국은 근로시간이 OECD 국가 중 평균을 훨씬 웃돌고 있으며 2012년 기준 행복지수는 36개국 중 24위를 기록하고 있다. 인생을 살아가는 데 즐거움을 찾기 힘든 생존 조건인 것만은 분명하다.

땅은 좁고, 천연자원은 턱없이 부족하고, 사람의 능력만으로 가정과 국가의 부를 지탱해야 하니 경쟁이 치열할 수밖에 없다. 경쟁의 문화는 일상 속에 깊이 틈입하여 조직 내, 팀 간, 심지어 팀 내 경쟁까지 치열해지는 상황을 맞이하기도 한다. 협업이 시대의 패러다임으로 정착했지만, 여전히 개인과 팀의 공적을 부각하기에 여념이 없다. 게다가 글로벌 파워 브랜드를 통해 국가의 위상이 높아지다 보니 존경받는 글로벌 기업과 국가의 이미지를 계속 유지해 가기 위한 강박도 스트레스로 작용한다.

교육의 경쟁도 더욱 치열해져 간다. 내가 대학 다닐 땐 우리 자녀 세대엔 교육 시스템이 합리적으로 바뀌고 사회에서 사람을 선택하는 기준도 스펙보다는 재능과 능력이 중심이 될 것이라 희망했다. 하지만 경쟁은 더 치열해졌고 스펙의 인플레이션만 더욱 심해졌다. 교육 분야에선 제도를 어떤 식으로 바꿔도 그에 따른 경쟁을 조장하는 환경이 새롭게 조성될 것이라 확신한다. 사교육이 사그라지기는커녕 다양한 변종을 늘려 가는 형국이다. 취업의 경쟁은 거의 전쟁터를 방불케 한다. 박사도 구직을 못 하고 놀고 있는 비율이 높아지고 있다고 한다. 대기업에 진입하기 위한 장벽은 나날이 높아지고 그것을 넘기 위해 준비해야 할 항목 역시 나날이 많아진다. 슈퍼맨이 되어야만 모든 걸 해결할 수 있는 취업 환경이 조성되고 있다.

엎친 데 덮친 격으로 각종 미디어는 100세 수명 시대의 도래를 보도함과 동시에 점점 연령이 낮아지는 명퇴 분위기를 쓸데없이 부풀려 보도한다. 중년의 불안감을 콤보로 부채질하는 것이다. 45세 정년이라는 사오정이란 말이 미디어를 통해 겁도 없이 나도는데, 도대체 경험과 여전히 식지 않은 열정으로 한창 일할 나이인 45세가 정년이면 우리나라는 2, 30대만이 책임져야 한단 말인가?

가끔 돌아보면 이 땅에서 생존해 밥 먹고살고 있단 것이 기적으로 느껴질 정도다. 사회는 이전보다 유연해졌지만, 그만큼 새로운 형태의 경쟁이 요구되고 있음을 몸으로 느낄 수 있다. 그러다 보니 힐링에 관련된 각종 콘텐츠가 쏟아지고 있다. 서적 출판에서 신문기사, 토크쇼, 방송 드라마, 여행 등을 비롯한 각종 힐링 상품, 심지어 광고 콘셉트로도 힐링이 등장한다. 이만큼 힐링 콘텐츠가 많아진다는 것은 그만큼 각박한 삶에 대한 위무가 필요하다는 것을 방증한다. 사람들은 그러한 다양한 콘텐츠를 접하며 잠시 위안을 받는다. 마치 고민을 친구에게 털어놓을 때처럼. 이는 10%를 웃도는 시청률의 〈힐링캠프〉 방영 후 소셜 미디어에서의 후기 및 댓글이 넘쳐나는 것만 봐도 알 수 있다. 그러나 알다시피 그것이 근본적인 해결책은 되지 못한다. 위무 받는 것에만 너무 익숙해지는 것은 더 큰 멘탈붕괴의 상태를 초래할 수 있다.

힐링이 트렌드가 되지 않았으면 좋겠다. 객관적으로 볼 때 한 번도 실패한 경험 없이 크게 성공한 것 같은 사람이 젊은이들에게 계속 실패해도 좋다는 식의 강연을 하는 것은 위험할 수 있다. 솔직히 말해 보자. 우리 사회가 실패란 것에 관용을 베푸는 사회던가? 젊은이에게 중요한 것은 자신의 삶을 스스로 개척할 수 있게 해 주는 제도적·환경적 뒷받침이다. 이젠 그것을 가능케 해 주는 대한민국 사회의 마인드셋을 새롭게 포맷해야 한다. 그것은 전 국가 범위의 노력이 있어야 가능하다. 사회 관념과 제도가 바뀌지 않는데 어찌 계속 실패해도 좋다는 말만 되풀이할 수 있겠는가.

이는 우리의 허리를 담당하는 중년층에도 마찬가지로 적용된다. 그들이 가진 능력의 중요성을 존중받고 있다는 생각이 들 수 있도록 해야 하고 그래서 불안감 없이 사회에 기여할 수 있는 사회적 분위기와 제도가 마련되어야 한다. 지금은 단기 목적의 힐링보다는 잉여가 재능을 발휘하고 오덕이 필살기를 발휘하는 성장 플랫폼이 필요한 때다. 앞뒤 안 돌아보고 개발 일변도의 경쟁만을 촉발하는 분위기가 여전히 시대의 화두가 된다는 것은 인성이 파괴될 수 있다는 의미다. 인성의 파괴는 사회의 불안감과 직결된다.

비즈니스, 크리에이티브, 엔터테인먼트 등등 각 분야의 기운이 대한민국에 집중되어 있다는 느낌을 받는다. 이 기세를 보듬어 이젠 빨리 가는 것보단 함께 멀리 갈 수 있는 패러다임을 가져야 한다. '빨리 가려면 혼자 가고, 멀리 가려면 함께 가라'는 아프리카 속담이 크게 와 닿는 요즘이다.

087

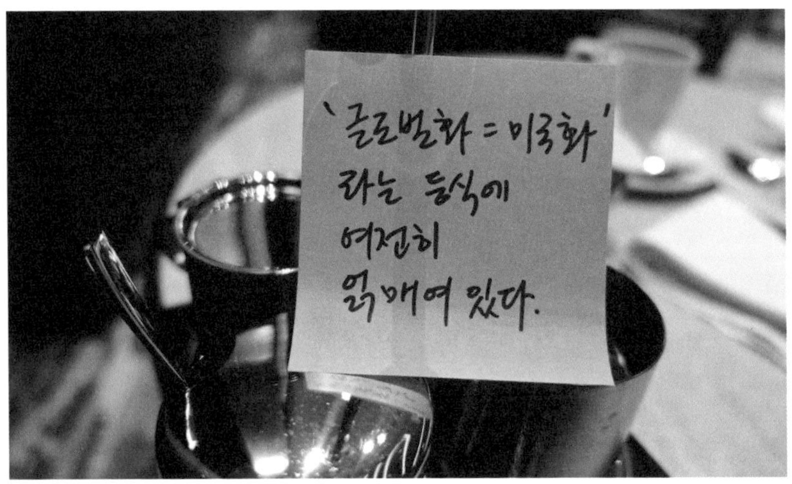

글로벌화는 미국화를 의미하지 않는다

보스턴 택시의 뒷좌석에 앉으면 액정화면을 통해 나오는 광고를 접하게 된다. 그중에 보스턴의 자랑을 한참 늘어놓는 문구가 있는데, 모두 '최초'를 강조한 것이다. 예를 들어 최초의 대학, 최초의 우체국, 최초의 신문, 하다못해 최초의 초콜릿 공장까지 보스턴이 시조라는 것이다. 놀라울 것 없다. 영국에서 신대륙으로 건너온 퓨리탄[33]들이 처음으로 백인 마을을 건설한 곳이 보스턴이었으니 그들이 만들어 낸 모든 제도며 인프라가 최초일 수밖에 없다. 그런데 놀랐던 것은 그 문구를 '미국 최초'가 아니라 '세계 최초'로 받아들였던 나 자신을 발견했을 때였다.

그것은 세계 최고의 국가는 미국이라는 공식이 어렸을 때부터 내 무의식 속에 깊이 박혀 있었기 때문이다. 알다시피 우리는 해방 후 미국의 신탁통치를 자처하면서 모든 제도와 정치 이념에 미국의 것을 따랐다. 휴전 후에도 교육 시스템도 행정 시스템도 군대의 작전 시스템도 모두 미국 것을 답습했다. 미국이 직접 한국을 통치하지 않았을 뿐 우리는 정신적·문화적으로 미국에 종속되어 있었던 것이 사실이다.

---

33 Puritan, 청교도인. 16세기 후반 영국에서 일어난 신교도로 신대륙으로 건너가 미국 건국의 기초를 닦은 세력.

그러다 보니 우리는 교육과 사회 담론과 각종 미디어가 만들어 내는 콘텐츠를 통해 미국이 세계를 주도해 가는 국가라는 생각을 주입받아왔다. 모든 물건은 '미제/국산'의 이분법으로 나누어져 있었으며, 미제는 곧 우수한 품질의 상품을 뜻하는 대표명사였다. '메이드 인 프랑스', '메이드 인 이탈리아'도 있을 법했지만 우리 머릿속에 각인된 '미제'의 카테고리에는 들어오지 못했다.

지금도 반복되는 상황이지만 누군가 유학 간다고 할 때는 대부분 미국으로 갈 것이라고 지레짐작해 버린다. 요즘 들어 유학 대상 국가가 다양해지긴 했지만 여전히 '유학 간다'라는 말은 '미국 간다'라는 말과 동의어 수준이다. 그리고 거기서 배워온 학문이 국내 대학 캠퍼스에서 그대로 복제되어 전수되고, 거기서 배워온 업무지식이 그대로 직장에서 적용된다. 우리가 못살 때 누군가를 벤치마킹해서 배운다는 것은 중요하다. 그러나 우리의 문제점은 그 대상이 지나치게 한 국가에 집중되어 있다는 점이다.

그러다 보니 영어 좀 할 줄 알고 미국에서 공부했거나 일한 경력이 있어야 사람 구실을 하는 분위기가 형성됐다. 그러나 영어는 글로벌 사회에서 의

사소통을 위한 도구일 뿐 뽐내야 할 자랑거리가 아니다. 사실 영어 잘하고 일 못하는 사람보다는 영어를 못해도 일 잘하는 사람이 훨씬 경쟁력이 있다. 의사는 어떤 식으로도 전달할 수 있기 때문이다.

진정한 글로벌화는 전 지구의 지역적 상황을 옳게 이해하고 서로 다름의 가치를 인정하는 것을 뜻한다. 정작 미국에서는 로컬라이제이션[34]이 글로벌화라는 생각에 다양성을 인정하고 추구하는 것을 덕목으로 삼는 반면, 미국을 본받으려는 한국에서는 '글로벌화=미국화'라는 등식에 여전히 얽매여 있는 것 같다. 그러나 그렇게 득직했던 미국도 천년만년 세계의 주인으로 군림할 수는 없다. 2008년 발생한 금융위기 여파로 지금도 미국은 취업난, 실직난의 악몽에 휩싸여 있다. 특히 대학을 갓 졸업한 젊은이들이 더 이상 미국은 패권국이 아니라고 생각하면서 일종의 패닉 상태에 빠졌다는 말도 들린다.

사실 미국이 세계 패권을 쥐게 된 중요한 이유 중 하나가 미국 달러를 전 세계 통화의 기준으로 삼았기 때문인데, 그것은 불과 40여 년 전 일이다.

34 Localization, 실제 일을 실행하거나 작업하는 지역 특성에 맞추는 현지화, 지역화를 뜻함.

1971년 미국의 리처드 닉슨Richard Nixon 대통령이 금과 달러의 교환을 중단하고 달러의 발행량을 금의 보유량에서 해방해 버린 사건에서부터 비롯되었다. 이를 공식적으로 적용하기 위해 미국은 세계 경제의 흐름을 좌우하는 석유의 거래를 달러로 표시하도록 사우디아라비아와 비밀 협약을 맺었던 것이다.

미국 경제가 조금씩 기울면서 이제 세계 경제의 향방은 참으로 예단하기 어렵게 되었다. 중국이 경제 대국의 무서운 세력으로 떠오를 것이라는 전망은 거의 일치하는 듯하다. 그러나 다음 경제의 주세력이 중국이 됐건 인도가 됐건 그건 중요하지 않다. 중요한 것은 미국/소련으로 대분되었던, 그래서 어느 한쪽의 위성국가로서 자리를 잡아야 했던 냉전 시대는 이미 아주 멀리 지나갔다는 것을 인식해야 한다는 점이다. 만약 우리가 아직도 어느 한 국가만을 깃발 삼아 그 아래 줄을 서는 냉전 체제 마인드를 가지고 있다면 그것이 글로벌 시대를 살아가는 우리를 가로막는 가장 큰 저해요소가 되지 않을까 생각한다.

다양성을 추구하는 수평적 구조의 사고와 행동 양식이 최고의 가치로 존중받는 시대에 사대주의에 젖어 있는 것은 한심한 일이다. 아직도 사대주의란 단어가 통용되고 있다니! 미국은 여전히 강대국이다. 그러나 미국이 우리의 여러 좋은 친구 중 하나가 될 수는 있어도 더 이상 우리를 가르치고 지도하려 드는 엄한 부모가 될 수는 없다.

088

FIFA WORLD CUP
Brasil
brazuca
축구는 헐리우드도
넘볼 수 없는
엔터테인먼트로
자리잡았다.

슈팅 라이크
베컴

몇 년 전 출장으로 밀라노 말펜자 공항에 내렸다. 늘 묵는 우나 호텔 초입 대형 빌보드에 데이비드 베컴과 그의 부인 빅토리아Victoria가 언더웨어만 걸친 채 서로 기대고 누워 있는 모습이 보였다. 조르지오 아르마니의 광고 모델로 등장한 것이다. 당시 베컴이 이탈리아 AC 밀란에 임대되어 뛰고 있기에 아르마니가 그를 선택한 것은 아주 시기적절한 결정이라 할 수 있었다. 이제 베컴은 선수로서뿐만 아니라 패션모델로도 간택되고 있는 것이다. 베컴의 본업은 분명 축구 선수다. 그러나 정확히 말하면 그는 축구 선수라는 직업을 가진 엔터테이너다.

1970~80년대 유럽에서 가장 유명했던 독일 분데스리가에서 차범근이 주전으로 뛸 당시에 축구는 스포츠였지 엔터테인먼트 상품이라 여겨지지는 않았다. 그러나 지금은 어떤가? 영국 프리미어의 경우 정규 리그와 FA컵, 칼링컵, UEFA컵의 경기를 소화하려면 적어도 일주일에 경기를 두세 번 치러야 한다. 그것도 격투기 수준의 격렬한 경기를 말이다. 놀라운 것은 그 모든 경기에 8만 명에 달하는 관중이 꽉꽉 들어찬다는 것이다. 그들은 웨인 루니Wayne Rooney나 에당 아자르Eden Hazard, 세르히오 아구에로Sergio Aguero와 같은 영국은 물론 벨기에나 아르헨티나 등등 전 세계에서 뽑혀온

전사들의 필살기를 구경하러 모여든다. 세상에, 어떤 영화나 뮤지컬이나 콘서트가 그 잦은 횟수의 공연에 언제나 그렇게 많은 사람을 모을 수 있단 말인가. 2002년 월드컵에서 4강 신화를 이루어 냈을 때 온 국민이 열광했던 순간을 떠올려 보라. 이제 축구 경기는 할리우드도 넘볼 수 없는 엄청난 엔터테인먼트 시장을 형성하고 있는 것이다.

크리스티아누 호날두Cristiano Ronaldo, 리오넬 메시Lionel Messi, 루니와 같은 축구 선수는 영화배우 브래드 피트Brad Pitt나 안젤리나 졸리Angelina Jolie, 가수 레이디 가가Lady GaGa 같은 흥행이 보증된 엔터테이너다. 관객들은 그들을 무대가 아닌 경기장에 풀어놓고 그들의 재주에 열광하며 솟구치는 아드레날린을 주체 못 해 난동을 부리기도 한다. 그것도 모자라 선수들의 모습을 그대로 복제한 시뮬라크르를 조종하며 축구 게임기에 매달려 산다. 개개의 프로팀은 브랜드가 되었고 맨체스터 유나이티드 FC, 첼시 FC, FC 바르셀로나, 레알 마드리드, FC 바이에른 뮌헨 같은 명품 브랜드를 스폰서하기 위해 세계 유수의 기업이 줄을 선다. 영화배우들이 유명세에 따라 편당 몸값이 정해져 있듯이 선수들은 유명세에 따라 일 년 치 몸값이 정해져 있다. FC 바르셀로나에 소속된 메시의 2015년 연봉이 한화로 약 280억 원이라 하니 하루에 8천만 원 가까이 버는 셈이다. 오 하느님, 하루에 8천만 원이라니…. 오래전 귀족이 광대들의 쇼를 구경하던 시대에서 이젠 서민들이 하루에 8천만 원을 버는 갑부들의 재롱을 감상하는 시대가 된 것이다.

그래서 그들은 죽기 살기로 뛰어야 한다. 경기마다 골을 넣고 자신만의 묘기를 선보여야 살아남을 수 있다. 그래야만 그들은 멋진 영화배우나 가수에게 광고 제의가 들어오듯이 광고 모델로 짭짤한 부수입을 올릴 수 있으며 엔터테인먼트 무림의 지존이 될 수 있다. 호날두가 헛다리 짚기 드리블을 선보였을 때 아이들은 그 동작을 흉내 내느라 여념이 없었다. 호나우지뉴Ronaldinho의 좌측으로 꺾는 척하다 우측으로 턴하는 드리블도, 호날두의 돌진하다 뒷발 차기로 방향을 꺾는 기술도 요즘 아이들이 반드시 익혀야 할 기술 중 하나가 되었다. 싸이의 '강남 스타일'의 노래와 춤을 흉내 내는 것과 조금도 다를 바 없다.

그러니 베컴이 환상적인 프리킥 하나로 이 시대의 엔터테이너가 된 것도 무리가 아니다. 게다가 그는 잘생기기까지 했다. (입을 열었을 때 앵앵거리는 목소리만 튀어나오지 않는다면 그는 10점 만점에 10점일 것이다) 그런 그가 조르지오 아르마니의 속옷 모델로 나온다 해서 이상할 것은 하나도 없다. 그는 상품 가치가 확실한 브랜드이기 때문이다.

그래서 요즘 아이들은 축구 선수가 되겠다고 난리다. 왜 아니겠는가. 관중이 빽빽이 들어찬 경기장에서 자신의 묘기를 선보이며 하루에 8천만 원을 벌 수만 있다면 말이다. 그래서 일찌감치 빌딩 하나 지어 놓고 중년 이후를 탱자거릴 수 있다면 말이다. 호날두처럼 구입한 지 하루 만에 사고로 차가 박살 나더라도 슈퍼마켓에서 생수병 하나 집듯이 람보르기니 한 대를 새로 장만할 수 있다면 말이다.

이제 축구는 스포츠를 넘어서 그 어느 흥행물도 필적할 수 없는 이 세상 최고의 엔터테인먼트로 자리 잡았다. 나 역시 맨체스터 유나이티드 FC, 아스널 FC, 첼시 FC,맨체스터 시티 FC의 일레븐을 줄줄이 꿰고 있고 그들의 출신과 기록과 특기를 자동기술하듯 나열할 수 있다. 내 핏줄인 경주 김 씨의 족보도 제대로 대지 못하면서 말이다.

089

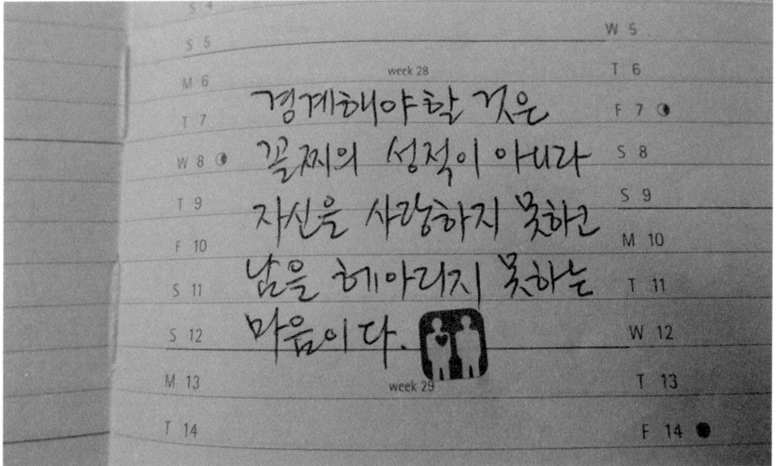

10대의
생활백서

10대를 대상으로 한 광고 프로젝트를 진행하면서, 도대체 대한민국에 사는 10대들을 어떻게 해석해야 할지 난감했다. 그들을 이해하기 위해 직접 10대들과 대화도 나누고 중고등학교 선생님들과도 얘기를 나눠 보고 그들의 주된 커뮤니케이션 통로인 네이트판과 같은 사이트에서 살아도 보고 그들이 열광하는 『패션왕』 같은 웹툰도 독파하면서 말 그대로 10대의 심정으로 며칠을 보냈다.

그 빙의의 시간을 지나 '365일 온라인 커넥션', '축약어로 소통', '간지가 모든 것', '스타에 대한 갈망' 등등 10대들의 특징 몇 가지를 뽑아냈다. 그들은 선뜻 이해가 불가능한 그들만의 해방구와 그들 특유의 문화를 형성하고 있었는데 그 어느 세대보다 단조로운 생활을 영위하는 10대들이지만 어느 하나의 단선적인 틀 안에 그들을 가두어 해석할 수 없다는 패러독스를 경험했다. '머리에 피도 안 마른 놈이….'라는 식의 생각으로 그들을 재단하려는 것은 구닥다리 꼰대라는 지청구를 듣기에 딱 알맞은 상황이다.

지금 한국의 10대들은 일진에서부터 스포츠 스타, 연예인을 거쳐 CEO에 이르기까지 폭넓은 스펙트럼을 형성하고 있다. 좋은 일로건 나쁜 일로건 간에 이전 세대들에 비해 미디어의 관심을 받는 연령대가 낮아지고 있는 것이다. 그중 요즘 회자되는 일진 문제는 참으로 심각한 일이다. 고통을 못 이겨 자살하는 학생이 계속 늘고 있는데, 최근 와이파이 셔틀이라는 신종 괴롭힘까지 메뉴에 추가되면서 지적으로도 그 방식이 진화하고 있다. 이제 겨우 열 살을 넘어선 아이들이 조폭의 생태계를 복제한다는 것이 너무 어이가 없고 동시에 무섭기도 하다. 물론 나의 중고등학교 시절에도 주먹 좀 쓴다는 그룹이 있긴 했지만 적어도 그들은 자기 학교 학생들을 괴롭히지는 않았다.

어느 시대를 막론하고 10대의 시기는 늘 중요했다. 기본 인성이 형성되는 시기이기 때문이다. 그래서 10대 때 받는 교육이 중요하다고 늘 지적하곤 한다. 그러나 우리나라의 교육 환경이 이전이나 지금이나 크게 달라진 것은 없는 것 같다. 단순히 입시 위주의 교육 방식을 논하려는 게 아니다. 사회의 한 구성원으로서 건전한 생각을 가지고 생활을 영위할 수 있는 지극히 상식적인 인성 교육이 거의 부재한 것 같다.

일진이건 모범생이건 그들이 제대로 갖추지 못한 마음의 양식은 '자존감'이라 생각한다. 자존감이란 스스로 믿고 존중할 수 있는 마음을 뜻하는데, 인간으로서 갖추어야 할 가장 기본적이고 중요한 첫 마음이 바로 이 자존감이다. 자존감으로부터 하나의 온전한 인간이 완성된다고 생각한다.

자존이라는 것은 단순한 자부심 또는 자만심과는 거리가 멀다. 자존감을 기른다는 것은 자신에 대해 부끄러움이 없어야 한다는 것을 의미하기 때문이다. 노블레스 오블리주Noblesse Oblige 정신도 결국은 자존에서 나온다. 결국 자신에 대한 강한 신뢰를 바탕으로 줏대를 가지지 못한다면 엉터리 매뉴얼대로 살아가게 될 것이다. 10대 때부터 자존의 자세를 내재화하지 못하면 우리는 엉터리 정치인, 엉터리 공무원, 엉터리 회사원, 엉터리 의사, 엉터리 선생님을 양산할 수밖에 없다. 우리가 경계해야 할 것은 전교 꼴찌의 성적이 아니라 자신을 사랑하지 못하고 동시에 남을 헤아리지 못하는 마음이다.

10대, 그들이 일진이건, 모범생이건, 아이돌이건, CEO건 그건 중요치 않다. 10대 때 누가 더 앞서가고 있는지 따지는 건 의미 없는 일이다. 그들이

10대에 꼭 갖추어야 할 자기 사랑의 마음을 품고 있는지가 중요하다. 머리에 꽉 찬 지식보다는 병들지 않은 마음이 중요하다. 랄프 왈도 에머슨 Ralph Waldo Emerson의 『자기 신뢰Self Reliance』 첫 페이지는 이렇게 시작한다.

"너를 너 밖에서 구하지 말라."

090

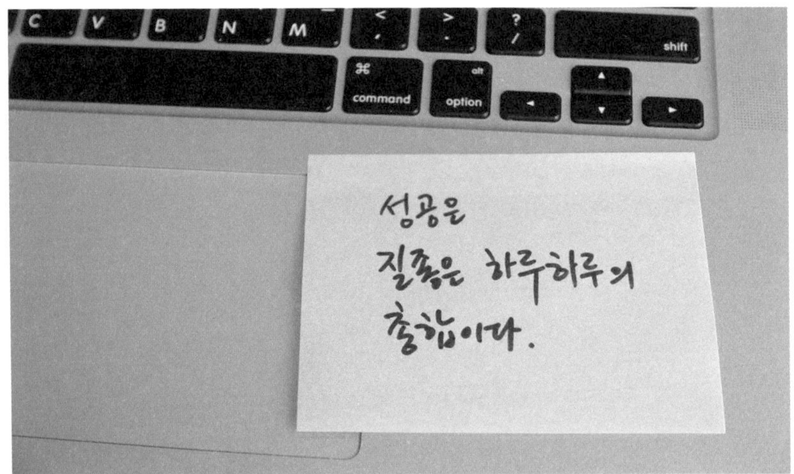

네 멋대로
살아라

"인생 한 번인데 하고 싶은 대로 하고 살아~!"라는 말을 자주 듣는다. 그런데 사실 하고 싶은 대로 사는 것이 무엇인지조차도 잘 모르는 것이 현대인이다. 노는 것도 노는 법을 알아야 하지 않은가. 사실 '인생 한 번인데'라는 지극히 당연한 말조차도 구체적으로 느껴지지 않는다. 자, 그러면 이렇게 생각해 보면 어떨까?

대한민국 사람은 대부분 대학을 마칠 때까지는 자율보다는 타율적 기준에 따르게 된다. 초중고등학교를 마치고 대학까지 진학하는 것은 자신의 자율적 의지와는 별 상관없이 거의 사회적 통념에 의해 흘러간다. 대학을 마치고 나서야 비로소 자율적 의지와 판단으로 자신의 인생을 설계하는 것이 통례다. 군대 가거나 휴학을 거치면 평균 6~7년 만에 대학을 마치고 26세 전후에 사회에 진출한다. 그리고 조직을 거치든 개인 일을 하든 아주 활발하게 사회생활을 하게 되는 것을 65세까지라고 친다면, 결국 40년 남짓 인생을 설계하는 셈이 된다.

40년. 길다면 길고 짧다면 짧다. 분명한 것은 어버버하다가 훅~ 가 버릴 수 있는 시간이 40년이라는 점이다. 일반적으로 막연하게 한평생 산다고 말만 하지 구체적으로 40년을 어떻게 설계해 볼 것인가에 대해서 우리는 깊이 생각해 본 적이 없는 것 같다. 길어야 10년 계획 정도다. 사실 내일 어떤 일이 일어날지도 모르는데, 40년을 설계한다는 것은 어려운 일임에 틀림없다.

그러나 우리가 20대 중후반까지 아주 계획적으로 살았던 것에 비하면, 예를 들어 중고등학교 때는 대학이란 구체적 목표를 향해 돌진하고, 대학 졸업 후엔 직장이란 구체적인 목표를 향해 돌진하는 반면, 일단 어디든 직업을 갖게 된 후에는 그때만큼의 절실함이 없는 것 같다. 본격적인 삶의 챕터가 펼쳐지는 40년을 너무 막연하게 흘려버리는 건 아닌가라는 생각이 든다. 그저 '열심히 회사 생활하다 보면 대리되겠지, 과장되겠지, 차장되겠지.'라는 생각. 나는 직급이 대리일 때가 제일 싫었다. 김대리라고 불리는데, 마치 내가 남의 대리 인생을 사는 것 같았기 때문이다.

40년, 길지 않은 시간이다. 아주 구체적이지 않더라도 40년을 10년 단위로라도 계획해 본다면 그에 따라 1년 계획이, 한 달 계획이, 더 나아가 하루 계획이 나올 것이다. 하루하루를 적어도 그냥 흘려보내진 않을 것이다. 미래가 불안하다는 것은 계획이 없기 때문이다. 계획이 없다는 것은 오늘 하루를 막연하게 보낼 공산이 크다는 것이다. 성공은 질 좋은 하루하루의 총합이다.

"인생 한 번 사는 건데 네 멋대로 살아!"가 사실 쉬운 일이 아니다. 실패를 향해 자기 멋대로 인생을 설계하는 사람은 없기 때문이다. 폼 나게 잘 사는 방향으로 내 멋대로인 것이다. 계획이 서야 멋대로가 나온다.

091

낯선 곳에 자신을 던져라

르 코르뷔지에Le Corbusier가 디자인한 프랑스의 롱샹 성당을 두 눈으로 본 것은 내 나이 마흔셋이었을 때다. 마치 동화책에 나올 법한 동그란 성당에 들어서는 순간 다리에 힘이 풀리면서 두 눈에서 눈물이 주르르 흘렀다. 그동안 로마의 바티칸, 바르셀로나의 파밀리아 성당을 비롯한 한국의 명망 높은 사찰까지 명품이라 칭송받는 웬만한 건축물을 거의 돌아봤지만, 그 건축물들이 웅장하다거나 아름답다고 느꼈을 뿐이었다. 건축물을 보고 눈물을 흘리기는 롱샹 성당이 처음이었다. 이런 세상에, 건축물을 보고 감동의 눈물을 흘리다니…. 그것은 마치 음악도 아닌 미술작품을 보면서 흥에 겨워 춤을 추는 것과 같은 꼴이었다.

그후로 '만약 내가 스무살 청년일 때 롱샹 성당을 마주했으면 어땠을까'라는 가정을 떠올리는 횟수가 잦아졌다. 마흔을 넘긴 나이에 그런 감동을 받았는데, 훨씬 감수성이 촉촉한 청년기에 그 성당 앞에 섰더라면 나는 아마도 전공을 바꿔서라도 건축가가 되겠다는 새로운 꿈을 꿨을 것이다. 종교를 제대로 갖지 못했지만 롱샹 성당의 제단 아래서 "오, 하느님! 이제 제가 가야 할 길을 찾았습니다."라고 방언하듯 깨달음의 기도를 올렸을 것이다. 모든 사람은 자신의 20대로부터 자유롭지 못하다. 그 말은 무엇이든 빨아들이는 스펀지 같은 시기에 보고 듣고 경험한 것이 한 사람의 생관을 결정짓는 데 큰 영향을 미친다는 뜻이다. 지금의 나 역시 20대를 관통한 나의 생각과 경험들에 그 뿌리를 대고 있다. 그래서 누구에게나 20대는 중요하다.

그런데 그 중요한 시기에 나는 롱샹 성당을 볼 수 없었다. 가장 후회되는 점이다. 아니 꼭 롱샹 성당이 아니더라도 이 지구 상에 다른 나라가 존재한다는 것을 경험할 수 없었다. 로르까의 민중시를 잉태했던 안달루시아의 끝없이 펼쳐진 올리브 숲에 가볼 수 없었고, 속세를 떠났던 초월주의자 헨리 데이비드 소로Henry David Thoreau의 월든 호수를 거닐어 볼 수 없었으며, 9살 이후로 평생토록 알리기에리 단테Alighieri Dante의 영혼을 잠식했던 베아트리체가 오가던 베키오 다리를 건너볼 수 없었다. 나의 20대는 지구인의 상식으로는 도저히 이해불가능한 상황에 놓여 있었기 때문이다. 해외로 나가 견문을 넓히는 것이 금지되어 있었다. 해외여행을 법으로 금지하는 정말 이상한 나라에 살고 있었던 것이다.

요즘도 20대 청년들을 보면 가장 부러운 것이 젊음의 열정과 모험심을 배낭에 꾸려 넣고 지구라는 행성의 구석구석을 누비는 여행 경험이다. 혹자는 지금이라도 배낭여행을 떠나면 되지 않냐고 묻겠지만, 중요한 것은 배낭여행이 아니라 20대의 여행이다. 내가 20대에 해외여행을 맘대로 할 수 있었다면 분명 내 기질상 방학 때마다 아니 휴학을 하고서라도 어쩌면 대학을 때려 치우고 이 나라 저 나라를 집 삼아 떠돌았을 것이고, 그런 유목민의 생활에서 받은 낯선 충격들을 차곡차곡 쌓아 두고 되새기면서 나의 용적을 넓히고 상상력을 넓혀 갔을 것이다. 그리고 지금쯤 어디서 무엇을 하고 있을지는 모르지만, 지금과는 다른 길을 걷고 있으리라 확신한다. 그 길이 더 아름다웠을지도 모른다는 가지 않은 길에 대한 후회를 얘기하는 것이 아니다. 피 끓는 청춘의 시기에 낯선 곳에 자신을 던져 볼 기회를 갖지 못 했던 것에 대한 안타까움인 것이다.

직업이 광고인이다 보니 20대 청년들을 만나면 크리에이티브의 원동력이 무엇이냐는 질문을 어김없이 받는다. 그에 대한 나의 대답도 어김없이 똑같다. 여행을 떠나라. 낯선 곳에 자신을 던져라. 그래서 끊임없이 자극을 즐기고 생의 용적을 넓혀라. 그 뜨거운 체험을 그대로 옮기기만 해도 그대들은 작가가 될 수 있고, 아티스트가 될 수 있고, 광고인이 될 수 있을 것이다. 자극받지 못하는 삶은 얼마나 따분한가!

092

우리는 여전히 해적입니까?

1980년대 종로 2가 YMCA 뒷골목으로 들어가면 한신 서적이라는 출판사가 있었다. 그곳은 주로 영문학, 영어학 중심의 영어 원서를 찍어 내는 곳이었는데 책을 기획해서 발간하는 곳이 아니라 원본의 저작권료를 지불하지 않고 무대포로 찍어 내는 해적판 출판사였다. 주로 교수를 비롯한 지인들을 통해 해외 원서를 들여다가 대량 복사를 해서 비싼 가격에 팔았다. 그리고 그 책들은 교보문고나 종로서적 같은 대형 서점에 버젓이 비치됐다.

지금 보면 참 어이없는 일이 아닐 수 없다. 지식산업의 최첨단에 있다는 교수, 출판사, 서점이 저작권에 대한 일말의 양심의 가책도 없이 해적산업을 주도했던 것이다. 양심의 가책을 가장 크게 느껴야 할 분야이기에 학문, 출판계를 언급했을 뿐이지 베끼기는 당시 거의 모든 산업에서 일상화되어 있었다.

알다시피 우리는 최단 시간에 근대화를 이루어 냈다. 인프라도 기술도 정보도 없다 보니 해외의 선진 사례를 베껴야 했다. 디자인도 베끼고, 제도도 베끼고, 광고도 베끼고, 논문도 베꼈다. 자연히 오리지낼리티Originality는 사라지고 짝퉁을 진본인양 으스대는 꼴불견이 계속 목격됐다. 더 무서운 것은 그것이 아무 잘못도 아니라는 인식이 대한민국 전체에 퍼져 있었다는 점이다.

지금은 영문 원서를 복사해 쓴다는 것은 상상도 할 수 없는 일이다. 몇 프레임 안 되는 작은 이미지 하나라도 무단도용했다가는 반드시 발각되고 마는 세상에 살고 있다. 반드시 출처를 밝히고, 저작권에 대한 대가를 지불해야 한다. 우리는 선진 OECD국에 진입한 지 꽤 됐기 때문이다. 그뿐만 아니다. 원천기술을 바탕으로 각종 첨단제품을 수출하는 세계 넘버원 기업이 많아지다 보니 조금이라도 꼬투리가 잡히면 국제적으로 망신을 주려는 호시탐탐 눈초리들이 여기저기서 느껴진다. 툭하면 특허 소송을 걸겠다는 시비를 건다. 좋은 일에서건 나쁜 일에서건 간에 스포트라이트를 한몸에 받고 있는 것이다.

또한 불과 몇 년 사이에 서방 세계로부터 대한민국을 배우겠다는 얘기들을 공적인 행사에서도 쉽게 접할 수 있다. 대부분이 스피드에 입각한 신속한 일처리가 대한민국의 경쟁력이라 추켜세운다. 실제로 해외 스태프들과 일할 때 전반적인 프로세스가 빨라졌음을 직감할 수 있다. 신기술이 지속적으로 패러다임의 변화를 주도하다 보니 스피드에서 뒤처지면 모든 분야에서 뒤처지는 상황이란 걸 그들도 깨닫게 된 것이다. 게다가 한국의 기업들이 힘 있는 클라이언트가 되어 전 세계를 무대로 판을 벌이다 보니 외국의 협력업체들도 알게 모르게 신속한 일 처리에 익숙해진 탓도 있다.

그러나 개인적으론 지금이야말로 그 스피드에 입각한 일 처리와 업무 관행이 반드시 좋은 영향만 미쳤는지 대한민국 전반에 걸쳐 살펴보아야 할 때라 생각한다. 나라는 부자가 됐지만, 그동안 쌓인 관행의 부정적인 측면이 계속 터져 나오고 있기 때문이다. 우리의 자화상이 겉은 키 185cm에 몸무게 85kg인데 속은 초등학교 6학년 아이는 아닌가 하는 우려가 들기 때문이다.

전반적으로 대한민국의 산업계는 빠른 근대화와 엄청난 내수 및 수출물량 확보를 위해 협력업체를 파트너가 아니라 명령해야 하는 하청업체로 생각했던 것이 사실이다. 스피드가 문제가 되다 보니 아랫사람들을 폭언으로 다그쳤던 것도 사실이다. 해외 스태프들과의 일 처리에서도 그들만의 업무 프로세스 기준이 있음에도 빠른 결과만을 위해 무리수를 둘 것을 요구했던 것도 사실이다. 그러나 이제는 그런 관행들이 설 자리가 없어졌다. 우리를 바라보는 이중잣대가 존재한다. 우리의 스피드를 부러워하면서도 그로 인해 파생되었던 문제점은 결코 좌시하지 않겠다는 눈초리로 대하고 있는 것이다.

나는 지금이 대한민국이 선진문화를 기반으로 한 오피니언 리더로 서기 위해 상당히 중요한 시점이라고 생각한다. 우리는 엄청난 속도로 따라붙는 중국을 지금보다 더 빠른 속도로 앞서가야 하는 운명에 처해 있으면서 동시에 그 누가 봐도 시비를 걸 수 없을 정도로 선진화되고 합리적인 업무, 행정, 비즈니스 프로세스를 정착해야 하기 때문이다. 그런데 불안하다. 특히 각 분야에서 권력을 좀 쥔 분들이 군림의 군주학을 신봉하는 듯한 태도를 보이기 때문이다. 그리고 그들의 눈부신 악행의 행적들이 발각될 때면 우린 겨우 경제적으로 선진국일 뿐이지 전반적인 마인드는 후진국 수준이라는 생각을 지워버릴 수 없다.

솔직해져 보자. 대한민국에 진정한 노블레스 오블리주의 가치가 존재하는지, 톨레랑스의 미덕이 사회 저변에 자리하고 있는지, 공직자를 비롯 사회

전반에 걸쳐 직업윤리의식이 상식적으로 자리하고 있는지…. 경제적으로 잘사는 것만이 잘 사는 길은 아니다. 그것은 잘 사는 방법의 수많은 길 중 하나일 뿐이다. 더 이상 키만 크고 몸무게만 나가는 초등학생의 유치함을 지녀서는 안 된다. 이제 한국 땅에서 해적판은 좀처럼 찾아볼 수 없지만, 여전히 우리에게는 해적판 문화가 관행처럼 면면히 흐르고 있는 것은 아닌지. 돌아보기가 겁난다.

093

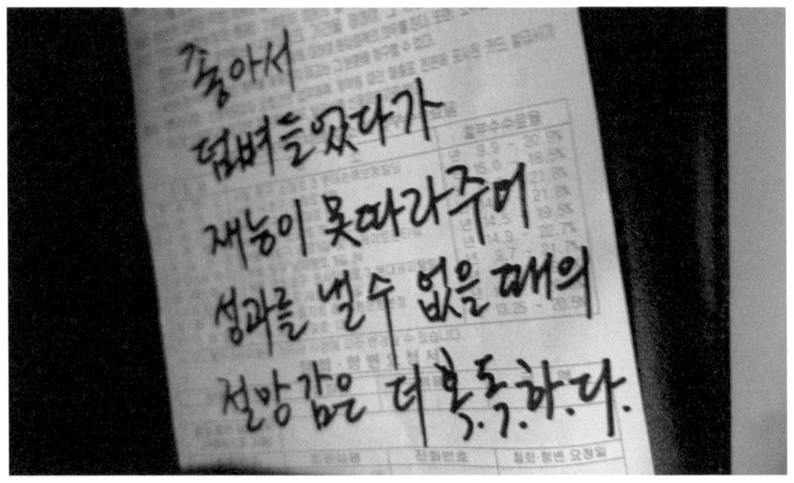

잘할 수 있는 일을 하는 게 잘 사는 일이다

2006년 촬영 일로 꿈에 그리던 실크로드에 다녀왔다. 둔황 다음으로 큰 유적지라는 투루판, 씻어내도 온몸이 버석거리는 느낌이 들 정도의 모래더미에서 며칠을 보냈다. 화염산과 천불동, 사막 한복판에서도 푸르게 빛나는 위구르인들의 청포도 마을 등등 볼거리도 많았지만 무엇보다 당시 프로젝트의 의미는 새로운 사람과의 만남에 있었다.

글로벌 프로젝트를 진행하다 보면 자연히 모든 스태프를 외국인으로 구성하게 되는데 그때마다 그들이 참으로 프로답다는 생각을 하게 된다. 광고 제작 시스템이 선진화되어 있는 까닭이 가장 큰 이유겠지만 자기의 역할과 책임이 무엇인지를 분명하게 자각하고 일하는 모습은 아름답기까지 하다. 그들이 일하는 모습을 보면 자기 일이 천직이라는 듯 열과 성을 다하는 느낌이 팍팍 전해져 온다.

그중에서도 마일즈 굿달Miles Goodall과의 만남은 내 인생의 영원한 친구 목록에 또 한 사람의 이름을 올리는 기쁨을 맛보게 했다. 남아프리카공화국 시민인 그는 전 세계에서 특A급으로 통하는 감독이다. 몸값이 비싼 것은 말할 것도 없다. 솔직히 외국 감독을 선정할 때는 그들의 인성이나 태도까지 속속들이 알 수 없기에 늘 마음의 준비를 하곤 한다. 일은 잘하지만 냉소적이고 고집불통인 사람들이 꽤 있기 때문이다.

굿달은 내가 이전부터 눈여겨 보아왔던 감독이었다. 언젠가 한 번은 꼭 일해 보고 싶다고 생각하고 있었는데 그의 작품이 프로젝트의 성격과 잘 맞고 무엇보다 그가 이번 프로젝트를 너무나 하고 싶어 해서 나로서는 행운이었다. 일본의 혼다 자동차 광고 제의를 물리치고 나와 일하겠다고 한 것이기에 내가 일을 주는 입장임에도 그에게 고맙기까지 했다.

그는 어슬렁거리며 위구르 자치구 우루무치 공항에 나타났다. 마치 아프리카 맹수들이 잘 먹고 한숨 길게 자고 나서 마실 나가는 듯한 걸음걸이였다. 간간이 터지는 그의 너털웃음은 사람을 참으로 편하게 만들었다. 남아공 대부분의 백인이 그렇듯이 그 역시 아버지가 영국에서 건너온 영국계 백인이지만 아프리카 자연환경이 그의 성격 형성에 많은 영향을 미친 것 같았다. 그는 전혀 도회적이지 않았다. 느긋하고 평온하고 사는 것 자체를 즐기는 사람이었다.

말이 쉽지 사는 것 자체를 즐긴다는 것은 참으로 힘든 일이다. 아직도 많은 사람이 자신의 일이 적성에 맞지 않음에도 돈을 벌기 위해 일터로 나간다. 내가 다녔던 회사에도 '다른 일을 하면 좋은 성과를 낼 수 있을 텐데.'라고 생각되는 사람이 많았다. 능력 밖의 일을 하다 보니 성과를 내기 위해 무리수를 두는 경우도 자주 목격한다. 본인 뿐만 아니라 함께 일하는 타인에게도 괴로움을 줄 수밖에 없다. 그런 사람들에게 산다는 것이 그리 즐거울 수는 없을 것이다.

결국 사람들은 행복하기 위해 산다. 그 행복의 목적이 돈이든, 가정의 화목이든, 인생의 성공이든 어쨌든 그것을 달성하여 행복을 누리기 위해 산다. 사는 게 행복하지 않고 사는 것 자체를 즐길 수 없다면 엄격히 말해 살 이유가 없는 것이다.

행복해지기 위해선 무엇보다 자기가 잘할 수 있는 일을 해야 한다고 생각한다. 하느님이 주신 달란트가 무엇인지를 정확히 알아야 한다는 것이다. 간혹 광고가 너무 좋아서 광고계에서 일하고 싶다는 학생들을 만난다. 그러면 좋아하기 이전에 잘할 수 있겠느냐, 새로운 것을 만들어 내는 재능이 있느냐에 대해 물어본다. 그것에 대한 확신이 없다면 다시 생각해 보라고 말해 준다. 좋아한다고 해서 모든 것을 이룰 수는 없기 때문이다. 좋아서 덤벼들었다가 재능이 못 따라 주어 성과를 낼 수 없을 때의 절망감은 더 혹독한 것이다. 자기가 잘하는 것을 하고 살 때 성취감도 생기고 사는 것 자체를 즐길 수 있다고 믿는다.

굿달은 생활하는 최소한의 돈만 있으면 행복하다고 했다. 뒷주머니에 손을 넣어 뭔가를 꺼내는데 지갑도 없이 신용카드 하나만 달랑 들고 있었다. 그러면서 자기는 지금처럼 이 세상의 좋은 사람들과 만나서 광고를 만들며 사는 것이 행복하다며 과자를 손에 쥔 아이처럼 만족한 표정이 되었다. 고등학생인 자기 아들 역시 감독이나 편집, 디자인 쪽 일을 하고 싶어 한다기에 대학에서 무엇을 공부하고 싶어 하냐는 한국인 특유의 질문을 던졌다. 그랬더니 그는 "걘 대학 안 가!"라고 말했다. 실전에서 자신의 경력을 쌓기 위한 중요한 일을 배울 수 있는데 뭐 하러 대학에서 시간을 낭비하냐는 투였다. 그러면서 대학이란 자기가 필요하다고 느끼면 가는 곳이란 설명도 달았다. 자기가 잘할 수 있는 길을 찾아가는 방법도 다양한 것이다.

남아공으로 돌아간 굿달은 지금쯤 집에서 그가 제일 좋아한다는 테니스를 치고 이웃들과 저녁을 먹으며 즐거운 시간을 보내고 있을 것이다. 그리고 광고 일이 생기면 어슬렁거리던 사자가 잽싸게 먹잇감을 사냥하듯이 달려들 것이다. 그렇게 그는 사는 것 자체를 즐기며 살아갈 것이다. 사는 방식은 참으로 많다. 하지만 결국 잘할 수 있는 일을 하고 사는 게 잘 사는 일이라고 생각한다. 행복이 달리 뭐 있겠는가.

094

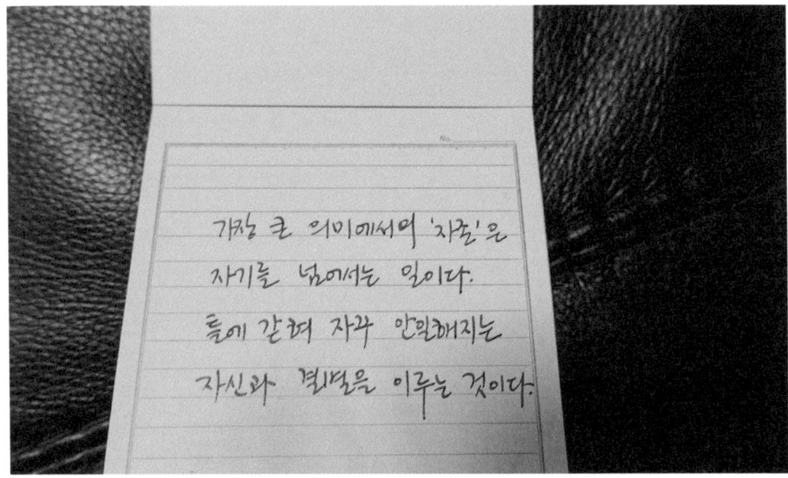

나는 자존하며 살 수 있을까?

내가 카뮈를 만난 것은 고등학교 때다. 문예반에서 독회와 글쓰기를 반복하면서 이른바 문학청년임을 티 내며 문학작품을 섭렵하던 시절, 카뮈의 작품 역시 읽어보아야 할 목록 중 하나였다. 당시엔 카뮈의 대표작이라는 『이방인L'Etranger』이나 『페스트La Peste』와 같은 작품을 읽었다. 카뮈는 내게 뭐라 한마디로 표현하기 어려운 분위기를 엮어내는 작가로 다가왔다. 사실적이면서도 몽환적이었다. 소설의 배경이었던 알제리의 지리적 환경은 마치 꿈처럼 다가왔고 햇빛이 견디기 어려워 방아쇠를 당겼다는 뫼르소의 정신세계는 도무지 이해할 수 없었다. 평자들이 말하는 부조리겠거니 했다. 무늬만 문학청년인 18세 청춘이 카뮈를 제대로 이해나 했겠는가.

내가 카뮈를 이해하기 시작한 것은 대학교에서였다. 그의 희곡 『정의의 사람들Les Justes』과 단편집 『적지와 왕국L'exil et le Royaume』에 실린 「간부姦婦」, 「손님L'hote」과 같은 단편을 읽으면서 나는 그에게 빠져들었다. 그의 글들은 무엇이 인간을 인간답게 만드는가에 대한 실마리를 제공하고 있었다. 자존이란 무엇인가에 대해 나 자신에게 질문하게 만들었다.

『정의의 사람들』에는 러시아 사회주의 테러리스트들이 세르게이 대공을 암살하려는 장면이 나온다. 폭탄을 던지려는 찰나 마차에 대공의 어린 조카 두 명이 타고 있는 것을 목격하고는 임무를 포기하는 장면, 나는 그 극적인 반전의 장면과 마주쳤던 순간의 아찔함을 지금도 잊을 수가 없다.

포목 중개상을 하는 남편을 둔 여자의 짧은 여행기를 다룬 「간부」 역시 내게는 충격이었다. 남편 마르셀과 함께 아랍인들에게 직접 포목을 팔기 위해 여행길에 나섰던 주인공 자닌느는 한밤중 높은 망루에 올라 온몸을 열고 우주를 받아들이는 모습을 보여준다. 우주와 통정했다는 의미에서 그녀는 간부다. 하지만 그것은 습관적으로 살아오던 자신의 따분한 삶과의 결별을 상징적으로 보여준 것이었다. 인간임을 벗고 우주의 생명력을 잉태한 것이다. 당시까지 여성의 운명을 다룬 소설 중에선 여자들이 어찌할 수 없는 상황에 몰려 창부로 전락하는 운명론적인 스토리들을 어필하고 있었기에 카뮈의 상상력이 참으로 대단하게 느껴졌다.

젊은 시절에 많은 책을 읽고 여행을 비롯한 다양한 경험을 하는 것은 매우 중요하다고 생각한다. 젊은 시절엔 같은 경험이라도 받아들이는 강도가 세기 때문에 무엇을 보고 경험하고 느끼느냐에 따라 한 사람의 생관이 형성될 수 있기 때문이다. 그런 관점에서 카뮈는 내게 적어도 인간이라면 자신의 자존을 어떻게 지켜나가야 할 것인지에 대해 고민하게 만들었다.

자존이라는 것은 단순한 자부심 또는 자만심과는 거리가 멀다. 작게는 길섶에 피어 있는 야생화 하나에도 애정을 갖는 것까지 포함한다. 자기란 존재에 대해 존경심을 갖는다는 것은 다른 생명에도 애정을 갖는다는 것을 의미하기 때문이다. 다른 생명에 애정을 갖지 못한다는 것은 결국 자신을 함부로 굴릴 수 있다는 것을 의미하기도 하다.

좀 더 큰 의미에서의 자존은 옳지 않은 것과 타협하지 않고 자신이 설정한 룰을 지켜 가는 것이다. 그것은 때론 타인과의 불화를 야기한다. 그러나 그 불화를 견디지 못한다면 어느 한순간 자기는 없어진다. 남에게 이끌리는 삶밖에 존재하지 않는다. 시인 신대철의 표현을 빌리자면 '누구나 타인의 자기 자신에 불과해'지는 것이기 때문이다.

가장 큰 의미에서의 자존은 자기를 넘어서는 일이다. 틀에 갇혀 자꾸 안일해지는 자신과 결별하는 것이다. 그것은 자신과의 불화를 수반한다. 우리는 얼마나 자주 자신을 합리화하면서 쉬운 것, 편한 것, 익숙한 것만을 좇아가던가. 세상에 족적을 남긴 모든 위인이 끊임없이 자기 성찰을 하면서 자기와의 불화에 시달렸다는 것은 자신을 넘어서는 것이 인간이기에 이루기 힘든 일이면서 동시에 인간이기에 할 수 있는 가장 위대한 일임을 보여주는 생생한 예다. 물론 대부분의 사람은 자신과의 불화라는 것이 어떤 의미인지도 모르고 세상을 뜰 것이다. 「간부」의 자닌느처럼 새로운 자신을 발견하려는 시도는 꿈도 꾸지 못할 것이다. 「손님」에서 자유와 구속이라는 선택을 주었음에도 다시 자신을 옥죄는 환경 속으로 발걸음을 옮기는 죄인처럼 자신의 운명을 개척할 수 없을지도 모른다. 인간으로 살아간다는 것과 인간답게 살아간다는 것은 또 다른 문제인 것 같다.

095

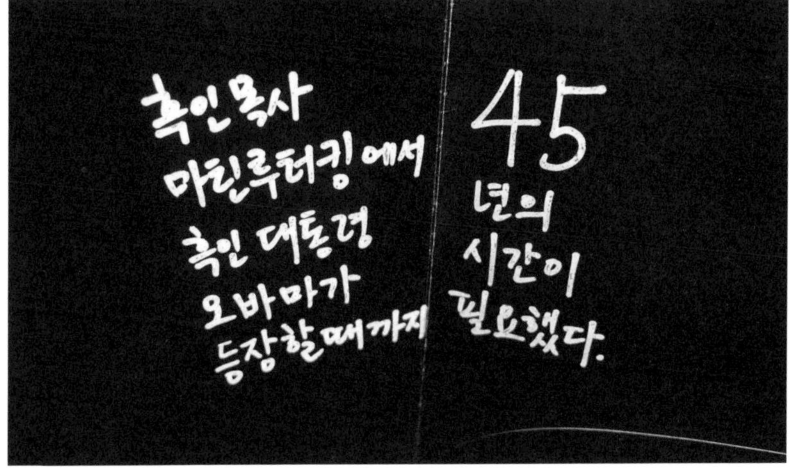

그램마,
오바마를
구해줘!

오십이 되기도 전에 미 대통령이 된 버락 오바마Barack Obama가 대통령이 된 지 채 일 년도 되지 않아 노벨 평화상까지 수상하는 겹경사를 맞았다. 미국의 대통령은 전 세계의 질서 재편을 도모할 수 있는 중요한 위치에 있기에 어느 나라 대통령보다 세계의 이목을 집중시키기에 충분하다. 사실 오바마의 미국 대통령 당선은 미국의 역사에선 거의 혁명과 같은 사건이다. 엄밀히 말하면 그는 부계만 흑인이기에 온전한 흑인 대통령이라 할 수는 없지만 모든 이들이 '최초의 흑인 대통령'이란 단어에 방점을 찍었다. 그만큼 미국의 역사는 백인이 중심이 되고 흑인은 그저 주변인일 뿐인 역사였으니까. 알다시피 1960년대가 되어서야 마틴 루터 킹Martin Luther King 목사의 주도로 흑인의 인권을 위한 외침이 공론의 장으로 터져 나오기 시작했다.

마틴 루터 킹 목사가 노벨 평화상을 받은 것은 1964년이었다. 물론 그때 수상은 비주류 흑인의 주류 백인에 대한 비폭력 저항으로서의 의미가 있었지만, 이젠 당당히 미국의 주인으로서 흑인이 노벨상을 수상한 업적을 이루어 낸 것이다. 저항의 상징으로서의 흑인 목사에서 미국을 구원할 구원투수로서의 흑인 대통령이 등장할 때까지 45년의 세월이 필요했다.

오바마가 대통령이 된 데는 여러 요인이 있을 것이다. 무엇보다 전임 조지 워커 부시George W. Bush 대통령의 실정으로 인한 반대급부가 가장 큰 원인이었을 것이다. 변화의 필요성이 크게 대두될 수밖에 없었기 때문이다. 그러나 표결이 이루어지기 전 오바마의 승세를 점치는 것은 그리 쉬운 일이 아니었다. 주위의 미국인들에게 물어보면 "나도 오바마를 지지하지만 쉽진 않을 거야."가 거의 공통된 의견이었다. 심지어는 "지금까지 모든 미국 대통령은 키 크고 잘생긴 백인이었어."라는 그럴듯해 보이면서도 지극히 사적인 의견으로 투표 결과를 점치는 이도 있었다.

잘 알려지지는 않았지만, 오바마가 대통령이 되는 데 큰 역할을 한 선거 전략이 있다. 그 전략의 핵심은 어떻게 효과적으로 플로리다주를 공략하느냐였다. 미국의 대통령 선거 과정은 꽤 복잡하다. 국민은 대통령이 아니라 그 대통령을 뽑는 선거인단을 뽑는 투표를 하는데 그것이 바로 실질적인 대통령 선거가 된다. 그 결과 전체 국민투표 수에서 앞설지라도 선거인단 수에서 밀리면 백악관 입성에 실패하는 사태가 벌어진다. 2000년 대통령 선거에서 앨 고어Al Gore가 부시에게 패배한 것이 바로 그 예다. 고어는 단 몇백 표 차이로 플로리다에서 고배를 마심으로써 대통령직에 오르지 못했다.

결국 다수의 선거인단 수를 확보한 주를 공략하는 것이 관건인데, 플로리다주는 선거인단 538명 중 캘리포니아주(55명), 텍사스주(34명), 뉴욕주(31명)에 이어 27명의 선거인단이 할당된 주로 집중 공략해야 할 대상이다. 그 중 캘리포니아와 뉴욕은 민주당의 텃밭이고 텍사스는 공화당의 텃밭이랄 수 있기에 혼전이 예상되는 플로리다가 캐스팅 보트를 쥐고 있다 할 만큼 중요한 지역이다.

그런데 플로리다주는 전통적으로 보수주의 성향을 지닌 지역이어서 민주당에게는 그리 우호적인 곳이 아니다. 특히 극보수 성향의 나이 든 유대인들이 표의 향방을 좌우하는 곳이었기에, 그들을 공략하는 것이 급선무였다. 그러나 노인의 고집을 꺾는다는 것은 트로트 가수에게 힙합으로의 전향을 유도하는 것만큼이나 힘든 일이다. 이미 산전수전 다 겪고 나름의 인생관이 확고한 노인들이 무엇이 아쉬워 남의 말을 듣고 자신의 의지를 꺾겠는가. 만약 오바마가 사람들을 모아 놓고 지지를 호소하는 그 나물에 그 밥 식의 전략으로만 플로리다를 공략했다면 결과는 뻔했을 것이다. 그러나 젊고 스마트한 오바마는 달랐다. 어떻게 하면 노인들의 마음을 돌릴 수 있을 것인가를 고민하다가 그들의 손자·손녀를 이용하는 전략을 수립했다.

옹고집 노인들도 눈에 넣어도 아프지 않을 손자·손녀들의 의견에는 마음을 돌릴 것이라는 생각을 했던 것이다. 손주들에게 쏟는 무조건적인 사랑은 동서고금을 막론하고 공통적인 정서이지 않은가. 민주당은 플로리다에 유대인 조부모가 살고 있는 젊은 청년들을 선거지원단으로 모집했고 그들로 하여금 적극적인 선거공세를 펼치도록 했다. 그들은 자신의 할아버지·할머니를 찾아가고 메일을 보내고 통화를 하면서 오바마가 어떤 사람인지를 차분하게 설명하고 그가 대통령이 되어야 하는 당위성을 설파했다. 특히 가정의 화목과 가정교육의 중요성을 강조하는 데 한국 사람 저리 가라 할 정도로 철저한 유대인들에게 조부모와 손주 간 진지하고 진솔한 대화는 참으로 중요한 역할을 했다.

그 결과 플로리다주의 27석을 확보한 오바마는 백악관 입성의 결정적인 교두보를 마련했다. 대통령 선거 전략도 광고 전략처럼 어떻게 해야 진정으로 소비자를 움직일 수 있을 것인가를 고민하는 소비자 인사이트 탐구 시대에 돌입한 것이다.

096

기네스 맥주에 관한 명상

나는 기네스 맥주에 대단한 애정을 품고 있다. 컵에 따랐을 때 까만 액체와 하얀 거품이 일정 비율로 자리를 잡으며 흑백의 조화를 연출하는 장면을 보는 것만으로도 설렌다. 영국에 출장을 가면 제일 먼저 하는 일도 가까운 펍에 들러 기네스 생맥주로 목을 축이는 일이다. 그렇게 된 데는 기네스 맥주 광고에서 받은 잊히지 않는 감동이 있었기 때문이다.

1997년 6월 나는 칸의 해변을 어슬렁거리며 지중해의 투명하고 저릿저릿한 햇살을 즐기고 있었다. 처음으로 칸 국제광고제에 참석했던 나는 수많은 콧대 높은 광고작품을 감상한다는 것만으로도 들떠 있었다. 당시만 하더라도 한국은 세계적 명성의 크리에이티브에 진입하기엔 힘이 부치는 상태였기에 우리 참관단은 마치 근대 문물을 배우러 배를 타고 떠나는 신사유람단 같은 분위기였다. 그러나 대다수의 한국 광고인은 광고제는 아랑곳하지 않고 호텔에 짐만 풀어 놓은 채 이곳저곳 놀러 다니기에 바빴다. 몇 시간은 족히 가야 하는 샤모니까지 진출하여 알프스에서 죽치고 놀다가 폐회식에만 참석하는 사람들도 있었다. IMF 구제금융의 도움을 받기 직전 거품 경기가 극에 달했던 시절의 우리네 문화 수준이 그랬다.

나는 전시되고 상영되는 인쇄광고, TV광고를 고시공부하듯 섭렵했다. 사실 광고제 참관 후 돌아와서 그 내용을 사내 방송을 통해 리포트해야 하는 임무가 있었던지라 더더욱 머릿속에 비상등을 켜지 않을 수 없었다. 하루하루 지날수록 조금씩 주눅이 들기 시작했다. 아이디어의 자유로움과 표현의 과감함이 우리네 광고 환경에서는 상상도 할 수 없는 것들이기에 그랬다. 그러다 결정타를 맞은 것은 영국에서 출품한 기네스 맥주 광고를 보면서였다. 1분 30초에 담긴 흑백영상은 기네스가 가진 제품의 특성을 사회학적인 맥락에서 풀어낸 영상 리포트였다. 책 속에 갇혀 있던 페미니즘 이론을 가장 상업적인 장르라 할 수 있는 광고를 통해 전파하고 있었던 것이다.

그 광고엔 여성만이 사는 세상이 묘사되고 있었다. 흔히 우리가 영상을 통해 보아왔던 터프한 남자의 세계를 보여주는데, 각각의 상황에서 남자가 여자로 대체되어 있다. 예를 들어 굴착기로 땅을 파는 여자, 엄청나게 큰 화물 트럭을 몰고 와서는 맥주 한잔 하러 펍에 들어서는 여자, 소방 호스로 불을 끄는 여자 등이 출연한다. 남자가 필요 없는 세상이기에 산모병동도 텅 비어 있다. 1분 20초가량 이러한 여성들만의 당당한 세상이 비춰지다 마지막에 딱 한 번 제품이 등장하는데, 이때 흑과 백의 기네스 맥주가 넘실대는 모습 위로 촌철살인의 자막 하나가 뜬다. "Not everything in black&white makes sense." 즉, "흑과 백으로 이루어진 것이 모두 의미 있는 것만은 아니다." 정도로 해석될 수 있다.

이 한 줄 카피는 두 가지 얘기를 동시에 하고 있다. 우선 "흑과 백으로 되어 있는 기네스 맥주가 멋진 건 당근이지!"라는 전제가 그 하나라면, 다른 하나는 "이 세상이 힘센 남자와 나약한 여자로 구성되어 있다는 흑백논리는 말도 안 돼!"라는 사실을 웅변한다. 흑백으로 구성된 제품의 외관상 특성을 간직하되 쓸모없는 흑백논리는 폐기할 것을 페미니즘 영상 텍스트를 빌어 주장하는 이 광고를 보고 어찌 입이 안 벌어질 수 있었겠는가. 기네스 맥주 광고는 우리 머릿속에 굳어진 흑백 가름의 편협한 논리를 유머에 실어 통쾌하게 허물고 있었던 것이다.

나는 그 독특한 아이디어와 자신 있게, 그러나 의뭉스럽게 제품의 특징을 표출하는 그들의 얄미운 전략을 간파하고는 부러움이 머리 끝까지 솟구쳤다. 부러우면 지는 건데 난 완패당했던 것이다. 그러나 정신을 좀 차리고 보니 부러움은 잠깐, 두려움이 몰려들기 시작했다. 영국 국민이 일상에서 그처럼 세련되고 의미 충만한 광고를 접하고 있다는 사실에 소름이 끼쳤다. 허구한 날 연예인이 등장해 온갖 멋들어진 몸짓만을 보여주다 끝나는 천편일률적인 광고를 보며 지내는 한국인들이 갑자기 초라하게 느껴졌다. 잘 만든 광고가 브랜드의 호감도를 높일 뿐만 아니라 한 국가의 문화 수준을 높일 수 있단 생각을 하게 된 것도 기네스 맥주 광고가 준 교훈이었다.

이후로도 몇 번을 더 칸 국제광고제에 참가했고, 우리나라도 칸에서의 수상 실적이 제법 늘기 시작했다. 참관단들의 태도도 많이 달라져 지중해의 태양 아래서 광고와 밀애를 나누는 데 열중하고 있다. 그러나 아직도 바뀌지 않은 것은 우리네 특유의 광고를 바라보는 관점이다. 한국에서 광고는 여전히 제품을 판매하기 위한 수단일 뿐 브랜딩을 위한 세련된 커뮤니케이션 도구는 아니다. 그런 관점에서 기네스의 철학은 시사하는 바가 크다. “우리는 세 가지 제품을 판다. 병맥주, 생맥주, 그리고 광고.” 그들에게 광고는 단순한 판촉물이 아니라 열 달을 뱃속에 담아 만들어 내는 산고의 작품인 것이다.

097

외국인이 모델로 등장하는
우리네 광고엔
백퍼센트 백인만 등장한다.

흑인 대통령은 있어도 흑인 광고 모델은 없다

바야흐로 글로벌 시대다. 웬만한 대기업에선 세계 곳곳에 글로벌 네트워크를 구축하여 현지인을 고용하고 있고, 서울에 있는 본사에도 수많은 외국인을 채용하고 있다. 한때 내가 속해 있던 글로벌 크리에이티브 그룹에도 크리에이티브 디렉터가 네 명 있었는데, 나를 제외하곤 전부 외국인이었다. 또한 글로벌 부문 전체를 관장하는 본부장은 런던에서 온 영국 신사였다. 난 한국 회사에 다니지만, 나의 보스는 영국인이었던 것이다.

짧은 시간에 참 많은 것이 변했다. 단일민족임을 자처했던 대한민국 사람들이 여러 인종과 섞여 일할 기회가 많아진 것이다. 이런 현상은 비단 비즈니스 세계에서만 발생하는 것은 아니다. 농촌에선 네 가구당 한 집꼴로 아시아 각지에서 온 외국인 며느리가 살고 있다고 한다. 그런 관계로 우리 사회가 다인종, 다문화에 대한 열린 자세를 가져야 할 필요성이 대두된 지도 꽤 되었다.

우려되는 것은 우리 사회는 여전히 외국인에 대한 이중잣대를 가지고 있다는 점이다. 백인에게는 이상할 정도의 사대주의 사상을 견지하고 있는 반면 유색인종은 그리 높게 평가하지 않는다. 심지어 깔보기까지 하지 않는

가. 유색인종이란 용어는 어디까지나 백인이 자기를 중심에 두기 위해 지어낸 말이다. 백색이 피부 색깔의 절대기준이라니, 나 원 참…. 나머지 황색에서 흑색까지의 폭넓은 그러데이션을 '유색Colored'이란 단어 하나로 칭했다는 것은 백인 아닌 모든 인종을 도매금으로 넘겨 버린 작태라 하지 않을 수 없다.

솔직히 말해 보자. 우리에게 세계화의 현실은 무엇인가? 나는 서구화라고 생각한다. 전 세계 국가와 민족의 특색과 차이를 이해하고 흡수하면서 지역화를 구현하는 것이 세계화일 진데, 우리에게 세계화는 여전히 선진화비스무레한 것을 의미하고 그것은 곧 서구에, 더 엄밀히 말하면 미국에 초점을 맞추는 것으로 등식화되어 있다. 경제, 군사, 문화 분야는 물론이고 학문의 영역 역시 오로지 미국을 겨냥하고 있다. 지식의 식민화가 우려되지 않을 수 없는 상황이다. 다시 말해 우리는 미국을 중심으로 한 백인 문화에 절대적인 평점을 주고 있다.

이러한 현상은 내가 일하고 있는 광고 분야에서도 여실히 드러난다. 앞서 언급한 나와 함께 일하는 외국인 크리에이티브 디렉터 네 명은 물론 백인이다. 앞으로도 흑인이 올 확률은 거의 없어 보인다. 더더욱 어처구니없는 것은 외국인이 모델로 등장하는 우리네 광고엔 100% 백인만 등장한다는 것이다. 내 말이 거짓이라고? 그러면 하루 날을 잡아 두 눈 부릅뜨고 TV를 지켜보시라. 외국인 모델 캐스팅 때 꼭 지켜야 할 규칙은 바로 '코카시안이어야 함!'인 것이다.

제아무리 얼짱이나 꽃남일지라도 흑인 모델을 제시한다는 것은 상상도 할 수 없다. 만약 흑인을 추천한다면 십중팔구 광고주로부터 "미친 거 아냐?"라는 소리를 듣게 될 것이다. 예외가 있을 수 있다면 타이거 우즈Tiger Woods나 오프라 윈프리Oprah Winfrey처럼 흑백을 떠나서 세계의 인물이 된 경우다. 그러나 그런 유명인들이 우리 광고에 나올 이유도 특별히 없고, 그 엄청난 모델료를 치를 만큼 모험을 무릅쓸 광고주도 없다.

잘나고 멋지고 고급스러운 이미지만을 전파하려고 하는 광고에서 외국인이라곤 100% 백인만 등장한다는 것은 우리의 마음속에 고착된 외국인에 대한 편견을 아주 잘 드러내 준다. 그 사실은 뒤집어 말하면 백색 피부가 아닌 인종은 잘나지도 멋지지도 고급스럽지도 않다는 애기가 된다. 적어도 우리 머릿속에 형성된 이미지상으론 그렇단 말이다.

우리가 한국에서 일하는 동남아시아 지역의 근로자들을 얕잡아 봐서는 안 되는 것 못지않게 백인들에게 지나친 환대를 하는 것도 자제할 필요가 있다. 사실 여러 경우를 통해 그러한 우리의 자세 때문에 버릇이 나빠진 백인들을 많이 보았다. 똑같이 우리 대문 안으로 들어온 사람인데, 누구는 손님 대접하고 누구는 하인 취급한다는 것은 정말 구린 일이다.

코카시안이건, 몽골로이드건, 니그로이드건 그건 정말 중요치 않다. 중요한 건 우리 머릿속에 고착되어 있는 인종의 우월 가름을 지워버리는 일이다. 흑인이 미국 대통령이 된 판국에 이제 한국 광고에도 흑인 모델이 등장할 날이 오지 않을까 기대해 본다. 그 작은 사실 하나가 우리의 글로벌화 수준을 가늠하는 척도가 될 수 있을 것이라 감히 자신한다. 될까…? 강산이 몇 번 바뀌어야 할까?

098

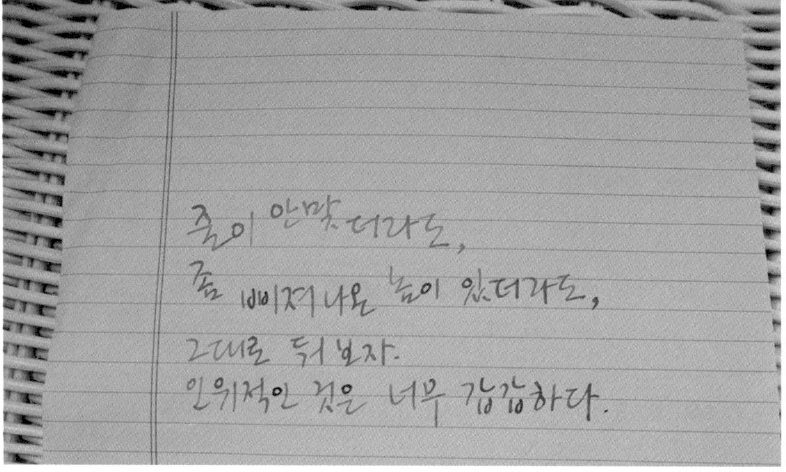

자연산
때깔이
곱다

2006년부턴가 갑자기 브런치 바람이 불기 시작했다. 청담, 압구정, 가로수길, 이태원을 중심으로 브런치를 제공하는 집들이 생기기 시작했고, 브런치를 경험했던 해외 체류자나 여행자들이 주말 오전 느긋하게 즐기던 브런치의 향수를 재생하느라 브런치 집을 찾으면서 붐이 일기 시작했다. 주말 아침 부스스한 모습으로 트레이닝복을 입고 일요일판 두꺼운 신문과 개 한 마리를 끌고 이름난 브런치 집의 야외 테이블에 앉아 음식을 즐기는 뉴요커의 모습이 하나의 닮고 싶은 문화 현상으로 자리 잡았다.

서울 사람들 역시 부스스한 모습으로 브런치 집에 나타났으나 그들의 부스스함은 정교하게 만들어진 부스스함이란 우스개가 나돌기 시작했다. '나 말이지 방금 일어나 정말 눈곱만 떼고 나온 거야'를 드러내고 싶었으나 실제로 그러지 못하고 연출된 부스스함을 자랑했다는 것이다. 아마도 제대로 차리고 나오는 것보다 더 힘든 코디였을 것이다. 이는 그 진위를 떠나 우리가 일상에서 지나치게 남을 의식하는 우리의 자화상이었다.

사실 우리는 좀 인위적이고 인공적인 편이다. 자연스러운 아름다움을 표출하는 데 자연스럽지 못하다. 조깅을 하거나 자전거를 타기 위해 야외에 나선 여성들이 색조 화장까지 하고 나온 모습을 볼 때면 운동하러 나온 것이 아니라 얼굴 내보이기 위해 나온 것이 아닐까 하는 생각이 들기도 한다. 게다가 조금이라도 햇빛을 받지 않기 위해 얼굴엔 이상한 마스크를 쓰고 턱까지 내려오는 챙달린 캡을 쓰고 장갑까지 낀 채 걷는 모습을 보면 외계인이 나타난 것 같은 착각이 들기도 한다.

성형 역시 인공적인 아름다움을 양산해내는 선봉에 있다. 알다시피 우리나라의 성형문화는 선진국 수준이다. 눈 앞뒤 트임하고 얼굴 돌려깎기 좀 하면 부모도 몰라보는 얼굴로 변한다. 심지어 같은 곳에서 시술을 받아 같은 형태의 코와 눈을 달고 다니는 모습도 보인다. 미용실에서 잡지를 보다가 눈에 띈 연예인의 멋진 헤어스타일을 주문하듯, 이제 성형 역시 '아무개 스타일로 해 주세요'라는 주문식 성형의 시대로 돌입했다. 개성이란 각자의 자연스러운 아름다움의 다양한 표출일 진데 같은 스타일의 콧봉오리, 같은 스타일의 코디네이션, 같은 헤어스타일로 무슨 차별화가 이루어질 수 있을까? 한마디로 몰개성의 시대에 살고 있는 것이다.

그러나 무엇보다 이러한 인공적인 아름다움을 무한대로 복제하는 것은 광고일 것이다. 광고에 등장하는 모든 인물은 너무 깔끔하고 매끈하게 스타일링되어 있다. 머리카락 한 가닥 내려오는 법이 없으며, 의상 하나 삐뚤어짐이 없다. 촬영 도중 머리카락이 한 가닥이라도 빠져나오려는 기미가 보이면 어김없이 메이크업 아티스트가 달려가 머리를 만져 준다. 셔츠에 주름이 잡힐라치면 어김없이 스타일리스트가 주름을 펴주고 그래도 불안하면 핀으로 고정시켜준다.

각종 소품이나 아트웍은 어떠한가. 모든 소품은 깔끔하게 보이기 위해 놓여 있다. 일상에서 활용되는 형태로 배치되는 경우는 없다. 카메라 앵글에 잡히는 모든 소품은 일렬로 각이 잡혀 놓여 있으며 조금의 삐뚤어짐이나 흐트러짐을 용납하지 않는다. 현장에서 작업을 할 때마다 영상사업에 종사하는 한국 스태프들이 삐뚤어진 것은 보지 못하는 트라우마가 있는 것이 아닌가 하는 생각이 들 정도다.

문제는 조명을 쓰는 방법에도 있다. 특히 스튜디오 촬영 시 빛의 사각지대가 생기지 않도록 빛의 천막이 쳐진다. 그러다 보니 자연히 그림은 쨍하게 나오지만 깊이가 없이 지극히 플랫하고 열 편을 봐도 한 편을 본 것 같은 느낌이 든다. 그러나 우리는 그것을 '때깔이 곱다'고 표현한다. 조금의 그늘도 그림자도 없는 인위적인 상황을 연출하는 것이 의도된 것이라면 이해가 가지만, 일상적인 생활을 구현하는 상황에서도 늘 똑같은 방법이 도입된다. 자연히 현실감과 공감도는 현저히 떨어질 수밖에 없다.

그럴 때마다 이젠 친구가 된 이탈리아 포토그래퍼 파올로와 처음 일했던 2001년이 생각난다. 당시 막 떠오르는 신예 포토그래퍼였던 그는 지금 유럽의 〈보그Vogue〉나 〈옴므Homme〉와 같은 패션잡지의 칼럼을 디렉팅하는 유명인이 되었다. 인쇄광고를 촬영하던 당시 스튜디오에 커다란 조명 하나 달랑 설치해 놓은 것을 보곤 한국식 스타일에 익숙했던 나는 적잖이 걱정이 되어 물었었다.

"파올로 저 조명 하나 가지고 해결이 되겠어?"
그는 대답 대신 나에게 되물었다.
"킴므… 가장 완벽한 조명이 뭐라 생각해?"
"그야 태양이지(그렇지, 태양은 단 하나지…)."

그에게 대답을 하면서 스스로 답을 얻게 된 것이다.

물론 우리네 광고에서 자연스러움이 부족한 것을 그림을 만들어 내는 사람들의 깔끔함에 대한 강박 때문으로 설명하기엔 부족함이 있다. 그것은 아마도 남 앞에선 조금의 흐트러짐도 없이 과장된 깔끔함과 아름다움을 보여주려는 과잉된 보여주기 의식에서 시작된 것이 아닐까? 줄이 안 맞더라도, 좀 삐져나온 놈이 있더라도 그대로 둬 보자. 인위적인 것은 너무 갑갑하다.

099

선한 시스템

1984년 스티브 잡스Steve Jobs가 퍼스널 컴퓨터 매킨토시를 론칭할 때 그가 담으려 했던 제품 철학은 '정보 민주주의'였다. 당시 덩치 큰 슈퍼컴퓨터에 일부 전문가만 접근할 수 있었던 상황에서 잘못하면 그들에 의해 정보가 통제되고 왜곡되는 무서운 세상이 도래할 수도 있었기 때문이다. 레이시즘Racism에 입각해 유대인을 제거하려 했던 나치즘Nazism보다 더 은밀하고 무서운 세상이 충분히 예견됐기 때문이다. 그래서 그는 파시즘Fascism에 의해 인간이 통제당하는 음울한 미래를 그린 소설 『1984』를 패러디한 TV광고를 통해 철학적 메시지를 던지는 서사를 선보였던 것이다. "1984년 애플이 매킨토시를 발매합니다. 그때가 되면 왜 현실의 1984년이 소설 속 1984년과 다른지 알게 될 것입니다."

우리는 완전히 자유로워진 것일까? 지금은 또 다른 통제가 지배하는 세상이다. 이른바 글로벌 거대 기업에 의한 통제다. 이 세상은 지식을 지배한 자가 통제했고, 그 지식을 통해 산업을 지배한 자가 통제했고, 그 지배가 증폭되면서 이제 우리는 '경험'을 통제당하는 세상에 살고 있다. 알다시피 글로벌 거대 기업들은 엄청난 자본을 바탕으로 제품 생산에서 유통, 영업, 마케팅을 장악해 글로벌 시장을 점령하고 있다. 우리는 소수의 제품 속에서만 맴맴 도는, 나아가 그들이 만들어 내는 문화 속에서만 맴맴 도는 '경험의 통제'를 당하게 된다. 중소상인들은 기회의 빈곤에, 사용자들은 경험의 빈곤에 시달리게 된다.

생각해 보자. 우리는 돈이 좀 생기면 명품 브랜드 내에서 어느 제품이 합리적인 가격에 판매되는지 또는 할인을 받을 수 있는지 검색한다. 다시 말해 그들이 쳐 놓은 서클 안에서만 맴맴 돌곤 한다. 수많은 중소상공인의 제품이 있다는 걸 알고 있지만 그들에게 접근하는 일이 쉽지는 않다. 유통이나 마케팅에서 대차게 밀리기 때문이다. 공정무역이나 기타 사회적 기업의 노력에 의해 인식의 전환과 시스템의 진화가 이루어지고 있지만 거대기업의 조여오는 압박을 버텨내기는 그리 쉽지 않다. 게다가 그 거대 기업에 의해 기술이 탑재된 더욱 정교한 머천다이징 플랫폼이 생겨나면 우리는 우리도 모르는 사이에 더욱 정교하게 경험의 통제를 당하게 될 것이다.

변화의 기회는 오리라 본다. 지금 유통의 샛별로 떠오르는 O2O 비즈니스가 그 하나의 가능성이 될 수 있으리라 생각한다. 기술 기반의 통합적으로 설계된 온라인 플랫폼이 생산자와 소비자의 콜라보레이션을 형성할 수 있다면 접근성과 확장성은 의외로 쉽게 해결될 수 있다. 협동조합의 정신이 부상하고 있는 요즘, 길드의 원리를 적용한 공존의 생태계를 커머스에도 접목할 수 있다.

기존의 통제의 생태계 속에서 장기간 경기 침체가 계속된다는 것은 1:99의 시스템을 더욱 고착시키는 꼴이 된다. 대안의 성장 플랫폼을 기획해야 할 때다. 그를 통한 선한 커머스 시스템을 조성해 나가야 한다. 우리 사회는 아주 많이 착해져야 한다. 아주 많이.

100

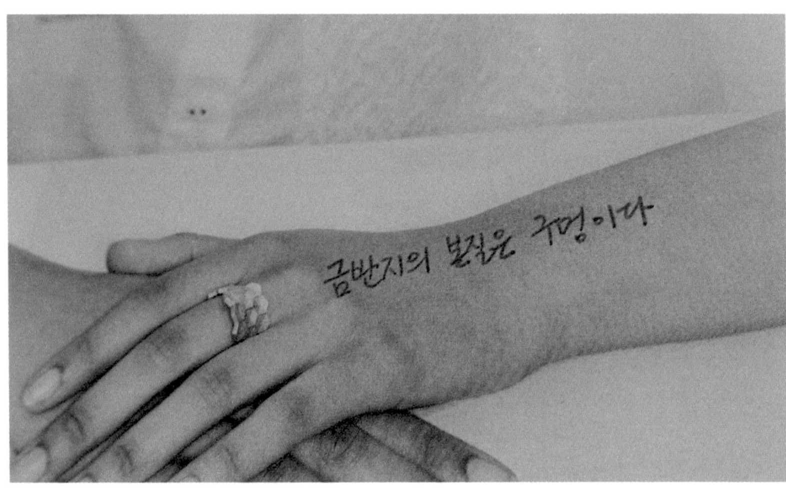

금반지의 본질은 금이 아니라 구멍이다

저녁상을 물리고 함께 TV를 시청하던 조카의 미국인 남편 가브리엘이 나에게 물었다. "홍탁, 지금 나오는 광고가 뭘 의미하는 거야?" 20년 동안 광고업에 종사해왔고, 광고평론가란 직함까지 가지고 있는 나는 그러나 바로 대답을 하지 못했다. 한국인인 나 역시 그 광고가 무슨 메시지를 전달하는지 도통 알 수가 없었기 때문이었다. 아이돌이 나와 춤추다 끝나는 광고인데 제품에 대한 정보는 제대로 제공되지도 않고 온통 아이돌의 몸동작에만 시간을 할애하고 있었다. 외국인들에게는 이러한 상황이 이해가 가지 않을 것이다.

그러나 비단 외국인의 눈에만 그렇게 비춰지는 것은 아니다. 우리가 그러한 이상한 패턴의 광고에 익숙해져서 그렇지 한 발짝만 물러서서 객관적으로 보면 우리네 광고에서 What to Say를 잡아내기란 여간 어려운 일이 아님을 알 수 있다. 광고야말로 주의가 집중되어 있지 않은 상태의 소비자에게 메시지를 각인시켜야 하는 촌철살인의 커뮤니케이션일 텐데, 광고를 보고 나서도 무슨 말을 하고 있는지 모른다는 건 정말 아이러니가 아닐 수 없다.

특히 우리네 광고문화가 형성해낸 연예인 내세우기 스타 마케팅은 도가 지나칠 정도로 남발되고 있다. 제품의 특장점을 브랜딩하기보다는 어떤 연예인이 등장한 광고라는 점을 회자시키려는 의도가 명명백백 드러난다. 제품이 아니라 연예인을 브랜딩해 준다는 느낌이 들 정도다. 카피는 어떤가? 카피의 수사는 필요 이상으로 말장난을 구사하기에 기본 메시지를 전달하는 데 적잖은 결함을 드러내고 있다. 생산자만 알고 있는 기호의 놀이에 소비자를 초대한 느낌이 들 정도다.

왜 많은 카피라이터가 알맹이는 빈곤해도 재미있고 멋져 보이는 카피를 써야 한다는 강박에 사로잡혀 있는지 모르겠다. What to Say를 정확하게 담고 있지 않은 How to Say가 존재할 수 있는가? 겉에 보이는 현상에만 눈이 먼 나머지 본질을 벗어나는 사례가 우리 주위에 너무나 많이 널려 있다. 금반지의 본질은 금이 아니라 구멍인데, 그 사실을 너무 쉽게 망각하고 있는 것이다.

광고공모 심사에서도 비슷한 상황은 발생한다. 같은 광고계에 종사하는 사람들로 심사위원이 구성되었어도 본질을 바라보는 시각에서 아주 차이가 크게 난다. 몇 달 전 치렀던 한 공모전의 실례를 들어 보자. 심사위원 8명이 1차 심사에서 각자 5편을 추천해야 했는데, 내가 가장 강력하게 추천하고 싶었던 작품은 단 1표를 얻는 데 그쳤다. 그 작품은 지금까지 보아온 뻔한 표현법을 벗어나 정말 독특한 내러티브를 통해 주제의 본질을 파헤치고 있었다. 적어도 그 아이디어는 많은 사람으로 하여금 자신의 태도에 대해 돌이켜 보고 옳은 행동을 유발케 하는 계기가 될 수 있는 작품이었다.

그러나 나머지 심사위원들이 그 작품에 단 한 표도 주지 않았다는 사실에 나는 충격을 받았다. 결국 나의 안목에 문제가 있다는 것 외에 무슨 다른 설명이 필요하겠는가. 나는 이처럼 심사 때마다 내가 외계인이 된 것 같은 느낌에 사로잡히곤 한다. 그러나 열 번이 넘는 국제광고제 심사 경험이 있는 나의 안목이 그렇게 후진 것이 아니라는 점을 애써 강조한다면, 내 눈엔 많은 심사위원이 본질을 제대로 전달하고 있는지의 여부보다는 외관상 멋져 보이는 커뮤니케이션 방법에 더 눈길을 주고 있다고 비춰진다. 그렇게 선정된 광고가 며칠 전 TV를 통해 방영되는 것을 보았을 때 제품 가격에 반영되는 광고비용이 헛되이 쓰이고 있다는 생각에 마음이 아팠다.

금반지가 존재하기 위해선 금과 손가락이 들어갈 구멍이 존재해야 한다. 그러나 우리는 금반지의 본질은 금이 전부라고 생각해 버린다. 눈에 보이는 현상이니까. 구멍은 그저 우연히 만들어진 공간이라 생각할 뿐, 그것이 금반지의 본질이 될 것이라곤 생각조차 하지 않는다. 그러나 구멍이 없다면 그것은 반지란 본질에서 아예 제외되는 것이다. 어쩌면 우리는 너무나 당연하게 금반지의 본질이 구멍인 것을 망각하고 있는 것은 아닌가 우려된다.

우리는 광고의 메시지보다는 거기에 등장하는 연예인과 현란한 카피에 열광하고, 영화가 전달하려는 메시지보다는 어떤 배우가 나왔는지에 더 관심을 가진다. 정부 고위직 인사를 고를 때도 겉으로 보이는 경력과 인맥에 비중을 둔 나머지 그 사람의 본질인 인성을 제대로 고려하지 못해 뒤늦은 수습을 하느라 체면을 구기고 있다. 현대전의 본질이 무기의 현대화와 정보처리의 과학화에 있음에도 아직도 군인의 머릿수를 유지하는 데에 군의 존재 이유의 중요한 명분을 대고 있다.

교육이 잘못된 것인가, 일상생활의 관습이 잘못된 것인가, 사회체제가 잘못된 것인가. 그 어느 것에 문제가 있건 간에 우리가 가지고 있는 본질 회피, 외형적 현상 몰입의 관습은 빨리 없어져야 할 목록 중의 하나다. 언제까지 금에만 취해 있을 것인가. 금반지는 손가락에 끼워지기 위해 존재하는 것이다.

카테고리별 차례

광고/디자인/마케팅

정치/사회

문화/예술

IT/경제

이제, 본本에서 시작해 봅시다.
삶의 질質을 높여 봅시다.